美文阅读精品

世界上最优美的
励志美文

鸿儒文轩　主编

内蒙古出版集团
内蒙古文化出版社

图书在版编目(CIP)数据

世界上最优美的励志美文 / 鸿儒文轩主编 . —呼伦贝尔 : 内蒙古文化出版社,2012.5
ISBN 978-7-5521-0038-9

Ⅰ.①世… Ⅱ.①鸿… Ⅲ.①散文集 – 世界 – 现代
Ⅳ.① I16

中国版本图书馆 CIP 数据核字(2012)第 084236 号

世界上最优美的励志美文
SHIJIESHANG ZUI YOUMEI DE LIZHI MEIWEN

鸿儒文轩　主编

责任编辑	王　春
装帧设计	红十月设计室

出版发行	内蒙古文化出版社
地　　址	呼伦贝尔市海拉尔区河东新春街4 – 3号
直销热线	0470 – 8241422　　邮编　021008

排版制作	北京鸿儒文轩文化传播有限公司
印刷装订	三河市华东印刷有限公司
开　　本	710mm×1000mm　1/16
字　　数	200千
印　　张	18
版　　次	2012年7月第1版
印　　次	2022年4月第2次印刷
印　　数	6001—10000 册
书　　号	ISBN 978-7-5521-0038-9
定　　价	52.00元

〔前 言〕

当我们满怀青春的热望，以一腔澎湃的热血，用迎接太阳的双手，去推开人生那道希望之门时，当我们有了自己的追求，背负着远大的理想，去追寻属于自己的辉煌时，也许我们还一无所有，也许前进的道路上会充满坎坷与荆棘，但我们只要能用辛劳的汗水和沸腾的热血谱写我们的不懈追求，只要我们能朝着预定的目标永不停止地跋涉，所有的磨难终会似纷纷扬扬的雪花般落入泥土，所有的失败都会累积成通往辉煌之路的阶梯。

励志美文就是这样一本激励我们吹响青春的号角，跨越一切艰难险阻，并且一如既往地向着目的地进发的锦绣文章。它鼓励我们撑起飞翔的翅膀去冲击风雨雷电，使盛开的理想花朵成为人们眼中一片美丽的风景。

这是一部全部由名人写成的励志作品。所谓励志，就是勉励自己勤奋向学，集中心思致力于某种事业。志，就是心愿所往，心之所向，是未表露出来的长远的打算。励志是一门学问，是一门应该从小学起，终生不辍的学问。

在人生的奋斗历程中，从来没有一帆风顺的捷径可走，当你遭遇人生挫折的时候，当你走入人生低谷的时候，亦或在你感到彷徨无依的时候，阅读一些蕴涵人生哲理、凝结人生智慧的励志小品，不仅可以开阔视野、陶冶性情，而且可以获得宝贵的知识经验，它对人的一生有时会产生决定性的影响。

一篇励志短文如一盏明灯，能够指引我们前进的方向；一本好书如一缕温暖的阳光，能照耀我们迷惑的心房。志存高远的人，就像行船掌舵，纵马扬鞭一样，只有方向明确，最终才能取得佳绩。鉴于这些原因，我们在浩如烟海的世界精美散文之中，反复斟酌，千挑万选，编辑了这本《世界上最优美的励志美文》。这本书集聚了鲁迅、朱自清、陶行知、邓拓、贾平凹、毕淑敏、周国平以及托尔斯泰、泰戈尔、培根、爱默生、奥里森·马登、拿破仑·希尔等中外著名作家的励志作品，作家从他们的人生经历、所感所思到励志成才，多个角度、多个视角地描述了人生取得成功的途径，它涉及范围广，行文优美，读起来既能给人以美的享受，又可领悟深刻的道理，是不可多得的励志经典。

　　本书知识丰富，思想深邃，文笔精练，是广大青年朋友阅读和珍藏的良好版本，也非常适合各级图书馆装备陈列。

〔目 录〕

第一部分
活出意义来

第二部分

路有很多条

第三部分

积极地进取

第四部分

最终的目标

第一部分

活出意义来

生命的路

◎鲁　迅

想到人类的死亡是一件大寂寞大悲哀的事；然而若干人们的死亡，却并非寂寞悲哀的事。

生命的路是进步的，总是沿着无限的精神三角形的斜面向上走，什么都阻止他不得。

自然赋予人们的不调和还很多，人们自己萎缩堕落退步的也还很多，然而生命决不因此回头。无论什么黑暗来防思潮，什么悲惨来袭击社会，什么罪恶来亵渎人道，人类的渴仰完全的潜力，总是踏了这些蒺藜向前进。

生命不怕死，在死的面前笑着跳着，跨过了灭亡的人们向前进。

什么是路？就是从没路地方践踏出来的，从只有荆棘的地方开辟出来的。

以前早有路了，以后也该永远有路。

人类总不会寂寞，因为生命是进步的，是乐天的。

昨天，我对我的朋友 L 说，"一个人死了，在死者自身和他的眷属是悲惨的事，但在一村一镇的人看起来不算什么，就是一省一国一种……"

L 很不高兴，说，"这是 Nature（自然）的话，不是人们的话。你应该小心些。"

我想，他的话也不错。

"今"

◎李大钊

我以为世间最可宝贵的就是"今"，最易丧失的也是"今"，因为他最容易丧失，所以更觉得他可以宝贵。

为甚么"今"最可宝贵呢？最好借哲人耶曼孙所说的话答这个疑问："尔若爱千古，尔当爱现在。昨日不能唤回来，明天还不确实，尔能确有把握的就是今日。今日一天，当明日两天。"

为甚么"今"最易丧失呢？因为宇宙大化，刻刻流转，绝不停留。时间这个东西，也不因为吾人贵他爱他稍稍在人间留恋。试问吾人说"今"说"现在"，茫茫百千万劫，究竟那一刹那是吾人的"今"，是吾人的"现在"呢？刚刚说他是"今"是"现在"，他早已风驰电掣的一般，已成"过去"了。吾人若要糊糊涂涂把他丢掉，岂不可惜？

有的哲学家说，时间但有"过去"与"未来"，并无"现在"。有的又说，"过去""未来"皆是"现在"。我以为"过去未来皆是现在"的话倒有些道理。因为"现在"就是所有"过去"流入的世界，换句话说，所有"过去"都埋没于"现在"的里边。故一时代的思潮，不是单纯在这个时代所能凭空成立的，不晓得有几多"过去"时代的思潮，差不多可以说是由所有"过去"时代的思潮，一凑合而成的。吾人投一石子于时代潮流里面，所激起的波澜声响，都向永远流动传播，不能消灭。屈原的《离骚》，永远使人人感泣。打击林肯头颅的枪声，呼应于永远的时间与空间。一时代的变动，绝不消失，仍遗留于次一时代，这样传演，至于无穷，在世界中有一贯相联的永远性。昨日的事件，与今日的事件，合构成数个复杂事件。此数个复杂事件，与明日的数个复杂事件，更合构成数个复杂事件。势力结合势力，问题牵起问题。无限的"过去"，都以"现在"为归宿。无限的"未来"，都以"现在"为渊源。"过去""未来"的中间，全仗有"现在"以成其连续，以成其永远，以成其无始无终的大实在。一掣现在的铃，无限的过去未来皆遥相呼应。这就是过去未来皆是现在的道理，这就是"今"最可宝贵的道理。

现时有两种不知爱"今"的人：一种是厌"今"的人，一种是乐"今"的人。

厌"今"的人也有两派。一派是对于"现在"一切现象都不满足，因起一种回顾"过去"的感想。他们觉得"今"的总是不好，古的都是好。政治、法律、道德、风俗，全是"今"不如古。此派人唯一的希望在复古。他们的心力全施于复古的运动。一派是对于"现在"一切现象都不满足，与复古的厌"今"派全同。但是他们不想"过去"，但盼"将来"。盼"将来"的结果，往往流于梦想，把许多"现在"可以努力的事业都放弃不做，单是耽溺于虚无飘渺的空玄境界。这两派人都是不能助益进化，并且很足阻滞进化的。

乐"今"的人大概是些无志趣无意识的人，是些对于"现在"一切满足的人。他们觉得所处境遇可以安乐优游，不必再商进取，再为创造。这种人丧失"今"的好处，阻滞进化的潮流，同厌"今"派毫无区别。

原来厌"今"为人类的通性。大凡一境尚未实现以前，觉得此境有无限的佳趣，有无疆的福利；一旦身陷其境，却觉不过尔尔，随即起一种失望的念，厌"今"的心。又如吾人方处一境，觉得无甚可乐；而一旦其境变易，却又觉得其境可恋，其情可思。前者为企望"将来"的动机，后者为反顾"过去"的动机。但是回想"过去"，毫无效用，且空耗努力的时间。若以企望"将来"的动机，而尽"现在"的势力，则厌"今"思想，却大足为进化的原动。乐"今"是一种情性，须再进一步，了解"今"所以可爱的道理。全在凭他可以为创造"将来"的努力，决不在得他可以安乐无为。

热心复古的人，开口闭口都是说"现在"的境象若何黑暗，若何卑污，罪恶若何深重，祸患若何剧烈。要晓得"现在"的境象倘若真是这样黑暗，这样卑污，罪恶这样深重，祸患这样剧烈，也都是"过去"所遗留的宿孽，断断不是"现在"造的；全归咎于"现在"，是断断不能受的。要想改变他，但当努力以回复"过去"。

照这个道理讲起来，大实在的瀑流，永远由无始的实在向无终的实在奔流。吾人的"我"，吾人的生命，也永远合所有生活上的潮流，随着大实在的奔流，以为扩大，以为继续，以为进转，以为发展。故实在即动力，生命即流转。

　　忆独秀先生曾于《一九一六年》文中说过，青年欲达民族更新的希望，"必自杀其一九一五年之青年，而自重其一九一六年之青年"。我尝推广其意，也说过人生唯一的新向，青年唯一的责任，在"从现在青春之我，扑杀过去青春之我；促今日青春之我，禅让明日青春之我"。"不仅以今日青春之我，追杀今日自首之我，并宜以今日青春之我，豫杀来日自首之我。"实则历史的现象，时时流转，时时变易，同时还遗留永远不灭的现象和生命于宇宙之间，如何能杀得？所谓杀者，不过使今日的"我"不仍旧沉滞于昨天的"我"。而在今日之"我"中，固明明有昨天的"我"存在。不止有昨天的"我"，昨天以前的"我"，乃至十年二十年百千万亿年的"我"，都俨然存在于"今我"的身上。然则"今"之"我"，"我"之"今"，岂可不珍重自将，为世间造些功德。稍一失脚，必致遗留层层罪恶种子于"未来"无量的人，即未来无量的"我"。永不能消除，永不能忏悔。

　　我请以最简明的一句话写出这篇的意思来：

　　吾人在世，不可厌"今"而徒回思"过去"，梦想"将来"，以耗误"现在"的努力；又不可以"今"境自足，毫不拿出"现在"的努力，谋"将来"的发展。宜善用"今"，以努力为"将来"之创造。由"今"所造的功德罪孽，永久不灭。故人生本务，在随实在之进行，为后人造大功德，供永远的"我"享受，扩张，传袭，至无穷极，以达"宇宙即我，我即宇宙"之究竟。

过去 现在 将来

◎王统照

　　感受，在事物时间的当前引起心情的抖动，不算生活的奢靡，也不算精神上的浪费。不见？小姑娘在高坡上撷得一枝山花便欣然地忘了疲苦，汗流浃背的劳人有时还得哼几句不成腔调的皮簧——他们绝不会因一枝山花，几句剧词，便容易忘怀了世间的痛苦，得到这一瞬间的享受也麻醉不了他们的灵魂，除非环境能给他们安排下只有快乐，没有悲苦激刺的人生。"夫有劝，有诅，有喜，有怒，然后有间而可入。"悲欢忧喜的交织，正是人间竞争奋进的机键，盈于此则缺于彼；有的承受便有的进展。是人生谁也逃不出自然的圈套，当然，其间有高、下、好、坏的分别相。

　　说过去的一切不值得追忆和怀想，像是勇者？当前！当前！再来一个当前！"逝者如斯"，在当前的催逼急迫之下你还有余暇，还有丢不掉的闲情向过去凝思？这是懦弱心理的表现。为未来，我们都为未来努力，冲上前去（或者换四个更动人的字是"迎头赶上"）！向回头看，对已往的足迹还在联想上留一点点迟回的念头，那，你便是勇气不够，是落伍者。……对于这样"气盛言宜'的责备与鼓励，分辩不得，解脱不了，除却低首无语外能有什么答复？不过"逝者如斯"，因有已逝的"过去"，才分外对正在逝的"现在"加意珍惜；加意整顿全神对它生发出甚深的感动；同时也加意倾向于不免终为逝者的"未来"。这正是一条韧力的链环，无此环彼环何能套定，只有一个环根本上成不了有力的链子。打断"过去"，说现在只是现在，那末，这两个字便有疑义，对未来的信念亦易动摇。我们不能轻视了名词；有此名词它必有所附丽，无其事，无其意，完全泯没了痕迹，以为一切都像美猴王从石头缝里迸出来地，那么迅速，神奇，不可思议；以为我们凭空能创造出世间的奇迹？现在，现在，以为唯此二字是推动文化的法宝，这未免看得太容易了？

　　据说生活力基于从理化学原则的原子运动，而为运动主因的则在原子中

"牵引""反拨"两种力量的起伏。一方显露出成为现势力，一方隐藏着成为潜势力，而势力的总量始终不变。两者共同存在，共同作力之运动，方能形成生活现象。时间，在一切生活现象中谁能否认它那伟大的力量。"一弹指顷去来今"，先有所承，后有所启，不必讲什么演化的史迹，人类的精神作用，如果抹去了时间，那有作用的领域便有限得很；人类的思与感如果没有相当的刺激与反应，思与感是否还能存在？有欲望、兴趣的探索、推动，方能有努力的获得。他的"嗜好的灵魂"绝不是无因而至，要把这些欲望、兴趣，引动起来，向"现在"深深投入，把握得住，对"未来"映现出一条光亮道路。我们无论怎样武断，哪能把隐藏的潜势力看作无足轻重，亚里士多德主张"宇宙的历程是一种实现的历程，Process of Realization"历程须有所经，讲实现岂能蔑视了已成"过去"的却仍在隐藏着的潜力。不过，这并非只主张保守一切与完全作骸骨迷恋的，——只知过去不问现在者所可藉口。

在明丽的光景中，"过去"曾给我的是一片生机，是欣欣向荣，奋发活动的兴趣。那刚从碧海里出浴的阳光；那四周都像忻忻微笑的面容；那在氛围中遏抑不住，掩藏不了的青春生活力的迸跃，过去么？年光不能倒流，无尽的时间中几个年头又是若何的迅速，短促！但轻烟柳影，啼鸟，绿林，海潮的壮歌，苍天的明洁，自然界与生物的黏着，密接，酝酿，融和，过去？触于目，动于心，激奋在"嗜好的灵魂"中……一样把生力的跃动包住我的全身，挑起我的应感。

虽然，世局的变迁，人间的纠纷，几个年头要拢总来作一个总和，难道连一点"感慨山河艰难戎马"的真感都没有，只会发幻念里呆子的"妄想"？是的，朋友！只要我们不缺少生力的活跃，不处处时时只作徒然地"溅泪惊心"的空梦，在悲苦失望间把生力渐渐销沉，渐渐淡化了去，——只凭焦的，悲愁，未必便能增加多少向前冲去的力量罢？——对"过去"的印证还存有信心；"现在"的感受更提高了气力，"将来"，我们应分毫不迟疑，毫不犹豫地相信抓在我们的手中！何以故？因为还有我们生命力的存在；何以故？因为不曾丧失了我们的潜力；何以故？我们不消极地只是悲苦凄叹把日子空空度去！

在行道时，一样的残春风物却一样把过去的生命力在我的思念与感受中重交与我，他们正像是 Raised new mountainsand spread delicious valleys for me（G. Eli ot 的话）虽然说是"新的"，因为"过去"的印证却分外增强了我的认识与奋发。朋友，我希望不要用生活的奢靡与精神上的浪费两句话来责备我。

我永远相信"去，来，今"三者是人世间一串有力的链环。

论自己

◎朱自清

翻开辞典，"自"字下排列着数目可观的成语，这些"自"字多指自己而言。这中间包括着一大堆哲学，一大堆道德，一大堆诗文和废话，一大堆人，一大堆我，一大堆悲喜剧。自己"真乃天下第一英雄好汉"，有这么些可说的，值得说值不得说的！难怪纽约电话公司研究电话里最常用的字，在五百次通话中会发现三千九百九十次的"我"。这"我"字便是自己称自己的声音，自己给自己的名儿。自爱自怜！真是天下第一英雄好汉也难免的，何况区区寻常人！冷眼看去，也许只觉得那托自尊大狂妄得可笑；可是这只见了真理的一半儿。掉过脸儿来，自爱自怜确也有不得不自爱自怜的。幼小时候有父母爱怜你，特别是有母亲爱怜你。到了长大成人，"娶了媳妇儿忘了娘"，娘这样看时就不必再爱怜你，至少不必再像当年那样爱怜你。——女的呢，"嫁出门的女儿，泼出门的水"；做母亲的虽然未必这样看，可是形格势禁而且鞭长莫及，就是爱怜得着，也只算找补点罢了。爱人该爱怜你？然而爱人们的嘴一例是甜蜜的，谁能说"你泥中有我，我泥中有你？"真有那么回事儿？赶到爱人变了太太，再生了孩子，你算成了家，太太得管家管孩子，更不能一心儿爱怜你。你有时候会病，"久病床前无孝子"，太太怕也够倦的，够烦的。住医院？好，假如有运气住到像当年北平协和医院样的医院里去，倒是比家里强得多。但是护士们看护你，是服务，是工作；也许夹上点儿爱怜在里头，那是"好生之德"，不是爱怜你，是爱怜"人类"。——你又不能老呆在家里，一离开家，怎么着也算"作客"；那时候更没有爱怜你的。可以有朋友招呼你；但朋友有朋友的事儿，那能教他将心常放在你身上？可以有属员或仆役伺候你，那——说得上是爱怜么？总而言之，天下第一爱怜自己的，只有自己；自爱自怜的道理就在这儿。

再说："大丈夫不受人怜。"穷有穷干，苦有苦干；世界那么大，凭自己的身手，哪儿就打不开一条路？何必老是向人愁眉苦脸唉声叹气的！愁眉苦脸不顺耳，别人会来爱怜你？自己免不了伤心的事儿，咬紧牙关忍着，等些日子，等些年月，会平静下去的。说说也无妨，只别不拣时候不看地方老是向人叨叨，叨叨得谁也不耐烦地岔开你或者躲开你。也别怨天怨地将一大堆感叹的句子向人身上扔过去。你怨的是天地，倒碍不着别人，只怕别人奇怪你的火气怎么这样大。——自己也免不了吃别人的亏。值不得计较的，不作声吞下肚去。出入大的想法子复仇，力量不够，卧薪尝胆地准备着。可别这儿那儿尽嚷嚷——嚷嚷完了一扔开，倒便宜了那欺负你的人。"好汉胳膊折了往袖子里藏"，为的是不在人面前露怯相，要人爱怜这"苦人儿"似的，这是要强，不是装。说也怪，不受人怜的人倒是能得人怜的人；要强的人总是最能自爱自怜的人。

大丈夫也罢，小丈夫也罢，自己其实是渺乎其小的，整个儿人类只是一个小圆球上一些碳水化合物，像现代一位哲学家说的，别提一个人的自己了。庄子所谓马体一毛，其实还是放大了看的。英国有一家报纸登过一幅漫画，画着一个人，仿佛在一间铺子里，周遭陈列着从他身体里分析出来的各种原素，每种标明分量和价目，总数是五先令——那时合七元钱。现在物价涨了，怕要合国币一千元了罢？然而，个人的自己也就值区区这一千元儿！自己这般渺小，不自爱自怜着点又怎么着？然而，"顶天立地"的是自己，"天地与我并生，万物与我为一"的也是自己；有你说这些大处只是好听的话语，好看的文句？你能愣说这样的自己没有！有这么的自己，岂不更值得自爱自怜的？再说自己的扩大，在一个寻常人的生活里也可见出。且先从小处看。小孩子就爱搜集各国的邮票，正是在扩大自己的世界。从前有人劝学世界语，说是可以和各国人通信。你觉得这话幼稚可笑？可是这未尝不是扩大自己的一个方向。再说这回抗战，许多人都走过了若干地方，增长了若干阅历。特别是青年人身上，你一眼就看出来，他们是和抗战前不同了，他们的自己扩大了。——这样看，自己的小，自己的大，自己的由小而大。在自己都是好的。

自己都觉得自己好，不错；可是自己的确也都爱好。做官的都爱做好官，不过往往只知道爱做自己家里人的好官，自己亲戚朋友的好官；这种好官往往是自己国家的贪官污吏。做盗贼的也都爱做好盗贼——好喽罗，好伙伴，好头儿，可都只在贼窝里。有大好，有小好，有好得这样坏。自己关闭在自己的丁点大的世界里，往往越爱好越坏。所以非扩大自己不可。但是扩大自己得一圈儿一圈儿地，得充实，得踏实。别像肥皂泡儿，一大就裂。"大丈夫能屈能伸"，该屈的得屈点儿，别只顾伸出自己去。也得估计自己的力量。力量不够的话，"人一能之，己百之，人十能之，己千之"；得寸是寸，得尺是尺。总之路是有的。看得远，想得开，把得稳；自己是世界的时代的一环，别脱了节才真算好。力量怎样微弱，可是是自己的。相信自己，靠自己，随时随地尽自己的一份儿往最好里做去，让自己活得有意思，一时一刻一分一秒都有意思。这么着，自爱自怜才真是有道理的。

创造宣言

◎陶行知

创造主未完成之工作，让我们接过来，继续创造。

宗教家创造出神来供自己崇拜。最高的造出上帝，其次造出英雄之神，再其次造出财神、土地公、土地婆来供自己崇拜。省事者把别人创造的现成之神来崇拜。

恋爱无上主义者造出爱人来崇拜……

美术家如罗丹，是一面造石像，一面崇拜自己的创造。

教育者不是造神，不是造石像，不是造爱人。他们所要创造的是真善美的活人，真善美的活人，是我们的神，是我们的石像，是我们的爱人。教师的成功，是创造出值得自己崇拜的人。先生之最大的快乐，是创造出值得自己崇拜的学生。说得正确些先生创造学生，学生也创造先生，学生先生合作而创造出值得彼此崇拜之活人。倘若创造出丑恶的活人，不但是所塑之像失败，亦是合作塑像者之失败。倘若活人之塑像是由于集体的创造，而不是个人的创造，那么这成功失败也是属于集体，而不是仅仅属于个人。在一个集体当中，每一个活人之塑像，是这个人来一刀，那个人来一刀，有时是万刀齐发，倘使刀法不合乎交响曲之节奏，那便是处处创痕。

教育者也要创造值得自己崇拜之创造理论和创造技术。活人的塑像和大理石的塑像有一点不同，刀法如果用得不对，可以万像同毁，刀法如果用得对，则一笔下去，万龙点睛。

有人说：环境太平凡了，不能创造。平凡无过于一张白纸，八大山人挥笔画他几笔，便成为一幅名贵杰作。平凡也无过于一块石头，到了菲迪亚斯、米开朗基罗的手里，可以成为不朽的塑像。

有人说：生活太单调了，不能创造。单调无过于坐监牢，但是就在监牢中产生了易经卜辞，产生了正气歌，产生了苏联的国歌，产生了尼赫鲁自传。单调又无过于沙漠了，而雷赛布竟能在沙漠中造出苏伊士运河，把地中海与红海贯通起来。单调又无过于开肉包铺子，而竟在这里面产生了平凡而伟大的平老静。

可见平凡单调，只是懒惰者之遁辞。即已不平凡不单调了，又何须乎创造。我们是要在平凡中造出不平凡；在单调上造出不单调。

有人说：年纪太小，不能创造，见着幼年研究生之名而哈哈大笑。但是当你把莫扎特、爱迪生及冲破父亲数学层层封锁之帕斯加尔（Pascal）的幼年研究生活翻给他看，他又只好哑口无言了。

有人说：我是太无能了，不能创造。可是鲁钝的曾参，传了孔子的道经；不识字的惠能传了黄梅的教义。惠能说："下下人有上上者。"我们岂可以自暴自弃呢！可见，无能也是藉口。蚕吃桑叶，尚能吐丝，难道我们天天吃的米饭，除了造粪之外，便一无贡献吗？

有人说山穷水尽，走投无路，陷入绝境，等死而已，不能创造。但是遭遇八十一难之玄奘，毕竟取得佛经；粮水断绝，众叛亲离之哥伦布，毕竟发现了美洲大陆；冻饿病三重压迫之下，莫扎特写下了安魂曲。绝望是懦夫的幻想。歌德说：没有勇气，一切都完。是的，生路是要勇气探出来，走出来，造出来的。这只是一半真理；当英雄无用武之地，他除了大无畏之斧还得有智慧之剑、金刚之信念与意志才能开出一条生路。古语说：穷则变，变则通，要有智慧才知道怎样变得通，要有大无畏之精神及金刚的信念与意志，才变得出来。

所以处处是创造之地，天天是创造之时，人人是创造的人，让我们至少走两步退一步向着创造之路迈进吧！

像屋檐水一样，一点一滴，滴穿阶沿石。点滴的创造固不如整体的创造，但不要轻视点滴的创造而不为，望着大创造从天而降；

……

创造之神，你回来呀！……只要你肯回来，我愿意把一切——我们的汗，我们的血，我们的心，我们的生命——都献给你，当你看见满山的树苗在你的监护之下，得到我的汗、血、心、生命的灌溉，一根一根地都长成参天的大树，你不高兴吗？创造之神，你回来呀！只有你回来，才能保护参天大树之长成。

罗丹说："恶是枯干"。汗干了，血干了，热情干了，僵了，死了，死人才无意于创造，只要有一滴汗，一滴血，一滴热情，便是创造之神所爱住的行宫，就能开创造之花，结创造之果，繁殖创造之森林。

寻找快乐

◎李国文

人，活在这个世界上，到底是快乐的时候多呢，还是不那么快活的时候多呢？没人做过这方面的统计。但是我想，"人生识字忧患始"，如果不是那么十分浑浑噩噩的话，稍稍有一点头脑，"不如意事常八九"，大概是一种比较准确的状态描写。快活并不是每个人都有幸运碰上的，不快活则是随时随地在等待着你。

就拿一些极平常的事情来说吧！

假如你一早睁开眼，天气不好，恐怕不会太开心。其实这是常事，而且说实在的，除非下刀子，天气似乎无关紧要。但晴朗和阴霾对人的情绪怎么也有影响，老天爷总不开脸，铅灰色的云层，像一块砖头压在心上，能痛快吗？

接着，你皱着眉头吃完老样子的早餐，从果腹这个角度看，也许无可挑剔，但人终究和吃饲料的动物有所不同，胃口大小、心情好坏，乃至于咸淡、干稀都有些个人的讲究。于是，就有喜欢与不喜欢的分别。"嗟来之食"固然难以下咽，"守着多大的碗，吃多大的饭"也影响食欲，想到终日奔忙，只是为了糊这张嘴，也就开不起这份心了。

人，就是这样，顺的时候少，不顺的时候多，这几乎是绝大多数人的命运。

随后，就该穿衣出门了。这就更麻烦，你在那儿脱来换去，大半不是从个人舒适出发，更多是从顺应别人的眼睛考虑。你捉摸不透马路上这股服装潮流，一会儿这么变，一会儿那么变，不知何时是个头？而且变过来变过去，弄得人无所适从，就更为苦恼。你纯粹是在为别人穿衣服，还得十分小心谨慎。超前了，怕人家说你，落在后面，又怕被讪笑，多没劲啊，做人真难啊！

穿衣服如此，其他让你掣肘，伤脑筋，自己当不了自己的家，诸如此类的烦恼，简直是不胜枚举。好了，这就该上班去了。搭乘公共汽车也好，或者骑自行车也好，出了门，一个"挤"字，就把你的情绪全给败坏了。这世界好大好大，按说不会多你一个，但从别人连一块立锥之地也不想给你留下的挤地，你会为自己的多余或别人的多余而无法快活了。

还有比衣食住行更简单、更普通、人人都逃脱不了的事吗？

以此类推，你踏进让人焦头烂额的社会，不知会有哪些坑坑洼洼，等着你去跌个鼻青脸肿呢？所以，越寻思越觉得活在这个世界上，太累了。

怎么办呢？

如果你不想精神崩溃，不想自杀；如果你又不想去大打出手，做一个斗士，改变自己的命运；如果你并不甘心像蚕一样束缚在茧里，被不快活弄得愈来愈不是自己，那么，最佳之计，你一定要努力寻找快乐，去追求你心目中的世界。

千万别跟自己过不去。

记住，你的世界和你的快乐只属于你！

工作着是美丽的

◎方　方

在大学时，读到女作家陈学昭写的一篇小说《工作着是美丽的》，这篇小说的名字比内容更加深深地打动了我。每次当我写完一篇小说或者是做完一件事，以全身心放松的姿态活动筋骨时，我总能想到这句话：工作着是美丽的。

如果我在某一场合说出这句话和我的感受来，是一定会遭到许多人的嘲笑的。他们会觉得这是一种幼稚是一种浪漫，或者说是一种幼稚的浪漫。我知道，这是一定的。因为这个世界上有太多的闲人，他们不喜欢工作，他们总觉得工作只应该是别人的事，而他们，则天然地应该坐在工作者的旁边，品着茶，抽着香烟，很宏观地谈论他们无论如何也左右不了的天下大事，然后再偶尔地对着他们近旁那些忙碌的人们评头论足——虽然他们也并没有看清楚那些忙碌的人正在做些什么。

工作的人往往会对他们的议论感到愤愤然，有时甚至会情不自禁地跳出来说：你们光说不做，你们要觉得我做得不好，你来试试看。每逢此时，说话的人多半会很有风度并显得很宽容地说：言者无罪，闻者足戒嘛。

是呀，这是中国一句名言，人家说得不对，你就只当没有听见不行么？善于工作的人往往不善言辞，在此刻多半只会哑口无言，脸色灰暗得如自己果真犯了大错。不知就里的人们，见了工作的人这份脸色，在对他产生同情之心时，也认定他果然是犯了错的。

工作的人的确是容易出错的，其原因就在于所做的事总有它的具体性。而任何事一旦具体了就很容易找出它的纰漏之处。比方办刊物，标题起得不好，文章漏校几个字，版式不太美观之类，全都看得见，摸得着。又如开汽车，天天在街上出入，不小心被自行车擦掉一块漆以及后车灯叫别人撞扁等等，也都在面上搁着。这些一目了然的毛病，自然给说话的人提供了说长道短的素材。

说话的人却很少有出错的机会。因为他们不做事只说话，而话语总是很虚无的，虚无的东西便抓摸不着。更何况说话的语气还可以调节说话的内容，有时一句话，换一种语气说，便能说得与原意相反，足可以阐释得让听过两种语气的人目瞪口呆。所以，说话的人因为长久以来只说话，已经把说话这种方式操练得具有很高的技巧了。这一来，越发不易让人觉得他也会出错。

在这个世界上，一个完美的不易犯错误的说话的人，显然比一个成天工作并于忙碌中有所疏忽、偶有过失的人要受欢迎得多。所以，我们看到喜欢说话的人越来越多，而喜欢做事或者说工作的人越来越少。

纵是如此，我们——这些喜欢工作的人，还是愿意"幼稚而浪漫"地重复这样一句话：工作着是美丽的！

对理想的思索

◎周国平

一

据说，一个人如果在 14 岁时不是理想主义者，他一定庸俗得可怕；如果在 40 岁时仍是理想主义者，又未免幼稚得可笑。

我们或许可以引申说，一个民族如果全体都陷入某种理想主义的狂热，当然太天真；如果在它的青年人中竟然也难觅理想主义者，又实在太堕落了。

由此我又相信，在理想主义普遍遭耻笑的时代，一个人仍然坚持做理想主义者，就必定不是因为幼稚，而是因为精神上的成熟和自觉。

二

有两种理想。一种是社会理想，旨在救世和社会改造。另一种是人生理想，旨在自救和个人完善。如果说前者还有一个是否切合社会实际的问题，那么，对于后者来说，这个问题根本不存在。人生理想仅仅关涉个人的灵魂，在任何社会条件下，一个人总是可以追求智慧和美德的。如果你不追求，那只是因为你不想，决不能以不切实际为由来替自己辩解。

三

理想有何用？

人有灵魂生活和肉身生活。灵魂生活也是人生最真实的组成部分。

理想便是灵魂生活的寄托。

所以，就处世来说，如果世道重实利而轻理想，理想主义会显得不合时宜；就做人来说，只要一个人看重灵魂生活，理想主义对他便永远不会过时。

当然，对于没有灵魂的东西，理想毫无用处。

四

我喜欢奥尼尔的剧本《天边外》。它使你感到，一方面，幻想毫无价值，美毫无价值，一个幻想家总是实际生活的失败者，一个美的追求者总是处处碰壁的倒霉鬼；另一方面，对天边外的秘密的幻想，对美的憧憬，仍然是人生的最高价值。那种在实际生活中即使一败涂地还始终如一地保持幻想和憧憬的人，才是真正的幸运儿。

五

对于不同的人，世界呈现不同的面貌。在精神贫乏者眼里，世界也是贫乏的。世界的丰富的美是依每个人心灵丰富的程度而开放的。

对于音盲来说，贝多芬等于不存在。对于画盲来说，毕加索等于不存在。对于只读流行小报的人来说，从荷马到海明威的整个文学宝库等于不存在。对于终年在名利场上奔忙的人来说，大自然的美等于不存在。

想一想，一生中有多少时候，我们把自己放逐在世界的丰富的美之外了？

一个经常在阅读和沉思中与古今哲人文豪倾心交谈的人，与一个只读明星轶闻和凶杀故事的人，他们生活在多么不同的世界上！那么，你们还要说对崇高精神生活的追求是无用的吗？

六

圣徒是激进的理想主义者，智者是温和的理想主义者。

在没有上帝的世界上，一个寻求信仰而不可得的理想主义者会转而寻求智慧的救助，于是成为智者。

我现在就付诸行动

◎奥格·曼狄诺

我的幻想毫无价值，我的计划将石沉大海，我的目标将不会达到。一切的一切都只是白日做梦——除非我们付诸行动。

我现在就付诸行动。

一张地图，不论多么详尽，比例多么精确，它永远不可能带着它的主人在地面上行走半步。一个国家的法律，不论多么公正、严明，永远不可能防止罪恶的发生。任何宝典，即使我手中的羊皮卷，永远不可能创造财富。唯有行动才能使地图、法律、宝典、梦想、计划、目标具有实在意义。行动，像食物和水一样，它滋润我，使我成功。

我现在就付诸行动。

拖延使我裹足不前，它来自恐惧。现在我从所有勇敢的心灵深处，了解到这一秘密。我知道想克服恐惧必须毫不犹豫，起而行动，只有如此，心中的慌乱才可以得到平定。现在我知道行动会使猛狮般的恐惧，减缓为蚂蚁般的平静。

我现在就付诸行动。

此刻我要牢记萤火虫的启迪：只有在振翅的时候才能发出光芒。我要成为一只萤火虫，即使在艳阳高照的白天我也要发出光芒。别像蝴蝶一样，舞动翅膀，靠花朵的施舍生活；我要做萤火虫，照亮大地。

我现在就付诸行动。

我决不把今天的事情留给明天，因为我已深知明天是永远不会来临的。现在就付诸行动吧！即使我的行动不会带来快乐与成功，但只要我已行动过，就足已把那些坐以待毙者比下去。行动也许不会结出快乐的果实，但没有行动，所有的果实都得不到收获。

我现在就付诸行动。

立刻行动！立刻行动！立刻行动！从今往后，我要一遍又一遍，每时每刻默诵这句话，直到成为习惯，好比呼吸一般，成为本能，好比眨眼一样。有了这句话，我就能调整自己的情绪，迎接失败者避而远之的每一次挑战。

我现在就付诸行动。

我一遍又一遍地重复这句话。

清晨醒来时，失败者流连于床榻，我却要想到这句话，然后开始行动。

我现在就付诸行动。

外出推销时，失败者还在考虑是否会遭到拒绝的时候，我要想到这句话，面对第一个来临的顾客。

我现在就付诸行动。

面对紧闭的大门时，失败者怀着恐惧与惶惑的心情，在门外等候；我却想到这句话，随即上前敲门。

我现在就付诸行动。

面对诱惑时，我想到这句话，远离罪恶。

我现在就付诸行动。

只有行动才能决定我在商场上的价值。若要加倍我的价值，我必须加倍努力。我要前往失败者惧怕的地方，当失败者休息的时候，我要继续工作。当失败者沉默的时候，我开口推销，我要拜访十户可能买我东西的人家，而失败者在一番周详的计划之后，却只拜访一家。在失败者认为太晚时，我能够骄傲地说大功告成。我现在就付诸行动。

现在是我的所有。明天是为懒汉保留的工作日，我并不懒惰。明天是弃恶从善的日子，我并不邪恶。明天是弱者变强者的日子，我并不软弱。明天是失败者借口成功的日子，我并不是失败者。

我现在就付诸行动。

我是雄狮，我是苍鹰，饥即食，渴即饮。除非行动，否则就此灭亡。

我渴望成功、快乐、心灵的平静。除非行动，否则我将在失败、不幸、夜不成眠的日子中奄奄一息。

我向自己发布命令并且必须服从自己的命令。

成功不是等待。如果我迟疑，她会投入别人的怀抱，永远弃我而去。

我现在就付诸行动。

快乐不是自来水

◎迪尼斯·普雷格

我有幸参加了一次以快乐为题的演讲，事后，有位女听众站起来说："我真该带我的丈夫来听听这次演讲。"她解释说自己的丈夫老是很不快乐，虽然她很爱他，但和他生活在一起实在不容易。

这位女士的话让我想到道理应该是这样讲的，不管是谁，要把寻觅快乐当一回事。我告诉她，为了我们的另一半，我们的孩子、朋友，我们要尽量快乐。你若不同意我的意见，不妨去问问孩子跟不快乐的父母长大是什么滋味；或者问问做父母的，如果他们有一个不快乐的孩子有多痛苦。

其实，我自己的童年就不是特别快乐，而且跟大多数少年一样沉溺在不能自拔的痛苦中。但有一天我忽然醒悟，原来自己只是在害怕困难而唯唯诺诺。要快乐起来也很容易，这种事不需花心思费力气。真正的成就在于尽我所能以求快乐。

不少人并没有意识到快乐是必须去求去找才会有的。我们都以为快乐只是一种感觉，源自碰巧发生在我们身上的好事，而那种好事会不会发生则非我们所能主宰。

快乐主要是由我们支配的，我们应该主动争取；真相却刚好相反，需要被动等待。希望自己有个快乐的人生，就必须克服一些障碍，其中三个障碍是：

第一，与别人比较。

多数人都拿自己跟我们以为人生顺利的人比较，有些是亲友，有些是我们其实只听说过的人。我认识一个年轻人，是外表看去纯粹的事业有成、日子美满的那种人。他谈起他挚爱的妻女，谈起他在他中意的城市当电台节目主持人，喜不自禁。我记得当时我心里想的是怎么什么好事都让这个家伙碰上了。

然后我们谈起电脑和互联网。他告诉我，他感激这世界上有互联网，因为他可以从中查索关于多发性硬化症的资料——他妻子正在饱受此症煎熬。我先前认为他是人生的幸运儿，此时只觉得自己愚不可及。

第二，过于追求完美。

每个人都在追求着想象中最完美的生活。问题却是很少有人事业与家庭都合乎他们自己想象中的标准。

就我自己而言。我出身的家庭没有人离过婚，在我看来婚姻是一生一世的事。因此，当我和第一任妻子在结婚五年，儿子出世三年后离异时，我整个人都垮掉了，我觉得自己还不如死掉。

接着我再婚，婚后向妻子芬妮坦承自己一直无法摆脱先前婚姻失败的阴影。这时，家里共有四人：我和儿子、她和她前夫的女儿。当芬妮问我觉得家里还有什么问题时，我老实回答，就是和儿子相处的时间太短。

"那么你为什么不因此而开心生活？"她问。理当如此。但首先我必须从自己内心想象的"完美"家庭中走出。

第三，过分在意自己的缺憾。

破坏快乐的有效方法莫过于对任何事物只集中注意瑕疵，假如望向天花板时只盯着缺了块天花板的那处地方。又如有个秃子对我说的："每到一个地方，我都会首先观察人群中有无另一个秃头。"

一旦你找出自己缺了哪一块天花板，就要探讨，若重新取得这块天花板是否真的可以使你快乐。然后你有三个行动选择：去找到这块天花板，或用另一块不同的天花板补上，又或者根本不予理会，把注意力放在那些没掉的天花板上。

我多年来研究快乐的道理，得到的最重要的结论之一是：人的一生遭遇和他是否会获得快乐并无太大关系。稍加细想就会明白这个道理，很明显。你一定也认识不少人，生活颇为顺利，但从根本上来说不快乐；我们也知道有些人吃过不少苦头，却能乐天知命地生活。

第一道秘方是感激。快乐都存于有感激之心的人，无感激之心的人不会快乐。我们总以为人是因为不快乐才抱怨，事实上，是抱怨促使人不快乐。

第二，要知道快乐是另一件事情的副产品。明显的快乐源泉是各种使我们生活有目标的活动，例如研究昆虫或打打球。当你用心投入自己喜好的运动时，你获得的快乐将不计其数。

最后，应有如下的信念：这世界上有些永恒的事物是超越我们的，而且我们的生存有更重大的意义。这种信念会使我们生活得更快乐。我们需要精神上或宗教上的信仰，或者秉持自己的人生观。

无论你的人生观是什么，都该包含这个道理：如果你凡事都从好的方面看，对人生一定有好处；如果你总是往坏处想，日子就难过了。如果你想开心过日子的话，那么，请立即快乐起来。

一株橡树正在生长

◎惠特曼

一株活着且正在生长的橡树独立在路易斯安那，从树枝上垂下些许青苔。

那里没有一个同伴，它独自生长着，发出许多绿油苍翠的快乐的叶子。

看到它粗壮、刚直、雄健的样子，我不由得联想到自己。

我惊奇着，它孤独地站在那里，附近没有一个朋友，如何能发出这么多快乐的叶子，——因为我知道这在我却不可能。

它让我越看越爱，禁不住摘下了一枝，上面带着一些叶子，而且缠着少许青苔，我将它带回来，供在我的屋子里，经常看着。

我并不需要借它来使我想起我自己亲爱的朋友们。因为我相信最近我是经常想到他们的。

然而它对我始终是一种奇异的标志——它使我想到了异性的爱。

尽管如此，这路易斯安那的活着的橡树依然独自生长在那广阔的平地上。

附近没有一个朋友，也没有一个情人，但一生中却长出如此多快乐的叶子。

我清楚地明白，如果换作是我，那恐怕只有死掉。

把世界的喧闹变成音乐

◎富尔顿·沃斯勒

百老汇的一位喜剧演员有一次做了个梦：自己在一个座无虚席的剧院给成千的观众表演——讲笑话、唱歌，可全场竟没有一个人发出会意的笑声和掌声。

"即使一个星期能赚上 10 万美元，"他说："这种生活也如同下地狱一般。"

事实上不只演员需要鼓掌，如果没有赞扬和鼓励，任何人都会丧失自信。可以这样说：我们大家都有一种双重需要，即被别人称赞和去称赞别人。

赞扬人也是一种艺术，不但需要用合适的方式加以表达，而且还要有洞察力和创造性。一位举止优雅的妇女对一位朋友说："你今天晚上的演讲太精彩了。我情不自禁地想，你当一名律师该会是多么出色。"这位朋友听了这意想不到的评语后，像小学生似的红了脸。正如安德烈·毛雷斯曾经说过的："当我谈论一名将军的功劳时，他并没有感谢我。但当一位女士提到他眼睛里的光彩时，他却表露出无限的感激。"

没有人不会被真心诚意的赞赏所触动。耶鲁大学著名的教授威廉·莱昂·弗尔帕斯经历过这样一件事：有一年夏天又闷又热，他走进拥挤的列车餐车去吃午饭，在服务员递给他菜单的时候，他说："今天那些在炉子边烧菜的小伙子一定是够受的了。"那位服务员听了后吃惊地看着他说："上这儿来的人不是抱怨这里的食物，便是指责这里的服务，要不就是因为车厢里闷热大发牢骚。19 年来，你是第一位对我们表示同情的人。"弗尔帕斯得出结论说："人们所需要的，是一点作为人所应享有的被关注。"

在这种关注之中，真诚是最为重要的。因为只有真诚才能使赞语具有效力。做父亲的劳累了一天后回家，当他看到自己的孩子将脸贴着窗子正等待和注视着自己的时候，便会感到自己的灵魂沐浴在甜蜜的甘露之中。

真诚地赞扬别人，能帮助我们消除在日常接触中所产生的种种摩擦与不快。这一点在家庭生活中体现得最为明显。妻子或丈夫如能有心经常适时地讲些使对方感到高兴的话，那就等于取得了最好的婚姻保险。

孩子们总是特别渴望得到别人的肯定。一个孩子如果在童年时代缺少家长善意的赞扬，那就可能影响到他个性的发展，甚至还可能成为他终生的不幸。一位年轻的母亲讲了一件令人深思的事：我的小女儿经常淘气，我不得不常常责骂她。有一天她表现得特别好，没有做一件惹人生气的事。那天晚上，我把她安顿上床后正要下楼时，突然听到她在低声哭泣。我不禁问她出了什么事，她一边哭一边问道："难道我今天不是一个很乖的小姑娘吗？"

说话和善——适用于所有人与人之间的关系。我小时候住在巴尔的摩，邻近的街区新开了一家药店，而帕克·巴洛——我们的经验丰富的久有声望的药店主，对此感到非常气愤。他指责他年轻的对手卖次药，毫无配药方的经验。后来，这个受到攻击的新来者准备为此事向法院起诉。他去请教一位律师，这名律师劝告他说："别把这件事闹得满城风雨，你不妨试着表示善意。"

第二天，当顾客们又向他述说帕克的攻击时，他说："一定是在什么事上产生了误会。帕克是这个城里最好的药店主，他在任何时候都乐意给病人配药。他这种对病人的关心给我们大家树立了榜样。我们这个地方正在发展之中，有足够的余地可供我们两家做生意。我是以巴洛医生的药店作为自己的榜样的。"

帕克听到这些话后——因为好话乘上闲谈之翼也跟流言飞得一样快——便急不可待地去见自己的年轻对手，并向他介绍了自己的一些经验，提了一些有益的劝告。这样，真诚的赞扬消除了怨恨。

要是有不少人聚在一起，那就需要考虑周到。大家聚在一起交谈，一个有心人会让每个人都感到自己是这场讨论的参加者。我的一位朋友曾经常带着赞赏谈论亚瑟·詹姆斯·巴尔弗总理作为餐桌上的主人的情况："他会接过一个害羞的人所讲的犹犹豫豫的观点，从中发现出人意料的智慧之处，把它加以扩展，直至最初提出这个观点的人都感到自己确实对人类智慧做出了某种贡献。每个客人在离开餐桌时，都会感到像是在空中行走，相信自己比原来想象的要伟大些。"

为什么我们中的大多数人没能把一些令人愉快的真实感受说出口呢？而这本来是可以使别人感到十分快乐的。有这样一句话："给活着的人献上一朵玫瑰，比给死者送去豪华的花圈要好得多。"此话不无道理。有一位商人常去光顾一家古董店。一天，他刚离开，店主的妻子对丈夫说："刚才我真想告诉他，我们对他经常上这儿来感到多么高兴。"丈夫回答说："那么等他下次来时告诉他吧。"

第二年的夏天，一名年轻女子来到这家古董店，自我介绍说她是那个商人的女儿，并说她父亲已经去世了。店主的妻子告诉了她，在她父亲最后一次来店里时自己和丈夫的谈话。这个女子顿时含着泪水说："要是你当时把你的话给我父亲说了，那该有多好啊!"

"从那天以后，"这位店主说，"每当我想到某人有什么好的地方，我就告诉他。因为说不定我以后再也不会有这样的机会了。"

如同艺术家在把美带给别人时感到愉快一样，任何掌握了赞扬艺术的人都会发现，赞扬不仅给听者，也给自己带来极大的愉快。它给平凡的生活带来了温暖和快乐，把世界的喧闹声变成了音乐。

人人都有值得称道的地方，我们只须把它说出来就是了。

我们的责任

◎理查德·费曼

我们还处在人类的初级阶段，因此难免要遇到困难、问题。好在未来还有千千万万年。我们的责任是学所能学、为所可为，探求更好的办法，并相传子孙。我们的责任是给未来的人们一双没有束缚自由的双手。在人类年少好胜时期，人们常会制造巨大的错误而导致长久的停滞。倘若我们自以为对众多的问题都已掌握、控制，年轻而无知的我们一定会犯这样的错误。如果我们压制批评，不许讨论，大声宣称："看哪，朋友们，这便是正确的答案，人类得救啦！"我们必然会把人类限制在权威的朋友和现有想象力之中。这种错误屡见不鲜。

科学家们知道，伟大的进展都源于承认无知，源于思想的自由。我们有责任宣扬思想自由的价值，教育人们不要惧怕质疑而应该欢迎它、讨论它，而且毫不妥协地坚持拥有这种自由，这也是我们对未来千秋万代所负有的责任。

快乐的真谛

◎诺宾·基尔福德

在日常生活中，我们往往见到有人乐观，有人悲观。为何会这样？其实，外在的世界并没有什么不同，只是个人的处世态度不同罢了。

最能说明这个问题的是我在一家卖甜甜圈的商店前面见到一块招牌，上面写着："乐观者和悲观者之间的差别十分微妙：乐观者看到的是甜甜圈，而悲观者看到的则是甜甜圈中间的小小空洞。"这个短短的幽默句子，透露了快乐的本质。事实上，人们眼睛见到的往往并非事物的全貌，只看见自己想寻求的东西。乐观者和悲观者各自寻求的东西不同，因而对同样的事物就采取了两种不同的态度。

有一天，我站在一间珠宝店的柜台前，把一个装着几本书的包裹放在旁边。当一个衣着讲究、仪表堂堂的男子进来，开始在柜台前看珠宝时，我礼貌地将我的包裹移开，但这个人却愤怒地看着我，他说，他是个正直的人，绝对无意偷我的包裹。他觉得受到了侮辱，重重地将门关上，走出了珠宝店。我感到十分惊讶，这样一个无心的动作，竟会引起他如此的愤怒。后来，我领悟到这个人和我仿佛生活在两个不同的世界，但事实上世界是一样的，所差别的是我和他对事物的看法相反而已。

几天后的一天早晨，我一醒来便心情不佳，想到这一天又要在单调的例行工作中度过时，便觉得这个世界是多么枯燥、乏味。当我挤在密密麻麻的车阵中，缓慢地向市中心前进时，我满腔怨气地想："为什么有那么多笨蛋也能拿到驾驶执照？他们开车不是太快就是太慢，根本没有资格在高峰时间开车，这些人的驾驶执照都该被吊销。后来，我和一辆大型卡车同时到达一个交叉路口，我心想："这家伙开的是大车，他一定会直冲过去的。"但就在这时，卡车司机将头伸出车窗外，向我招招手给我一个开朗、愉快的微笑。当我将车子驶离叉路口时，我的愤怒突然完全消失，心情豁然开朗起来。

这位卡车司机的行为，使我仿佛置身于另一个世界，但事实上，这个世界依旧，所不同的只是我们的心境。

　　每个人在生活中都会有类似的小插曲，这些小插曲正是我们追求快乐的最佳方法。要活得快乐，就必须改变自己的态度。我想，这就是快乐的真谛吧！

只为今天

◎戴尔·卡耐基

我只为今天而快乐。而快乐发于内心，还不是一件外在的事情。这样便可假定亚伯拉罕·林肯所说的"多数人的快乐大致依他们的决心而定"是正确的。

我只为今天而快乐，因而，使自己适应现状，却不是设法使一切适合自己的欲望。我顺其自然地接受自己的家庭、事业与运道，并使自己适应它们，而不是使它们适应我。

我只为今天而快乐，因而我照顾自己的身体。我要锻炼它、爱护它、滋养它，不滥用它，也不漠视它，使它成为一部完美的机器，以供我差遣。

我只为今天而设法强固自己的思想。我要学习有用的东西，我不要精神怠惰，我要读些需要努力、思想和专心的东西。

我只为今天而举止适度。我要尽可能仪态优雅，衣着适宜，低声说话，举动有礼，勤于称赞，却不批评，任何事情不吹毛求疵，也不企图管制或改进任何人。

我只为今天而活，为今天而努力，并不想一次解决自己整个生命的问题。我一天能持续工作十二小时，但若一生都得这样，我就会被吓得不战而退。

我只为今天而订下一个计划。我要写下今天自己每小时期望做什么。我也许不能确实依它而行，但我总是有个计划。在我的人生中，我尽量不让忙与犹豫这两个害人精干扰我。

我只为今天而给自己安排独处的半小时，并且轻轻松松地度过。在这半小时里，有时我会想想上帝，多少使自己对自己的生命有正确的估量。

我只为今天而无所畏惧。我不害怕去快乐，去享受美丽的事物，去爱，并相信我所爱的人们也同样爱我。

生命不能虚度

◎奥里森·马登

　　"米开朗基罗真是个非同凡响的人物。"一位法国作家这样评论道，"他虽已年逾60，已不那么强悍，但看他在大理石上飞快地挥舞着雕刻刀，依然显得那么遒劲有力。他一刻钟完成的工作量，3个壮小伙一个小时也完成不了。他真让人佩服，碎石在他雕刻刀下飞溅，那气势、那劲头会让人以为在他一击之下整块石头都有可能粉碎。懂得雕刻的人都知道多雕刻掉哪怕是一根头发厚度的石片，都可能使整个雕刻工作前功尽弃，所以许多人都很担心米开朗基罗那雄劲有力的一挥、一戳，毕竟掉下的石头不会再重新补上。"

　　而米开朗基罗则对另一位非凡人物——拉斐尔赞叹不已："他才是最值得人类歌颂的，因为他的灵魂最美丽，他以他的勤奋创造了一个又一个最灿烂的辉煌。"许多人都惊叹拉斐尔何以能够创造出如此完美的作品，拉斐尔对此的回答是："从小时候起，我就养成了对任何事物都重视的习惯。"可惜的是，这位艺术家英年早逝，38岁就离开了这个世界。罗马陷入了深深的悲痛之中，连罗马教皇利奥十世也为拉斐尔的离世悲伤哭泣。拉斐尔给后人留下了287幅绘画作品，500多张素描。其中有些作品艺术价值无法用金钱衡量。在那些整天懒散无事、不思进取的年轻人看来这是多么不可思议而教训深刻啊！

　　达·芬奇也是个勤奋而有大成就的人，他每天在天刚蒙蒙亮时就起床去工作，一直工作到天黑什么也看不见为止，就是在这种勤奋工作下，达·芬奇才给我们留下了许多宝贵的精神财富。

　　鲁本斯成了名画家并渐渐富裕之后，一位炼丹师找上了他，他要求二人合作把普通金属变成金子。炼丹师告诉鲁本斯说世上只有他一人才知道炼金子的密诀。鲁本斯对他说："可惜，我早在20年前就已发现了这个秘密。"说着，鲁本斯指着自己的画具又说："通过它们我很容易实现这一梦想。"

　　法国画家密莱司一旦画起画来，就全身心投入，不被外界所干扰。他说："任何一个农夫，不管他有多劳苦，他都没有我劳累。"他又说："一个年轻人最应该干的就是工作。天才是可遇而不可求的，但即使是天才，如果不努力工作，也不会做出什么大成绩。我从不建议别人立志当一名艺术家，从前如此，现在、将来也如此。如果一个孩子拥有了艺术家的潜质，那么他是不用别人去劝导、建议的，他仍然会朝此方向迈进的。但总有很多人问我是否应该培养他们的孩子成为一名画家，我的回答从来都是否定的。我要提醒他们的是，不管将来成为什么，都必须从现在、从小脚踏实地做起，不要忽视琐碎的事情，不管它们多么令人生厌，多么不值得一做。还有那就是努力工作。"

《圣经》的译者马丁·路德是一名宗教改革家，他非常推崇一句话："每天都要完成一些工作。"特纳也非常赞同这句话。特纳的老师约舒亚·雷诺德就常教导特纳说："如果想要超过别人，那就必须时时刻刻努力工作、学习，除此之外，没有别的，唯艰苦工作。"工作有时确是艰苦的，但在特纳看来工作不但是艰苦的，更是美好的。

如果一个人利用智慧为人类造了福、贡献了力量使国家受益、奉献了爱心而使邻里受益，那么可以说他没有虚度他的年华。

彼得大帝是一个英明的君主，他的英明就在于他知道学习，知道努力工作。在王室其他成员还穿着考究的宫廷服装享乐的时候，彼得大帝就已换下宫廷服装穿上普通人的衣服去西欧学习先进的生产技术了。在英国，他屈尊进入纸厂、磨房、制表厂以及其他工厂与其他工人一样干活；在荷兰，他甘愿为徒向一位造船师学习。在工作中，彼得注意向那些优秀人物学习，学习他们的先进技术和科学的管理方法。

彼得利用一个月的时间在伊斯提亚铸铁厂学会了冶炼金属的技术，最后一天他铸造了18普特的铁，他把自己的名字刻在这些铁上面。随同彼得周游的俄国贵族怎么也没有想到他们有朝一日会干上这种活，但怨言归怨言，他们最后也不得不在彼得的带动下拿起了煤铲、拉动了风箱。在索要报酬时，工头穆勒付给了彼得18个金币。彼得知道铸一普特铁的报酬是3个戈比，显然他的报酬超出他的所得了。彼得对穆勒说："把多余的金币拿回吧！只需给我所应得的报酬就可以啦，这足够我买一双新鞋啦，我实在应该换一双鞋了。"的确，彼得脚上穿的鞋已破烂得不成样子，几块后补的补丁也已磨破。现在在穆勒的伊斯提亚铸铁厂还珍藏着当初彼得大帝铸造的一根铁棒。匹兹堡的国家珍奇博物馆保存着另外一根。俄国人从彼得大帝身上受到很大启发：

要想出人头地，要想超越别人，就一定要辛勤工作，努力、努力、再努力，辛勤、辛勤、再辛勤。

如果你自我感觉不错，自认为一切该得到的东西都会自动到来，那你就要注意了，因为你可能终生一事无成。如果你想挽救自己，那就要立即抛弃这种可悲的想法，而以辛勤的工作代之，你要明白，只有辛勤的劳动才最有可能使你成功，才是最最重要的成功元素。

比彻对勤奋工作的认识比较彻底："在我看来，知识领域中的任何一种艺术流派、任何一件作品，莫不经过创造者多年的辛勤劳作而得以扬名世界。天才离不开勤奋；离开勤奋的天才也长久不了。"

的确，翻开历史，我们会发现，所有的有着世界影响的业绩和成就无一不是勤奋的结晶，不管是文学作品，还是艺术作品，皆是如此。

哥尔德斯密斯认为一天里能够写出 4 行诗就已经相当了不起了。《荒村》这样一部有影响力的大作品就花费了哥尔德斯密斯多年时间。哥尔德斯密斯认为："如果一个人养成了持之以恒的写作习惯，那么那些零星写作的作者是无法领略到这个人的思维的缜密程度以及写作时的熟练程度，永远都不能，哪怕那些人有着这个人 10 倍的天赋。"

朗费罗把伟大的诗歌作品比作浮出水面的桥梁，把诗人平时的学习与研究比作沉没在水中的桥基。他说："桥梁固然重要，但桥基也是必不可少的，不能因为看不见它，而忽略它的重要性。"

如有可能可看一下那些伟大作品的"初稿"，定会受到启发，无论是《独立宣言》，还是朗费罗的《生命之歌》，亦或其他作品，没有哪一部作品是一下成稿的，都是经过了多次修改和润色的。拜伦的《成吉思汗》前后写了 100 多遍，只因为拜伦要求精益求精。

古代雅典的雄辩家狄摩西尼为了写成《斥腓力》用了大量的时间，耗了大量精力；柏拉图对《论共和国》的要求更严谨，光开头第一句话就用了 9 种不同的写法；蒲柏花掉整整一天的时间只为了写好两行诗；夏洛蒂·勃朗特用一个小时琢磨一个适当的词语；格雷写一个短篇需要用一个月时间；吉本写《罗马帝国衰亡史》的第一章就写了 3 遍，而完成这部大块头作品则用了 25 年。

安东尼·特罗洛普认为一个人说要等到心情好时或是灵感来临时再工作起来也不迟根本就是自欺欺人。

"不经过努力就成功的事真的很不错。"一次大律师罗费斯·乔特的一位朋友对他说。"这有什么可感叹的。"大律师回应道，"那样做就犹如把希腊字母撒落地上，捡起来就成了伟大的史诗《伊利亚特》般不可信。"

坐等着好事光临与希望月光变成银子一样都属无稽之谈。梦想自然法则会随你所愿那更是痴人说梦话。这些想法是那些不愿努力工作的人的水中月、雾中花，也是那些目光短浅者的海市蜃楼。

亚历山大·汉密尔顿告诉世人："不要以为是我的天赋成就了我的成功，实际上，是努力工作成就了我。"

丹尼尔·韦伯斯特在他70岁生日之际谈起了他的成功："要说我能有今天这番成绩，完全来自于我的努力，在我能够工作时日起，我没有一天不在努力工作。"

"我最大的乐趣是在工作中找到的。"已年近90岁的格莱斯顿这样说，"勤奋工作是一种好的习惯，它能使你获益匪浅。很多很多年轻人把休息看作工作的结束，但在我看来改变工作方式才是最好的休息方式。假如说你长时间看书眼睛已疲劳，脑子昏沉，那就不妨到空气清新的外面走走，活动一下身体，这样疲劳就会被你驱跑。实际上，自然的努力一刻也没有停止过，即便在我们睡觉时，心脏仍在工作。自然的努力一旦真的停止，人也就不可能还存在。无论工作、学习，还是生活，我都尽量顺应自然，这样我拥有了良好的睡眠、饱满的精神状态，消化也非常良好，这一切皆来自于我的辛勤工作。"

"我认识爱迪生那年他刚好14岁，"一位朋友告诉我，"他真是个勤奋的人，他不允许自己虚度每一天。他往往读书到深夜，他对那些情节曲折的小说和扣人心弦的西部故事表现出了厌烦，他喜欢的是机械、化学以及电学方面的书籍。他不但理论上精通它们，而且也掌握了这些实用技术。对于他来说，工作是最重要的，读书只能是忙里偷闲，而睡觉是不得不干的事，可以说，大量的工作加上少量的睡眠构成了他的全部生活。"

爱迪生本人的看法则更有启迪性："我兴趣最浓的时候是在发明之前，而发明成功之后，我兴趣顿失。另外，我发明绝不是为了求得金钱的回报，对别人也许是这样，但对我则绝非如此。我最感快乐的时候是在小时候，那时我十分贫穷，只能捡些破旧的设备和简单的器械进行我的实验，那时我真的感到幸福快乐。现在，我想要的一切实验设备都已拥有，而且是最好的，我可以继续我小时候的梦想，延续我的快乐，现在我的快乐依然来自工作的过程，而绝非经济上的回报。"

我们得承认有些东西蕴含着永恒的智慧，无论风和日丽，还是雪雨交加，亦或是我们神情不爽、身体不适，我们都得去我们应该去的地方，干旱已给我们准备好的我们应该做的工作。而只有我们劳作了 8 到 10 小时，休息才会显得格外甜美。孩子们必须于 9 点去上课，而且绝对不能分心去想别的事；无论何种情况账本都要记得清晰明了，准确无误；无论哪个库仓，都要求货物和账本记载完全一致；无论何时，都应该以和蔼可亲的态度面对孩子和邻里。不需再一一列举，道理都是一个，那就是，无论你从事什么行业，也无论你何时起步，你都必须辛勤肯干，不要说工作简单乏味，也不要说不富挑战，正因为你承受这些，你才有可能建立起成功的各种品质，诸如，一心一意、坚韧不拔、面对诱惑不为所动、严于律己等等，正是这些品质奠定了你今后的成功。可偏偏有些人鄙视劳作，这些人多是目光短浅、见识浅薄的狂傲之人。在我看来，最让人瞧不起的倒是那些自以为是的青年人，我断定他们绝不会在有人的街道上肩扛东西而过。

翻开历史画卷，我们会发现，在罗马最强盛时，罗马国王是经常劳作于田间的。但是在连一般的工匠和田间辛勤劳作的农夫都变成奴隶后，罗马帝国却衰落了。当时最开明的西塞罗这样写道："手艺人的工作是不值得一提的，文明的工作不可能在这里产生。"亚里士多德也持同样的观点："技术工人干的活是非常卑微的，根本不值得称颂，他们只是社会不发达的产物，注定是为人服务。"

虽然这些"知名人士"鄙视辛勤工作以及辛勤劳作的人，但历史是公正的，历史的巨轮很轻易地把这些有着短见的国家碾得粉碎。

泰勒总统卸任后不久，就被他的政敌选举负责弗吉尼亚村的公路。泰勒总统愉快地接受了这份工作，他并没有感到自己受到了污辱。负责一条公路虽然职责不大，但泰勒总统依然恪尽职守。泰勒总统的政敌们把这看作是对他们人格的污蔑和轻视，他们一致要求泰勒辞职。

泰勒接受这份工作时没说什么，可这时他却说："我为什么要辞职，虽然我不拒绝任何工作，但我也不无故辞职。"

以勤奋工作而闻名的还有惠灵顿公爵，他从不允许自己懒散，对于今天应该完成的事从不拖到明天去完成，他更不会把时间花费在无聊和享受上，他只知道学习、工作；工作、学习。

艾利巴罗夫勋爵想在律师界求得发展，但他的处境却对他极为不利，他没有选择退却，而是知难而上。超强的工作压力使他喘不过气来，他咬牙挺住，为了激励自己，他把一个激人奋发的座右铭贴在自己随时可以看见的地方，这个座右铭是：要么读书，要么挨饿。

德国人喜欢把"如果不用，我就会生锈"的字眼铸刻在钥匙上，旨在警醒自己，这不能不说是一种深刻的教导。

工作是生活的准则

◎奥里森·马登

有一个古希腊人心肠很好，他见到蜜蜂一朵花一朵花采粉酿蜜很是辛苦，就想帮助蜜蜂一下，他费了半天工夫采来了各种花，然后捉来蜜蜂，并把蜜蜂的翅膀剪掉，放在花上，但是蜜蜂最终也没酿出一点蜜来，原因在于这种做法违反了自然界法则。一朵花一朵花辛苦采粉酿蜜是蜜蜂工作的自然法则。

"人一生于世，做事就要用全部身心之力。"罗斯金如是说。

菲利浦斯·布鲁克斯是这样看待生活的："生活在一个人眼中就是他知道自己该干些什么。"不要误解菲利浦斯·布鲁克斯的意思，他的意思并不是说：只有工作到身心疲惫，品尝了酸甜苦辣才叫生活。

工作是能够让人体会到快乐的，即使是那种最让人感到卑微的工作，也会如此。生活中，每个人都免不了受一些不良情绪的侵扰，诸如，自卑、失望、痛苦等等，但如果能做到在那时把精力都集中于工作上，这些不良情绪的侵扰就会减轻，甚至消失。在工作中，人会变得坚强起来，这种精神不但可以激励自己，而且还可以感染、温暖周围的人。

"有一条生活准则是每个人必须遵守的，"英国哲学家约翰·密尔说，"不管是最有成就的道德家，还是最为平凡的普通人，都无一例外要遵守这一生活准则。这条生活准则就是：在进行了各种尝试后，每个人都找到适合自己的工作，然后就要集中精力全身心投入到工作中去。"

每一个有劳动能力的人都应该恪尽职守辛勤工作，生活的大门是不会为那些游手好闲、无所事事的人开放的，要想生活质量高，就必须要工作。

如果一个人能够做到全力以赴地去工作，那么即便他智力不高，水平一般，也同样可以取得一番成绩。尽管他先前也许不那么令人喜欢，但也会因此获得人们的好感。

有一句话说得很好，奖励不是比赛的最终目的，参与才是最重要的。

奥林匹克运动赛的优胜者会获得一个漂亮的花环，这种精神奖励远要比运动员获得的物质奖励贵重得多，它会使运动员的精神获得极大的满足。工作对于我们来说有同样的效果，不管我们的工作有多体面，薪酬有多丰厚，但与我们在工作中获得的快乐和满足相比都是微不足道的，那份快乐和满足才最让人回味。

爱默生说："回报是紧跟着勤奋工作后面的。""人们往往把在生活中应尽的职责当成一件单调至极的事。"诗人朗费罗说，"但是它起着至关重要的作用，它的作用犹如钟表的发条一样，只有发条正常工作，钟摆才能够来回摆动，指针也才能指示正确时间，一旦发条停止工作，时钟也就失去了它应有的价值。"

英国政界要人布鲁厄姆勋爵认为，努力工作对一个人的健康生活非常重要，不但可以让人保持健康的心灵，而且还可以强健机体。他说，当他晚上回思一天的生活时，如果发现自己一天都没有好好工作，就非常懊悔，他认为这是在浪费生命。

工作可以塑造一个人的形象，可以使你的机体更强健，精神更高昂；工作可以使你的思维更敏捷，逻辑更严密；工作还可以唤醒你沉睡内心的强大创造力，激发你的创业热情，总之，工作将使你学有所成，有所创造，在工作中，你的尊严和伟大之处将会显现，你才会成为一个受人敬重的人。

你当然可以把你的万贯家财留给你的儿子，但这又有什么意义呢？你不可能做到把你的经验、知识、阅历随着这万贯家财一同传给他；也不可能把你取得成功时的快乐、满足和克服困难时的体验传给他；你更不可能把你将才能转为财富的方法、技巧强输给他，万贯家财虽然很有诱惑，但这些品质要远比这些万贯家财要有用得多。你在积累这些巨额财富中，锻炼了意志，增长了见识，也增加了才干，因此，财富对于你来说，是见识、是才干、是经验、是教训、是意志，而对你的儿子来说，财富则是诱惑，可能会磨损他的意志，降低他的人格。财富在你手中，你能把它变成一座更大的金矿，而在你儿子手中，则有可能是个大包袱。财富可以激励你积极进取、奋力拼搏，但财富却可能让你的儿子好逸恶劳、游手好闲、恣意享乐。所以你把万贯家财留给你的儿子的同时，有可能把一些优良品质从他身上取走了，而这些优良品质才是你真正应该让你儿子拥有的。

你天真地以为，你的后人会在你牺牲自己成全他的基础上继续奋勇前进，创造更为美好的明天，岂不知，这只是你一厢情愿的想法，你给予他的并不是最好的基础、最佳的机会，而是一个容他堕落的广阔空间。你把他的受教育的机会、完善自我的机会以及工作的机会完全剥夺了。失去了这些宝贵的东西，任何一个人都不会得到真正的快乐，优良的品格也无从建立起来，最终定会堕落成一个不思进取、只知享乐的纨绔子弟。其实，在教育孩子时，最重要的是要告诫孩子要养成勤奋工作的习惯，这对他才最为重要。

运动员要想取得好成绩，只有勤学苦练，正所谓"养兵千日，用兵一时"，如果军队平时不勤学苦练，那么一旦战争来临，士兵和指挥员都惊慌失措，岂能不打败仗？生活中也同样如此。

迪恩·法拉说："工作是一份人人都享有的权利，它可以医治心灵创伤和精神疾病。自然界中下列现象经常见到：一潭不流动的水不久就会变臭，而一支细小的流动溪流却清澈见底。如果缺少了风雨雷电、阴晴圆缺，世界就未免显得太单调。如果一个地方长年四季如春、温度适宜，人们工作舒心，生活得舒服惬意，那么长久下去，人必定会觉得生活乏味，渐而心生厌倦。相反，那些整日东奔西走、努力工作、坚持奋斗的人却精神出奇地好，他们的潜力得到最大程度的发挥，他们自己也感到快乐。"

金斯利说："不管你愿不愿意，很多时候，在每天早晨醒来后，你都要强迫自己起来，开始一天的工作，并要努力做好，而那些赖在床上不起的懒汉，将无疑会失去这次锻炼的机会。"

我们人类得以繁衍生息，除了依靠勤奋工作外，别无他途。勤奋工作让贫穷的人开始了崭新的生活，使千百万人看到了生活希望，特别是那些精神不正常企图自杀的人，也由此重新踏上了生活之路。

"是工作挽救了我。"马齐奥教授说，"我曾经陷入沮丧的境地难以自拔，每一次都是长期养成的工作习惯把我解救出来。即使我对生活充满了绝望，我也能够保证不会倒下，在我看来，学术研究工作本身就充满了乐趣，因此，在解决政治、社会、宗教方面的问题时，即使累得我筋疲力尽，我也乐在其中。"

古希腊医生加龙把劳动比喻成人体的天然保健医生。

"勤奋工作是修复人体创伤的最佳良药。"美国小说家马修斯说，"无论是生理疾病，还是心理疾病，都可以通过勤奋工作得到补偿。但是，人们只把关注的目光投向那些热门的行业和要职，而不愿意再投身于那些磨练身心的艰苦工作。实际上，艰苦的工作是最好的对付倦殆、忧郁、懒散、萎靡的武器，是啊，没有一个勤奋工作、精力旺盛的人整日带着懒散、愁苦的面容。士气旺盛、渴望投身战场的士兵是无视于一个小伤口存在的。优秀的演说家也绝不会因为身上的小小毛病而影响他出色的演说。这是因为，当你的精神高度集中于一点时，其他不良情绪就很难侵袭你，相反，那些懒散、心灵空虚的人，因为其精神倦殆，那些自卑、空虚、忧伤、绝望等等负面情绪就会趁机而入，占据空虚的心灵，整个人也就随之消沉下去。"

俾斯麦更是把勤奋工作看成是一个人的生活保护神，他用了"工作"两个字，高度概括了生活准则的核心。他说，人如果不工作，就会变得空虚、消沉，生命也就毫无乐趣可言，他送了3个词给刚刚踏入生活门槛的年轻人，这三个词是：工作！工作！工作！"劳动永远是一切美的源泉。"卡莱尔说，"没有辛勤的劳动，一切创造都是空中楼阁，一切的梦想都是海市蜃楼。懒散、倦殆、游手好闲，就像传染病一样很快会蔓延开来，使人类的灵魂无以依托。"

一位智者说："人类所有的疾病，无论是生理上的，还是心理上的，都可以通过勤奋工作来医治。勤奋工作的人，心中充满希望，不会茫然，而那些游手好闲、无所事事的人缺乏生活热情，他们内心只会有空虚和绝望。"

"脑力劳动也好，体力劳动也好，都是十分光荣和神圣的，其品性要高于天，宽于地。"

"世上只有两种人让我钦佩，一种人是那些默默无闻，只知埋头苦干的劳动者。他们日复一日、年复一年地亲耕亲为，不辞劳苦，在令人感动的劳作中，他们的尊严得到了体现，特别是那些从事重体力的劳动者，更叫人佩服。另一种叫我钦佩的人是那些为人类创造精神财富而不懈追求的人。他们的劳作虽然没有直接给人类带来物质财富，但却提高了生命的质量。我只钦佩这两种人，这两种人用他们的劳动换来了自己内心的满足和愉悦，除了这两种人，其他人都是对社会毫无意义的人。"

工作就会有幸福

◎奥里森·马登

约翰·亚当斯感到实在无法忍受学拉丁语了，于是鼓足勇气向父亲提出不学拉丁语的请求。

"那好吧！"父亲这样答道，"即然你不想学了，那你就去水田挖几条排水沟吧！"约翰本来就战战兢兢地向父亲提出不学拉丁语了，现在对于父亲的这个命令就更不敢违抗了。他拿起铁锹就去了水田，一干就是一天，约翰边干边考虑不学拉丁语一事。晚上回到家，约翰又来到父亲身边，请求父亲允许他继续学习拉丁语。父亲依然很平静，同意了他的请求。从此，约翰全身心投入到学习中，并在学习中养成了一丝不苟的做事习惯。许多年以后，约翰成了美国建国以来的第二任总统，成了世界名人。

"如果我的钱只用来供自己花销，那我又何必一定要辛勤工作呢？"许许多多年轻人都有这样的疑问。

如果一个人真的不用出钱供养自己的母亲、姐妹以及妻子，那么真的是上帝对他宠爱有加了。但是他要明白：良好的品性一定是要经过辛勤劳动来塑造的。

一位通过自己勤勤恳恳劳动致富的人年轻时没有接受过良好的教育，所以他很希望自己的孩子在这方面比他强。临去世时，他却后悔不迭："我虽希望他们接爱良好的教育，但我花在这方面的心血还是太少了。他们一直过着养尊处优的生活。我多希望他们能够成为品质高尚令人尊敬的人，可事实却是：一个是医生，却没有一个患者来找他看病；一个是律师，却从来没人请他出过庭；一个在经商，可从不关心经营情况。我多次劝他们做人要诚实，做事要勤恳，可他们就是听不进去。他们总是回答：'爸爸，你有花不完的钱，我们又何必辛苦地去干活呢？'"

《青年导读》里记载了西拉斯·菲尔德成长的故事。西拉斯·菲尔德是大西洋电缆建设工程的发起人，著名的企业家。他16岁那年拿着全家人辛辛苦苦积攒下来的 8 美元离开斯托克布里奇到纽约发展。西拉斯·菲尔德来到纽约的哥哥家住了下来。他的哥哥大卫·菲尔德很是争气，通过努力成为了纽约法律界的一位要人。在哥哥家居住的时候，西拉斯·菲尔德感到很不快活。哥哥家的一位客人马克·霍普金斯看出了他的异常，对他说："一个孩子如果离开家后总是想家，那他是没有什么发展的。"

没多久，西拉斯进入了当时纽约市最好的干货交易店——斯图尔特店工作。刚去时，西拉斯只干些打杂的活，年薪是 50 美元，早上六点以后开始工作。在当上店员之后，早上八点开始工作，一直到晚上没有客人为止。

"这一次我用上了心。"菲尔德这样记载道，"我保证在第一个顾客来到之前赶到店里，最后一个顾客离去后再离开。我努力学习一切我认为有用的知识，我要做一个让所有人都佩服的推销商，我知道将来的成功是建立在今日的努力基础之上的，我一有空就去商业图书馆看书，我还是每周六晚上举办活动的辩论团体的成员。"

实际上，店主斯图尔特本身就是要求严格的人，他要求斯图尔特店的每一位店员早上上班必须登记，午饭和晚饭以及请假回来也都必须登记。假如早上上班迟到，或者午饭超过 1 小时，晚饭超过 45 分钟，都要受到惩罚。西拉斯·菲尔德在遵守这些规定方面是个典范，他没有受到一次惩罚。除此之外，他的业务还是最佳的，所以他很快受到了斯图尔特本人的重视，如果不出什么意外，提升他只是个时间的问题。

斯图尔特当年兢兢业业苦心经营自己的生意，随着生意越做越大，他的这种经营态度也越来越得以全面体现。他制订的制度科学而合理，这使得他的大集团以令人吃惊的良好态势高速运转。斯图尔特还是个精益求精的人，在他病入膏肓行将离世之前，他还在琢磨能够进一步提高工作效率、完善各部门协作的各种可能性。

斯图尔特是伟大的，那他的后继者呢，是不是也同样不平凡呢？斯图尔特的继任者接手的是庞大的商店销售网和斯图尔特遗留下来的科学的管理制度，但是斯图尔特的继承者却没能很好地继承这一切，他们不关注商店的经营状况，对客户也非常不礼貌，也不检查各部门的各项工作，他们只是眼看着这庞大的商店和财富而骄傲不已，他们以为商店会自动顺利运转下去，会带来数不清的财富。这样做的结果可想而知，但由于斯图尔特店的确真的是财力雄厚，再加上斯图尔特店原先良好的声誉，致使某些弊端在头几年没有显现，或显现不明显，但这种表面繁华状况很快就消失殆尽了。首先，老顾客表现了不满，继而所有顾客都心存不满，斯图尔特的继任者们终于看到了：他们的商店收入在减少，信誉在下降，顾客寥寥无几。更让他们感到可怕的是，投资者也失去了耐心和兴趣，都准备撤资或停止投资。

关键时刻，约翰·沃纳梅克接手了斯图尔特店，沃纳梅克是一个同斯图尔特同样不平凡的人，也是一个白手起家的商业能手。在当学徒工的时候，他距离工作单位——位于费城的一个书店4英里，每天他必须步行去那里，可薪水只有每周1.25美元，但是沃纳梅克发誓要赚到多于老板10倍的收入，这个念头支持他一直坚强地向前走，终于成功。沃纳梅克接手斯图尔特店仅仅几年，就又使斯图尔特店重现了斯图尔特在世时的繁荣景象。

一个想要成就一番事业的人，只有像斯图尔特和沃纳梅克一样立足现实、辛勤工作，并且持之以恒，十年如一日，才有可能成功，成功之后也不要满足，更不要骄傲，这样才有可能创造富足、美满的生活，并可能长久保持下去。

快乐是一种选择

◎阿戴尔·拉腊

长期以来，人们总是在为了找寻快乐而忙忙碌碌，而专家告诉我们：为了快乐，我们应该做些事情——做出正确的选择，或是有一套正确的自我观念，到后来，我们的总统也关心起他子民的快乐问题，美其名曰地将它立为《宣言》。

与此同时，还有另一种观念——快乐不是常常存在，它只是偶尔才会光临，如果我们总不快乐，那一定是遇到了什么麻烦。

然而，更多的人们所经历的并不是一种短暂的快乐状态，快乐是一件十分普通的事情，是一种被小品文作家休·普拉瑟称作是"由难以解释的问题、莫名其妙的成功与失败、很少有片刻完全的平静所组成"的混合物。

也许你会说你昨天刚哭完一场，因为你与老板之间有个误会，但是就真的没有快乐而且完全宁静的时候吗？在你拖着疲惫身躯回家的时候，你的爱人不是已为你做好了可口的饭菜了吗？你只记得昨天发生的最糟的事，却忘记在那一天当中，仍有很多美好的时光。

快乐就像是一位可爱、神奇的天使——她总会在你最不期望的时候到来，为你送上一些你梦寐以求的东西，而后又会消失无踪，留下许久没有散去的栀子花香，你无法预料她的出现，而只能在她下次来到时感谢她；你不能迫使快乐的降临——但当她在你身边时，你一定已流露出久违的笑脸。

当你满腹心事，想要在屋里摔东西时，请踱步到窗口，欣赏一下你身边的这个被落日照耀下的都市，请试着听听孩子们在昏暗的光线下打篮球的叫喊……现在感觉怎么样？不用说，你肯定已经完全忘记了刚才的不快。

快乐是你对人生的态度，这种态度在于你清洗百叶窗时听着咏叹调，或收拾衣柜时依然兴致勃勃，快乐是家人围坐在餐桌边吃团圆饭，快乐就在眼前而并不需要你计划——等我明天一定高兴……

嘿，你看！她已经冲破乌云来到了我们的面前，你还在等什么呢？

幸 福

◎ 维廉·巴克莱

幸福的生活不可缺少的三个因素：有希望、有工作、会爱人。

古希腊亚历山大大帝在职期间有一次大送礼物，以表示他的豪迈。他给第一个人一大笔钱，给第二个人一个省份，给第三个人一个高官。他的朋友听到这件事后，对他说："你要是一直这样做下去，你自己不怕变成个穷光蛋吗?"亚历山大回答说："这是不可能发生的，我为我自己留下的是一份最伟大的礼物。我所留下的是我的希望。"

一个人如果只知道生活在过去，而失去了对未来的希望，那么，他的生命已经开始终结。对过去的回忆不能鼓舞我们有力地生活下去，它只能让我们逃避，好像因犯逃出监狱。

一个英国老妇人，在她身患绝症自知时日不多的时候，写下了如下的诗句：

请不要可怜我，我永远也不要怜悯；

我将不再工作，永远永远不再工作。

人总经历过失业或没事做的日子，这时他就会觉得时间过得很慢，生活十分空虚。有过这种体验的人都应该知道，一份属于自己的工作是多么地重要。

有位叫做白朗宁的诗人曾写道："他望了她一眼，她对他回眸一笑，生命突然苏醒。"

只要你的生活中充满了爱，你就会变得谦卑、有生气，新的希望就会油然而生，世上就会有千百件事等着你去完成。有了爱，你的生命天天都是阳光，世界也变得万紫千红。

改变你的祷告吧，它应该是："上帝啊，让我有足够的力量和时间帮助那些需要我帮助的人吧!"

西西弗是幸福的

◎阿·加缪

　　西西弗是个荒唐可笑的英雄。他之所以荒谬，是因为他为了一种目的，坚韧不拔地、毫无退缩地长期忍受一种磨难。他藐视神明，仇恨死亡，对生活充满激情，这必然使他受到难以用言语尽述的非人折磨：他以自己的整个身心致力于一种没有效果的事业，而这是为了对大地的无限热爱必须付出的代价。人们并没有谈到西西弗在地狱里的情况。创造这些神话是为了让人们的头脑中有一个栩栩如生的形象。在西西弗身上，我们只能看到这样一幅图画：一个紧张的身体千百次地重复一个动作，搬动巨石，滚动它并把它推至山顶；巨石后面是一张痛苦扭曲的脸，这张紧贴在巨石上的面颊上落满泥土；抖动的肩膀，沾满泥土的双脚，完全僵直的胳膊，以及那坚实的满是泥土的双手。经过被渺渺空间和永恒的时间限制着的努力之后，他的目的就达到了。西西弗于是看到巨石在几秒钟内又向着下面的世界滚下，而他则必须把这巨石重新推向山顶。于是他又向山下走去。

　　正是因为这种周而复始、不屈不挠的重复，使我对西西弗产生了兴趣。这一张饱经磨难、近似石头般坚硬的面孔已经化成了石头。我看到这个人以沉重而均匀的脚步走向那无尽的苦难。这个时刻就像一次呼吸那样短促，它的到来与西西弗的不幸一样是确定无疑的，这个时刻就是意识的时刻。在每一个这样的时刻中，他离开山顶，并且逐渐地深入到诸神的巢穴中去，他超出了他自己的命运。他比他搬动的巨石还要坚硬。

　　如果说这个神话是悲剧的，那是因为它的主人公是有意识的。如果他希望每一步都走向成功的话，他就不会有丝毫痛苦。今天的工人终生都在劳动，终日完成的是同样的工作，这样的命运并不比西西弗的命运幸运。但是，这种命运只有在工人变得有意识的偶然时刻才是悲剧性的。西西弗，这诸神中的无产者，这进行无效劳役而又进行反叛的无产者，他完全清楚自己所处的悲惨结局：在他下山时，他想到的正是这悲惨的境地。造成西西弗痛苦的清醒意识，同时也就造就了他的胜利。没有不通过蔑视而自我超越的命运。

西西弗无声的全部快乐就在于此，他的命运是属于他的，无限期地推动岩石是他毕生追求的事业。同样，当荒谬的人深思他的痛苦时，他就使一切偶像哑然失声。在这突然重又沉默的世界中，大地升起千万个美妙细小的声音。无意识的、秘密的召唤，一切面貌提出的要求，这些都是胜利必不可少的对立面和应付的代价。不存在无阴影的太阳，也不可能没有黑夜。荒谬的人说"是"，但他的努力永不停息。如果有一种个人的命运，就不会有更高的命运，或至少可以说，只有一种被人看作是宿命的和应受到蔑视的命运。此外，荒谬的人知道，他是自己生活的主人。在这微妙的时刻，人回归到自己的生活之中，西西弗回身走向巨石。他冷静地面对并非能改变自己命运的行动，他的命运是他自己创造的，是在他的记忆的注视下聚合而又马上会被他的死亡固定的命运。因此，盲人从一开始就坚信，一切人的东西都源于人道主义。就像盲人渴望看见世界，而黑暗是永无止境的，西西弗永远行进，而巨石仍在滚动着。

我把西西弗留在山脚下，我们总是看到他身上的重负，而西西弗告诉我们，最高的虔诚是战胜诸神并且搬掉石头。他认为自己是幸福的。这个从此没有主宰的世界，对他来讲既不是荒漠，也不是沃土。这块巨石上的每一个组成部分，这黑黝黝的高山上的每一石一峭，唯有对西西弗才形成一个世界。他爬上山顶所要进行的斗争本身，就足以使一个人心里感到充实。谁能认为西西弗不是幸福的呢？

精神上的自由

◎罗曼·罗兰

人应当做自己的主宰，不要任由别人来替你判定所做事情之好坏，就算他是极优秀的人、最行得正的人或你最爱的人。每个人应当做的事，都该由自己来寻找，如果必要的话，还应该以无比的耐力，就算花上一辈子的时间，也要不停地搜寻下去。

自己所得到的半分真实，远比人云亦云的完整真理还要来得有价值。让人闭着眼睛像奴隶般屈从承受的真理，不过是一种虚伪。

站起来吧！人类。睁开眼睛看看你的四周！不要恐惧！靠自己的努力所赢得的仅有的真实，是最灿烂的光明。重要的不是积蓄很多知识，而是不论多与少，这些知识都必须是自己的心血所培育出来的收获，是自由努力的成果。

只有精神上的自由，才是无价的至宝！

什么最有意义

◎爱因斯坦

假若没有孜孜追求的一种志向，假若不去探求客观世界里那个在艺术和科学领域里永远达不到的境界，那么在我看来，再长的人生也是没有意义的。

俗世之人所努力追求的一切——财产、虚荣、奢侈的生活，我都不屑一顾。我从来不把安逸和享乐看作是生活目的的唯一目标，这种伦理的基础，可以说与动物无异。

指引我前进，并且不断地鼓舞我去创造生活和正视生活的，是真、善、美。

生活百味来源于自然界，而坚强的个性却来自一个人的自我努力。我所做的一切事情都是我自己的本性使然。现在经常有一些品格高尚的人愤然弃世，以致我们对于这样的结局不再感到震惊和奇怪了。然而要做出死别的决定，一般都是由于无法适应新的生存环境，感到内心绝望而了结自己的生命。今天，在精神健全的人间，极少发生这种事情，偶然出现的例外发生在那些最清高、道德最高尚的人身上。也许我们并不知道，什么才是生活中最有意义的，正如终生都游荡于水中的鱼儿，不是对水的世界也一无所知吗？

活出意义来

◎维克多·弗兰克

生　命

生命的意义因人而异，因日而异，甚至因时而异。因此，我们无需问生命的一般意义为何，而是问在一个人存在的某一时刻中的特殊的生命意义为何。概括起来回答这一问题，正如我们去问一位棋圣说："师傅，请问我该如何下好这最棒的一步棋？"其实根本没有所谓最棒的一步棋，也没有看似颇高的一步棋，而要看弈局中某一特殊局势，及对手的人格形态而定。

生命不停地向人提出各异的挑战，并列出方程让他去解答，因此生命意义的问题事实上应该颠倒过来。人不应该去问他的生命意义是什么。他需要明确，自己才是答题的人。一言以蔽之，每一个人都被生命询问，而他唯有自己的生命中才能找到问题的答案；"负责"便是答案的精华。因此，人类存在最重要的本质，即是"担负责任"。

爱

爱是洞穿另一个人最深人格核心的唯一方法。除了爱，没有一个人能完全了解另一个人的本质精髓。借着心灵的爱情，我们才能看到所爱者的精髓特性。甚至，我们还能发现爱人自己也不曾了解的潜能。由于爱情，可以使爱人真的去实现那些潜能。凭借爱使他理会到自己能够成为什么，而使他深层的潜能迸发出来。

苦　难

如果注定一个人将遭受某种境遇，那么，他就必须面对一个无法改变的命运——比如患上了绝症或开刀也无济于事的癌症等等，他就等于得到一个最后机会，去实现最高的价值与最深的意义——苦难的意义。这时病魔并不是中心。中心是他面对苦难的态度、信心，以及行为。

下面，我要用一个例子来说明。

我的一位年迈的医师朋友，他不幸患了严重的忧郁症。病因源于两年前，那时他最挚爱的妻子离他而去，以后他一直挣扎在丧妻的苦痛中。现在我应该做些什么呢？是劝慰吗？不对，我反而问他："如果是您先离去，而夫人继续活着，那会是怎样的情境？"他说："噢！这对她来说是可怕的！她也许会比我更加不能忍受！"于是我回答他说："现在她免除了这痛苦，那是因为您才使她免除的。所以您必须做出牺牲，以继续活下去及哀悼来偿付您心爱的人免除痛苦的牺牲。"他万分激动地紧紧握住我的手，然后平静地回家去了。痛苦在发现意义的时候，就不成为痛苦了。

从意识开始

◎托尔斯泰

　　常有人思考，也常有人议论说：抛弃个人的幸福是人的长处，人的功勋。实际上，抛弃个人的幸福——不是人之所长，也不是功勋，而是人的生命不可缺少的条件。在人意识到自身是一个同整个世界相分离的躯体的时候，他认识到别的躯体也与全世界分离着，他就能理解人们彼此间的联系，也能理解自己躯体的幸福只是幻影。这时他才能理解只有能使理性意识满足的幸福，才是唯一现实的。

　　对于动物来说，不以个体幸福为目的的、与这个幸福相矛盾的动作都是对生命的否定。但是对人来说，恰恰相反，那种目的只在于获得躯体幸福的活动，是对人类生命的完全的否定。作为动物，没有理性意识向它揭示它的充满了痛苦、终有止境的生命，对它来说，躯体的幸福及由此而来的种族延续就是生命的最高目的。对于人来说，躯体只是生命存在的阶梯。人生的真正幸福，只是从这里展现出来。这个幸福同躯体的幸福不同。

　　对人来说，对躯体的意识不是生命，而是一条界线，人的生命就是从这里开始的。人的生命完全在于更多地获得人本身所应有的、不依赖于动物性躯体幸福的幸福。

　　按照流行的生命观念，人的生命是他的肉体从生到死的这段时间。但是这并不是人类的生命，这只是作为动物的肉体的生命存在。说人的生命是某种只出现在动物性生命中的东西，就像是说有机体的生命是某种只在物质的存在中表现出来的东西。

　　人最初会把那些看得见的肉体的目的当作是生命的目的。这个目的看得见，因此也让人觉得是可以理解的。

　　人的理性意识向他揭示的目的反倒被认为是不可理解的了，因为它们是看不见的。否定看得见的东西，献身于看不见的东西，对此人们总觉得可怕。

　　对被世间渗水染满全身的人来说，那些自动实现着的、在别人和自己身上都是可见的动物性要求，似乎是简单的、明确的。而那些新的不能看见的理性意识的要求则被认为是相反的，这些要求的满足不能自然而然地得到完成，而是应当让人自觉地实现，因此它变得复杂，变得不明晰。抛弃看得见的生命观念，献身于看不见的意识，这自然要令人惊异害怕。就好像孩子若能感到自己的出生，他会感到同样的惊异和害怕，但是有什么办法呢？一切都很明显，也必然发生。看得见的观念引向死亡，唯有看不见的意识才提供永恒的生命。

幸福之路

◎托尔斯泰

个人生命幸福的不可能性存在于哪些事实中？第一，寻找个人生命幸福的人们之间的斗争；第二，使人浪费生命、厌腻、痛苦的欺骗人的娱乐；第三，死亡。

个人生命幸福的不可能性的第一个原因是寻找个人生命幸福的人们之间的斗争。如果把追求个人生命的幸福变为追求别的生命的幸福，就能消灭幸福的不可能性，人就会觉得幸福是可以达到的。用追求个人生命幸福的观念看世界，人在世界上看到的是毫无理性的生存斗争、相互残杀。但是一旦人们承认自己的生命就是追求他人的幸福，那就会在世界上看到另外一种情形，即同这些偶然出现的生存斗争并列的还有经常出现的生存者之间的相互服务。实际上，世界上假若没有这种服务，世界将以一种无法想象的状况存在，但可以预测的是起码比丛林社会更粗野。

只要假定这一点的可能性，所有从前的无理性地将人引向无法达到的个人幸福的活动就会被另一种活动所代替，它与世界规律一致，导向获得个人和全世界的最可能的幸福。

个人生命幸福的不可能性的第二个原因，是个人欢娱的欺骗性。它使人虚耗生命，引人走向厌倦和痛苦。人只要承认自己的生命在于为别人的幸福而努力，那么他就会消除对欺骗性欢娱的渴望，这种空洞的、折磨人的、将人引向满足于动物性躯体的无底的活动，也就可能被服从了理性规律的活动所代替。后一种活动是对别的生命的支持，对于自身的幸福也是必需的，个体苦难的折磨、消磨生命的活动也就会被同情怜悯他人的感情所替代，这种感情当然会产生有益的和快乐的活动。

个人生活幸福的不可能性的第三种原因是对死亡的恐惧。只有人承认了自己的生命不存在于自身的动物性躯体的幸福中，而是存在于他人的幸福中时，对死亡的恐惧才会永远从人的眼中消失。

众所周知，由于害怕生命的幸福从人的肉体死亡中消失，于是人才产生对死亡的恐惧。如果人能够把自己的幸福放到他人的幸福中，就是说爱他人胜过爱自己，那么死亡就不再是生命和幸福的终结，像只为了自己而活着的人们所觉得的那样。

我的一天

◎奥斯特洛夫斯基

正当我美梦酣畅的时候，一阵电话铃声把我唤了回来，醒来的第一个感觉就是我这被瘫痪所钉住的身体疼得难以忍受。这就是说，几秒钟之前我还在做梦，在梦中我年轻、有力，骑着战马像疾风一般奔向初升的太阳。我动了动，却没有睁开眼，因为这么做没有什么意义：在这一瞬间我正回忆着一切。八年前，残酷的疾病使我倒在床上，动弹不得，害我瞎了眼睛，把我周围的一切变成了黑夜。

痛楚，确切点说是肉体的痛楚又向我发动了袭击，来势凶猛。我紧紧地咬着牙。第二次电话铃声赶紧地跑来援助我。我知道，生活并没有离我远去。母亲走进来。她送来早晨的邮件——报纸、书籍、一束信件。今天还有好几次有趣味的约会。生活要取得它应有的权利。快滚吧！你这只会令懦弱的人屈服的家伙！同往日一样，我战胜了肉体的痛苦。

"快点，妈妈，快点！洗脸，吃饭……"

母亲把未喝完的咖啡拿走。我马上听见我的秘书阿列克山得拉·彼得洛夫娜的问安。她像钟一样准确。

像往常一样，我召呼众人把我抬到花园阴凉的地方，预备开始工作，赶快生活。就因为这个，我的一切欲望才那样强烈。"请读报吧，让我了解一下阿比西尼亚和意大利边界又有哪些新情况发生？法西斯主义——这个带着炸弹的疯子——已经向这里猛袭了，没有人知道它什么时候、向什么方向扔下这个炸弹。"

报上说：国际关系宛如乱蜘蛛网一样复杂，破产了的帝国主义的麻烦毕生都解决不了……战争的威胁像乌鸦一样盘旋在世界上空。日暮途穷的资产阶级已将自己仅有的后备军——法西斯青年匪徒——投入竞技场。而这些匪徒正凭借着斧头和绳索，将资产阶级的文化很快地拉回中世纪去。欧洲大地上弥漫着浓烈的血腥味。那笼罩上空的阴云连最瞎的人也能看得真切，世界狂热地扩充着军备……

不要再读了！我已不忍心再听下去了，我希望听听我国的生活！

于是我听到了可爱的祖国的心脏的跳动。在我面前立即便显现出一个青春、美丽、健康、活泼、不可战胜的苏维埃国家。只有她，毅然举起社会主义这面大旗为着和平公道、正义而战，也只有她，真实地把民族间的友谊落到实处。做这样的祖国的儿子该是多么幸福啊！……

阿列克山得拉·彼得洛夫娜念信啦。这是从辽阔的苏联遥远的尽头给我写来的——海参崴、塔什干、费尔干、第弗利斯、白俄罗斯、乌克兰、列宁格勒、莫斯科。

莫斯科、莫斯科呀！世界的心脏！这是我的祖国在和他的儿子中的一个互相通话，和我，和《钢铁是怎样炼成的》一书的著者，一个年轻的、初学的作者互相通话。几千封被我小心保存在纸夹中的信——这是我最珍贵的宝藏。都是谁写的呢？谁都写。工厂和制造厂的青年工人、波罗的海和黑海的海员、飞行家、少年先锋队员——大家都忙着说出自己的思想，讲一讲由那本书所激发的情感。这里的每一封信都让我增益不少，也让我非常感动。看吧，一封劝我劳动的信写道："亲爱的奥斯特洛夫斯基同志！我们焦急地期待着您的新小说《暴风雨所诞生的》早日问世。你快点写吧。你一定会把这本书完成得不错。祝你健康和有伟大的成就。别列兹尼克制造厂全体工人……"

又有一封信通知我说，一九三六年，我的小说将在几家出版社同时出版，印刷总数五十二万册。这简直是一支书籍大军了……

我听见：门外，有汽车轻轻的刹车声、脚步声、问好。我听出来是马里切夫工程师来了。他正在建筑一所别墅，是乌克兰政府将把这所别墅作为礼物赠给作家奥斯特洛夫斯基。在古老花园的绿树浓荫中，距海滨不远，将建造起一所美丽的小型别墅。工程师打开了设计图。

"您的办公室、藏书室、秘书办公室、浴室都在这边。这半边是给您的家属住。有很大的凉台，夏天您可以在那里工作。周围阳光很充足。另外，还有一些高大的绿色植物……"

一切都预备好了，就为着让我能安心工作。我深深体会到祖国的关怀和抚爱。

"您还有些什么别的要求吗？"工程师问。

"没什么了，这已经让我十分满意了……"

"那么我们就动工啦。"

工程师走了。阿列克山得拉·彼得洛夫娜翻开记录本子。我的工作开始了，在我工作的时候，任何人都不能来打扰我。几个钟头的紧张工作。我忘却周围的一切。回忆着往事。在记忆中出现了动乱的一九一九年。大炮在怒吼……黑夜里火光冲天……大队的武装干涉者侵入了我国，我小说的主人公出现了，忘我牺牲的青年和自己的父亲们并肩作战，给这种进攻以反击。

"已经过去四个小时了，休息的时间到了！"秘书小声说。

午餐……一小时休息……晚间的邮件——报纸、杂志，又有来信。下午的时光又这样在记忆中度过，阳光已躲在了树后，我虽看不见，但我能感觉得到。

我听见了有许多人来了，他们脚步轻盈，笑声爽朗，他们是我的朋友，我国英勇的少女们——女跳伞家，她们曾打破了世界迟缓跳伞的记录。同来的还有索契城参加新建筑工程的共青团员们。伟大建筑的隆隆响声竟被带进了这幽静的花园。我禁不住遐想着，外面正在怎样用水泥和柏油铺着我这小城的街道。一年前还是旷野的地方，现在已经耸立着宫殿似的疗养院的高大建筑了。

夜色渐渐浓重起来，客人们告辞离去。人们念书报给我听。轻轻的敲门声。这是工作日程上规定的最后一次约会。英文《莫斯科日报》的记者。他的俄语不太好。

"您说您以前是个普通工人？"

"不错，当过烧锅炉的工人。"

他的铅笔很快地擦着纸响。

"您不认为您很痛苦吗？您想，您是瞎子呀，多年躺在床上不能动了。难道您一次也没有想到自己失去了幸福，没有想到永远不能再看东西、走路，而感到生活无望？"

我微笑着。

"我从来没有感觉我是痛苦的，相反，我感觉我很幸福，幸福是有多重含义的。创作使我产生了无比惊人的快乐，而且我感觉出自己的手也在为我们大家共同建造的美丽楼房——社会主义——砌着砖块，这样，我个人的悲痛便被排除了。"

……黑夜，我睡下，疲倦了，但很满意。这就是我的一天，虽很平凡，但却很重要……

工作与家庭感情

◎ 亨利·门肯

　　我为什么要继续工作？我的人生中得到哪些满足？我之所以要继续工作，正与母鸡继续生蛋的理由相同。每一个活的生灵里都潜藏着一种天生的强大的、要积极行动的冲力。生命要求你积极地生活。无所作为对于一个健康的生物体来说既痛苦又有害，事实上几乎是不可能的，除非是一项新旧工作交替之间的间歇。唯有垂死的人才能真正地懈怠！

　　我认为，获取幸福的手段除满意的工作以外，就要数赫肯黎所谓的家庭感情了，那是指与家人、朋友的日常交往。我的家庭曾遭受过重大的痛苦，但从未发生过严重的争执，也没有经历过贫困。我和母亲和姐妹在一起感到完全幸福；我和妻子在一起也感到完全幸福。经常和我交往的人大多是我多年的老朋友。我和其中一些人已有三十多年的交情了。我很少把结识不到十年的人视为知己。这些老朋友使我愉快。当工作完成时，我总是怀着迫切的心情去找他们。我们有着共同的情趣，对世事的看法也颇为相似。他们中的大多数都和我一样爱好音乐。在我的一生中，音乐给我带来了许多的欢愉，也给我的业余生活带来了巨大的满足。

正当的享乐

◎休　谟

如果我说：各种感官上的满足，各种精美的饮食衣饰给予我们的快乐其实是丑恶的，那么，这种想法是决不可能被人接受的，只要这个人的头脑还没有被狂热弄得颠倒错乱。我确实听说有一位外国僧侣，他因为房间的窗户是朝一个神圣的方向开的，就给自己的眼睛立下誓约：千万别朝那边看，那里会见到使全身感到愉悦的东西。

喝香槟酒或勃艮第葡萄酒也是罪过，不如喝点淡啤酒、黑啤酒好。那些追求享乐的人，如果以损害美德如自由或仁爱为代价的话，就是可恶的；同样，如果为了享乐，一个人毁了自己的前程，把自己弄到一贫如洗甚至四处乞求的地步，那也是愚蠢的；如果这些享乐并不损害美德，而是给朋友和家庭以宽裕豁达的关怀，或者是各种各样行之有效的慷慨和同情，它们就是完全无害的。在一切时代，所有的道德家都会认为这是完全正确的。

在奢侈豪华的餐桌上，如果人们品尝不到彼此交谈志向、学问和各种事情的愉快，这种奢华不过是无聊没趣的标志，同生气勃勃或天才毫无关系。一个不关心、不尊重朋友和家人，只知道自己花钱享乐的人，他的心是石头。但是如果一个人匀出足够的时间来从事有益的研究讨论，拿出自己的财富来做仗义有为的事，他将会受到社会各界的赞扬。

无益的优点

◎休 谟

一个人的优点与缺点是相互对应的，这种优点会使他比全身缺点要更加可悲。一身都是毛病的人容易因为受困而惊醒，可是如果他有慷慨大度和友善的性格，能活跃地关照他人，使他能得到很多幸运和奇遇，就是他的最大的不幸。羞恶之心，在一个有毛病的人身上确实是一种美德，可是它产生的是巨大的不快和悔恨。但也正因为如此，有的坏人才能完全摆脱罪恶而从善。没有友善的心肠，却徒有一副多情的面孔的人，在无节制的恋爱里比豪放性格的人更幸运，但这个人因此就丧失了他自己，完全成为自己情欲的奴隶。

性格上的郁郁寡欢，对我们的情感来说确实是个缺陷和不足，但它常常伴随着高度的荣誉感和正直诚实，在很高尚的人品中就时常能见到它，尽管它足以使生活加重痛苦，给人的影响很坏。反之，一个自私的坏蛋可以具有活跃快乐的性格和某种欢快的心情，这的确是一个好品质，可是他借助这点好处，使他受到了多大的惩罚啊！即使他交了好运，他的好些罪过也会使他悔恨和不得安逸。

为快乐而工作

◎罗　素

许多从事文化工作的人，找不到独立运用自己才能的机会，而只得受雇于由庸人、外行把持的富有公司，被迫制作那些荒诞无聊的东西，这是现今存在于西方知识界中的不幸的原因之一。如果你去问英国或美国的记者，他们是否相信他们为之奔走的报纸政策，我相信，你会发现只有少数人相信，其余的人都是为生计所迫，才将自己的技能出卖给那些有害无益的事业。这样的工作不能给人带来任何满足，并且当他勉为其难地从事这种工作时，不能从任何事物中获得完全的满足，从而变得玩世不恭。

我不能指责从事这种工作的人，因为舍此他们就会挨饿，而挨饿是不好受的。不过我还是认为，只要有可能从事能满足一个人的建设性本能冲动的工作而无其他之累，那么他最好还是为自己的幸福去做这种劳动。对自己的工作引以为耻的人是没有自尊可言的，幸福就更无从谈起了。

在现实生活中，建设性劳动的快乐是少数人所特有的享受，然而这少数人的具体人数并不少。任何人，只要他是自己工作的主人，他就能感受到这一点，其他所有认为自己工作有益且需要相当技巧的人均有同感。培养令人满意的孩子是一件能给人以极大快乐的，但又是艰难的、富于建设性的劳动。凡是取得这方面成就的女性都觉得：由于她辛勤操持的结果，世界才包含了某些有价值的东西，要不是她的劳作，这些东西就不会在世界上存在。

在如何从总体上看待自己的生活这一问题上，人与人之间存在着深刻的差异。对于一些人来说，把生活看作一个整体是很自然的做法，能够做到这一点也是幸福的关键；对于另外一些人来说，生活是一连串并不相关的事情，它们之间缺乏统一性，运动也没有方向。我认为前者比后者更易获得幸福，因为前者能够从自己营造的环境中获得满足和自尊，而后者则会被命运之风一会儿刮到东，一会儿刮到西，永远找不到落脚点。

把生活看作一个整体，这不仅是智慧的，而且也是真正道德的重要部分，是应被教育极力倡导的内容之一。始终一贯的目标并不足以使生活幸福，但它是幸福生活不可或缺的条件。而在工作中，始终一贯的目标才是主要的体现。

祈祷悠闲

◎V. 李

当我们才走到别人房间的门口时，便说："噢！这才是人们感到宁静的地方！"在一般情况下，我们不期望去分享一座古宅的安宁，比如说，在僻静郊区的一座古宅，周围是结着鲜红果实的树，雪松半掩住窗；或者某座修道院，门廊前面依稀可见搭起支架的橘树。但在那整洁宽敞、精心装饰的房里，或在那座修道院里，绝无宁静可以分享，最多只能勉强过日子。我通常不善于发现别人生活中的苦恼和烦恼。而对自己生活里的些微不便却很敏感；在某些问题上，我们自己的眼里容不得一粒泥沙，可面对邻人所遭受的困苦却不屑一顾。

悠闲事实上是指某种特别的心境，它源自于我们切身的真实感受，而又不仅仅是时间的因素。我们所说的空闲时间，实际上是指我们感到闲适的时候。什么是闲适？那便只能意会不可言传了。这与无所事事或游手闲逛无关，尽管我们明白，它的确牵涉到自由支配时间的概念。等候在律师的客厅里可谓空闲的时刻，但并无闲适之感；同样，我们在火车站换车，即使等上两三个小时，也享受不了那份悠闲的清福。这两种情形，我们都不会感到安宁自在——在这种场合能安心读报、学习或回味往日在海外的游历，那根本就不可能。这时，我们的心里急躁得如油锅中的跳蚤，就像我们在童年时不住地用脚去踢那慢吞吞的四轮车的软垫的心情一样。

悠闲意味着不仅有充裕的时间，而且有充沛的愉快度时的精力。同时，要真正领略到悠闲的滋味，必须从事优雅得体的活动，因为悠闲所要求的活动是发自内心的自然冲动，而非出自勉强的需要，像舞蹈家起舞或滑冰者滑动，都必须合着节拍；而不像扶犁耕地或听差跑腿，为了得到报偿。正是这个缘故，一切悠闲皆是艺术。

但这是一个难办的问题。时光，已经飞速而过！我们必须结束这段闲话，各自行动起来才不枉费光阴，以免登上时光那单调的车轮！这样，我们愈是感到工作的乐趣就愈少尝到无聊的滋味，如果碰巧我们的工作很有意义。很可惜的是，我们今天的工作常常无益。让我们乞求我们的上帝吧，请他赐予我们闲暇，并给予使用它的快活精力。圣者，请为我们祈祷！

鱼

◎法朗士

　　暑假的一天早晨，热昂和他妹妹热昂妮，很早就扛着一根钓竿，挂着一个鱼篓出发了。他们沿着河岸往前走，热昂是杜林人，他的妹妹也是一个杜林姑娘。今天的天气湿润而柔和，在两排银色的杨柳中间，杜林河不慌不忙地向前流，水清得像镜子。早晨和晚间，这里总有一层白雾在水草地上移动。但热昂和热昂妮所喜爱的并不是它两岸的绿色，也不是那映着天空的一平如镜的清水，他们所喜爱的是河里的鱼。他们在一个合适的地点停下脚步，热昂妮在一个秃顶的杨树下坐下来，热昂把鱼篓放在一边，解开他的鱼具。这是一件很原始的钓鱼工具——一根枝条，系上一根线，线的尽头有一根弯过来的针。枝条是热昂提供的，线和钩子则是热昂妮的贡献。因此这一套鱼具是哥哥和妹妹的共同财产。虽然是一套非常简陋的钓鱼工具，但兄妹俩都想占为己有，发展到最后，这一套本来是和鱼儿开玩笑的东西，却成了兄妹俩斗殴的导火索：热昂的胳膊被拧得发紫，热昂妮的双颊被她哥哥的耳光打得发红。终于，他们拧累了，也打累了，热昂和热昂妮只好达成协议，同意不用武力攫取鱼具，而在友谊的气氛中共用。他们约定，每次钓起一条鱼，钓竿就得轮流从哥哥转到妹妹的手中来。

　　协定当然是由热昂开始执行。可是他执行到什么时候为止，那可就无法预测了。他没有公开破坏协定，但他却用了一个很不光彩的办法来逃避约定。为了不把鱼竿交给他的妹妹，即使鱼儿把食饵啃得浮子上下移动，他也不把鱼儿提出水面。

　　热昂是诡计多端的，但热昂妮却也不是平庸之辈。她已经等待了两个钟头了。但最后她终于感到闲得发慌了。她打呵欠，伸懒腰，并躺在柳树阴下闭起眼睛来。热昂从眼角里斜斜地望了她一眼，以为她睡着了。他突然把线抽出水来，线尾上悬着一件闪闪发光的东西。一条白杨鱼已经挂在钩子上了。

　　"啊！现在轮到我了！"热昂妮一跃而起，一把把钓竿抢了过来。

石头下面的一颗心

◎雨　果

把宇宙缩减到唯一的一个人，把唯一的一个人扩张到上帝，这才是爱。

爱，便是众天使向群星的膜拜。

上帝在一切的后面，但是一切遮住了上帝。东西是黑的，人是不透明的，爱一个人，便是要使他透明。

某些思想是祈祷。有时候，无论身体的姿势如何，灵魂却总是双膝跪下的。

相爱而不能相见的人有千百种虚幻而真实的东西用来骗走离愁别恨。别人不让他们见面，他们不能互通音信，他们却能找到无数神秘的通信方法。他们互送飞鸟的啼唱、花朵的香味、孩子们的笑声、太阳的光辉、风的叹息、星的闪光、整个宇宙。这有什么办不到呢？上帝的整个事业是为爱服务的。爱有足够的力量可以命令大自然为它传递书信。

啊，春天，你便是我写给她的一封信。

未来仍是属于心灵的多，属于精神的少。爱，是唯一能占领和充满永恒的东西。对于无极，必须不竭。

上帝不能增加相爱的人们的幸福，除非给予他们无止境的岁月。在爱的一生之后，有爱的永生，那确是一种增益；但是，如果要从此生开始，便增加爱给予灵魂的那种无可言喻的极乐的强度，那是无法做到的，甚至上帝也做不到。上帝是天上的饱和，爱是人间的饱和。

如果你是石头，便应当做磁石；如果你是植物，便应当做含羞草；如果你是人，便应当做意中人。

深邃的心灵们，明智的精灵们，按照上帝的安排来接受生命吧。这是一种长久的考验，一种为未知的命运所做的不可理解的准备工作。这个命运，真正的命运，对人来说，是从他第一步踏出墓穴时开始的。到这时，便会有一种东西出现在他眼前，他也开始能辨认永定的命运。永定，请你仔细想想这个词儿。活着的人只能望见无极，而永定只让死了的人望见它。在死以前，为爱而忍痛，为希望而景仰吧。不幸的是那些只爱躯壳、形体、表相的人，唉！这一切都将由一死而全部化为乌有。应当知道爱灵魂，你日后还能找到它。

一心一意

◎安德烈·莫洛亚

没有人敢说他的精力和才智是无穷的。面面俱到者，往往一事无成。我见多了那些见异思迁的人。他们一会儿觉得"我能成为一名伟大的音乐家"；一会儿又认为"办企业对我来说易如反掌"；一会儿又说"我若涉足政界，准能一举成功"。到头来，这号人只是五音不全的业余音乐爱好者、破产的企业老板以及失业的公务员。拿破仑曾这样说："战争的艺术就是在某一点上集中最大优势兵力。"生活的艺术则是选择一个高尚的目标，全力以赴地为之奋斗。职业的选择不能听任自然，初出茅庐者都应该扪心自问："我具有哪种本领？哪个工作才适合我？"如果力所不及，强求也是徒劳。如果你有个大胆又果敢的儿子，那么，就让他去当飞行员。因为留他在办公室只能埋没他的才干。但选择一旦做出，除非发生错误或严重意外，你决对不可轻易改变主意。

在已确定的职业范围内，仍有必要做进一步的选择。一位作家不可能什么小说都写，一位官员不可能改变全世界。一位旅行家不可能走遍天涯海角。除此以外，你最好顺从天意，摆脱权力欲。给你一点必要的选择时间，但是有限。军人在充分考虑了一道命令的后果之后，他们习惯于在讨论中一语定夺："执行！"你也可以同样的方式，结束你的自我讨论。"明年我干什么？是继续上学，还是就此工作？是先立业，还是先成家？"对这些问题，反复考虑是自然的，但是为自己限定一定的时间也是必要的。时间一过，就应当做出决定。"执行"的决定既已做出，就别给自己找后悔的理由，因为，世界上的事情总是在千变万化。

为了保证忠实地执行自己做出的决定，经常制定既能体现长远规划，又能显示近期目标的工作计划是有益的。几个月之后，几年之后，再回头看看当初的计划，我们会对自己的能力和素质产生信心。但是，在项目众多的计划中，我们还有必要分清事件的轻重缓急。在这方面，应该倾注全部的心血，全心全意干你该干的事。当你的思想和行动都朝着一个目标努力时，人便能够快速达到目的地。然后，你可以回顾一下以往的足迹，察看一番走过的弯路，如果事业尚未成功，那么继续前进。

什么都懂一点的人是讨人喜欢的。但是干事业，你只能在一定的时间内，专心致志于一个目标。美国人讲："一心一意。"也许你常常会被一些问题纠缠不清，难以下手，并由此而心烦意乱，但是，只要你肯不懈努力，障碍就会乖乖地成为你走向成功的踏脚石。

第二部分

路有很多条

未有天才之前

◎鲁　迅

　　我自己觉得我的讲话不能使诸君有益或者有趣，因为我实在不知道什么事，但推托拖延得太长久了，所以终于不能不到这里来说几句。

　　我看现在许多人对于文艺界的要求的呼声之中，要求天才的产生也可以算是很盛大的了，这显然可以反证两件事：一是中国现在没有一个天才，二是大家对于现在的艺术的厌薄。天才究竟有没有？也许有着罢，然而我们和别人都没有见。倘使据了见闻，就可以说没有；不但天才，还有天才得以生长的民众。

　　天才并不是自生自长在深林荒野里的怪物，是由可以使天才生长的民众产生，长育出来的，所以没有这种民众，就没有天才。有一回拿破仑过 Alps 山，说，"我比 Alps 山还要高！"这何等英伟，然而不要忘记他后面跟着许多兵；倘没有兵，那只有被山那面的敌人捉住或者赶回，他的举动，言语，都离了英雄的界线，要归入疯子一类了。所以我想，在要求天才的产生之前，应该先要求可以使天才生长的民众。——譬如想有乔木，想看好花，一定要有好土；没有土，便没有花木了；所以土实在较花木还重要。花木非有土不可，正同拿破仑非有好兵不可一样。

　　然而现在社会上的论调和趋势，一面固然要求天才，一面却要他灭亡，连预备的土也想扫尽。举出几样来说：

　　其一说是"整理国故"。自从新思潮来到中国以后，其实何尝有力，而一群老头子，还有少年，却已丧魂失魄的来讲国故了。他们说，"中国自有许多好东西，都不整理保存，倒去求新，正如放弃祖宗遗产一样不肖。"抬出祖宗来说法，那自然是极威严的，然而我总不信在旧马褂未曾洗净叠好之前，便不能做一件新马褂。就现状而言，做事本来还随各人的自便，老先生要整理国故，当然不妨去埋在南窗下读死书，至于青年，却自有他们的活学问和新艺术，各干各事，也还没有大妨害的，但若拿了这面旗子来号召，那就是要中国永远与世界隔绝了。倘以为大家非此不可，那更是荒谬绝伦！我们和古董商人谈天，他自然总称赞他的古董如何好，然而他决不痛骂画家，农夫，工匠等类，说是忘记了祖宗：他实在比许多国学家聪明得远。

其一是"崇拜创作"。从表面上看来，似乎这和要求天才的步调很相合，其实不然，那精神中，很含有排斥外来思想、异域情调的分子，所以也就是可以使中国和世界潮流隔绝的。许多人对于托尔斯泰，屠格涅夫，陀思妥夫斯基的名字，已经厌听了，然而他们的著作，为什么译到中国来？眼光囚在一国里，听谈彼得和约翰就生厌，定须张三李四才行，于是创作家出来了，从实说，好的也离不了剽取点外国作品的技术和神情，文笔或者漂亮，思想往往赶不上翻译品，甚者不宁加上些传统思想，使他适合于中国人的老脾气，而读者却已为他所牢笼，于是眼界便渐渐地狭小，几乎要缩进旧圈套里去。作者和读者互相为因果，排斥异流，抬上国粹，哪里会有天才产生？即使产生了，也是活不下去的。

这样的风气的民众是灰尘，不是泥土，在他这里长不出好花和乔木来！

还有一样是恶意的批评。大家的要求批评家的出现，也由来已久了，到目下就出了许多批评家。可惜他们之中很有不少是不平家，不象批评家，作品才到面前，便恨恨地磨墨立刻写出很高明的结论道，"唉，幼稚得很。中国要天才！"到后来，连并非批评家也这样叫喊了，他是听来的。其实即使天才，在生下来的时候的第一声啼哭，也和平常的儿童的一样，决不会就是一首好诗。因为幼稚，当头加以戕贼，也可以萎死的。我亲见几个作者，都被他们骂得寒噤了。那些作者大约自然不是天才，然而我的希望是便是常人也留着。

恶意的批评家在嫩苗的地上驰马，那当然是十分快意的事；然而遭殃的是嫩苗——平常的苗和天才的苗。幼稚对于老成，有如孩子对于老人，决没有什么耻辱；作品也一样，起初幼稚，不算耻辱的。因为倘不遭了戕贼，他就会生长，成熟，老成；独有老衰和腐败，倒是无药可救的事！我以为幼稚的人，或者老大的人，如有幼稚的心，就说幼稚的话只为自己要说而说，说出之后，至多到印出之后，自己的事就完了，对于无论打着什么旗子的批评都可以置之不理的！

就是在座的诸君，料来也十之九愿有天才的产生罢，然而情形是这样，不便产生天才难，单是有培养天才的泥土也难。我想，天才大半是天赋的；

独有这培养天才的泥土，似乎大家都可以做。做土的功效，比要求天才还切近；否则，纵有成千成百的天才，也因为没有泥土，不能发达，要像一碟子绿豆芽。

做土要扩大了精神，就有收纳新潮，脱离旧套，能够容纳，了解那将产生的天才；又要不怕做小事业，就是能创作的自然是创作，否则翻译，介绍，欣赏，读，看，消闲都可以。以文艺来消闲，说来似乎有些可笑，但究竟较胜于戕贼也。

泥土和天才比，当然是不足齿数的，然不是坚苦卓绝者，也怕不容易做；不过事在人为，比空等天赋的天才有把握。这一点，是泥土的伟大的地方，也是反有大希望的地方。而且也有报酬，譬如好花从泥土里出来，看的人固然欣然的赏鉴，泥土也可以欣然的赏鉴，正不必花卉自身，这才心旷神怡的——假如当作泥土也有灵魂的说。

生命的光荣

◎庐　隐

这阴森修凄的四壁，只有一线的亮光，闪烁在这可怕的所在，暗陬里仿佛狞鬼睁视，但是朋友！我诚实的说吧，这并不是森罗殿，也不是九幽十八层地狱，这原来正是覆在光天化日下的人间哟！

你应当记得那一天黄昏里，世界呈一种异样的淆乱，空气中埋伏着无限的恐惧。我们正从十字街头走过，虽然西方的彩霞，依然罩在滴翠的山巅，但是这城市里是另外包裹在黑幕中，所蓄藏的危机时时使我们震惊。后来我们看见槐树上，挂着血淋淋的人头，峰如同失了神似的"哎哟"一声，用双手掩着两眼，忙忙跑开。回来之后，大家的心魂都仿佛不曾归窍似的，……过了很久峰才舒了一口气，凄然叹道："为什么世界永远的如是惨淡？命运总是如饿虎般，张口向人间博噬!?"自然啦，峰当时可算是悲愤极了，不过朋友你知道吧！不幸的我，一向深抑的火焰，几乎悄悄焚毁了我的心。那时我不由地要向天发誓，我暗暗咒诅道："天！这纵使是上苍的安排，我必以人力挽回，我要扫除毒氛恶气，我要向猛虎决斗，我要向一切的强权抗冲……"这种的决心我虽不会明白告诉你们，但是朋友，只要你曾留意，你应当看见我眼内爆烈的火星。

后来你们都走了，我独自站在院子里，只见宇宙间充满了冷月寒光，四境如死的静默。我独自厮守着孤影，我曾怀疑我生命的荣光。在这世界上，我不是巍峨的高山，也不是湛荡的碧海，我真微小，微小如同阴沟里的萤虫，又仿佛冢间闪荡的鬼火，有时虽也照见芦根下横行跋扈的螃蟹，但我无力使这霸道的足迹，不在人间践踏。

朋友！我独立凄光下，由寂静中，我体验出我全身血液的滚沸，我听见心田内起了爆火，我深自惊讶。呵！朋友！我永远不能忘记，那一天在马路上所看见的惨剧，你应也深深的记得：

那天似乎怒风早已诏示人们，不久将有可怕的惨剧出现。我们正在某公司的楼上，向那热闹繁华的马路望，忽见许多青年人，手拿白旗向这边进行。忽然间人声鼎沸如同怒潮拍岸，又像是突然来了千军万马。这一阵紊乱，真不免疑心是天心震怒。我们正摸不着头脑的时候，忽听霹啪一阵连珠炮响，呵！完了！完了！火光四射，赤血横流。几分钟之后，人们有的发狂似的掩面而逃，有的失神发怔。等到马路上人众散尽，唉！朋友！谁想到这半点钟以前，车水马龙的大马路，竟成了新战场！愁云四裹，冷风凄凄，魂凝魄结，鬼影憧憧，不但行人避路，飞鸦也不敢停留，几声哑哑飞向天阊高处去了。

朋友！我恨呵！我怒呵！当时我不住用脚踩那楼板，但是有什么用处，只不过让那些没有同情的人类，将我推搡下楼。我是弱者，我只得含着眼泪回家，我到了屋里，伏枕放量痛哭。我哭那锦绣河山，污溅了凌践的血腥；我哭那皇皇中华民族，被虎噬狼吞的奇辱；更哭那睡梦沉酣的顽狮，白有好皮囊，原来是百般撩拨，不受影响。唉！天呵！我要叩穿苍，我要到碧海，虔诚地求乞醒魂汤。

可怜我走遍了荒漠，经过崎岖的山峦，涉过汹涌的碧海，我尚未曾找到醒魂汤，却惹恼了为虎作伥的厉鬼，将我捉住，加我以造反的罪名，于是我从陡峭山巅，陨落在这所谓人间的人间。

朋友！在我的生命史上，我很可以骄傲，我领略过玉软香温的迷魂窟的生活，我品过游山逛海的道人生活……现在我要深深尝尝这囚牢的滋味，所以我被逮捕的时候，我并不诅咒，做了世间的人，岂可不遍尝世间的滋味？……当我走进刚足容身的牢里的时候，我曾酣畅地微笑着，呵！朋友，这自然会使你们怀疑，坐监牢还值得这样的夸耀？但是朋友！你如果相信我，我将坦白地告诉你说，世界最苦痛的事情，并不是身体的入牢狱，只是不能舒展的心狱。这话太微妙了；但是朋友！只要你肯稍微沉默地想一想，你当能相信我不是骗你呢。

这屋子虽然很小，但它不能拘束我心，不想到天边，不想到海角，我依然是自由，朋友你明白吗？我的心非常轻松，没有什么铅般的压迫，有，只是那未沥尽的热血在蒸沸。

今天我伏在木板上，似忧似醉的当儿，我的确把世界的整个体验了一遍，唉！我真像是不流的死沟水，永远不动的，伏在那里，不但肮脏，而且是太有限了。我不由得自己倒抽了一口气，但是我感谢上帝，在我死的以前，已经觉悟了，即使我的寿命极短促，然而不要紧；我用我纯挚的热血为利器，我要使我的死沟流，与荡荡的大海洋相通，那么我便可成为永久的，除非海枯石烂了，我永远是万顷中的一滴。朋友！牢狱并不很坏，它足以陶熔精金。

昨夜风和雨，不住地敲打这铁窗，这也许有许多的罪囚，要更觉得环境的难堪；但我却只有感谢，在铁窗风雨下，我明白什么是生命的光荣。

按罪名我或不至于死，不过从进来时，审问过一次后，至今还没有消息。今早峰替我送来书和纸笔，真使我感激，我现在不恐惧，也不发愁，虽然想起兰为我担惊受怕，有点难过，但是再一想"英雄的忍情，便是多情"的一句话，我微笑了，从内心里微笑了。兰真算知道我，我对她只有膜拜，如同膜拜纯洁圣灵的女神一般。不过还请你好好地安慰她吧！倘然我真要到断头台的时候，只要她的眼泪滴在我的热血上，我便一切满足了。至于儿女情态，不是我辈分内事……我并不急于出狱，我虽然很愿意看见整个的天，而这小小的空隙已足我游仞了。

我四周围的犯人很多，每到夜静更深的时候，有低默的呜咽，有浩然的长叹。我相信在那些人里，总有多一半是不愿犯罪，而终于犯罪的，唉！自然啦，这种社会底下，谁是叛徒，谁是英雄？真有点难说吧！况且设就的天罗地网，怎怪得弱者的陷落？朋友！在这种情形之下，我们该做什么？让世界永远埋在阴惨的地狱里吗？让虎豹永远的猖獗吗？朋友呵！如果这种恐慌不去掉，我们情愿地球整个地毁灭，到那时候一切死寂了，便没有心焰的火灾，也没有凌迟的恐慌和苦痛。但是朋友要注意，我们是无权利存亡地球的，我们难道就甘心做走狗吗？唉！我简直不知道要说什么哟。

向光明走去

◎郑振铎

谁都喜爱光明的。虽然也许有些人和动物常要躲在黑暗之中，以便实行他们的阴险计划的，但那是贼，是恶人，是鸱，是蝙蝠，是狐。凡是人，是正直的人或物，总是喜爱光明，总是要向光明走去的。

黑漆漆的夜，独自走在路上，一点的星光，月光，灯光都没有，我们心里真有些怕。夏天的暴雨之前，天都乌黑了，无论孩子大人，心里也总多少有些凛凛然的，好像天空要有什么异样的变动。山寺的幽斋中，接连的落了几天的雨，天空是那样的灰暗，谁都要感到些凄楚之意。

但是太阳终于来了。接着夜而来的是白昼，接着暴雨而来的是晴光，接着灰暗之天空的是蔚蓝色的天空。那时，不知不觉地会有一阵慰安快乐的感觉，渗入每个人的心里，会有一种勇往活泼的精神，笼罩在每个人的脸上。

在黑暗中走着的人，在夏雨中的人，在灰暗的天空之下的人，总要相信光明的必定到来。因为继于夜之后的一定是白昼。夜来了，白昼必定不远的。继于阴雨之后的，一定是阳光之天。雨来了，太阳必定是已躲在雨云之后的。

那些只相信阴雨之天，只相信有夜的人，且让他们去。我们是相信着白昼，相信着阳光之必定到来的。

现在，我们是什么样的时代呢？我猜一定不会错，每个人一听到这句问话，都必定要皱着眉头，在心里叹着气答道："黑暗时代！"

是的，是的，现在是黑暗时代。

政治上，社会上，国际上，家庭上，有多少浓厚的阴影罩着！且不必多说，这许多。许多黑暗的事实，一时也诉说不尽。

但是"光明"已躲在这些"黑暗"之后了！我们要相信光明一定会到来。我们不仅相信，我们还要迎着光明走去！譬如黑夜独行，坐在路旁等天亮，那是很可羞；如果惧怕黑夜而躲进小岩洞或小屋之内，那更是可耻。

我们相信光明必定会到来，我们迎上去，我们向着他走去！

在黑夜里，踽踽地走着，到了天亮时，我们走到目的地了，那是多么快慰的事呀！

那些见黑暗而惧怕，而失望的，让他们永躲在黑暗里吧；那些只相信有黑暗而不相信有光明的，也让他们生活于黑暗之洞里吧。我们如果是相信"光明"的，我们便要鼓足了勇气，不怖不懈，向着光明走去。

我们不彷徨，我们不回顾，人类是永续不断的一条线，人间社会是永续不断的努力的结果。我们虽住在黑暗之中，我们应努力在黑暗中进行，但也许我们自身，是见不到光明的。人类全体永续不断地向着光明走去，光明是终于会到来的。

走去，走去，向着光明走去。

光明终于是要到来的！

勇气的力量

◎梁漱溟

　　没有智慧不行，没有勇气也不行。我不敢说有智慧的人一定有勇气；但短于智慧的人，大约也没有勇气，或者其勇气亦是不足取的。怎样是有勇气？不为外面威力所摄，视任何强大势力若无物，担荷若何艰巨工作而无所怯。譬如：军阀问题，有的人激于义愤要打倒他；但同时更有许多人看成是无可奈何的局面，只有迁就他，只有随顺而利用他，自觉我们无拳无勇的人，对他有什么办法呢？此即没勇气。没勇气的人，容易看重既成的局面，往往把既成的局面看成是一不可改的。说到这里，我们不得不佩服孙中山先生，他真是一个有大勇的人。他以一个匹夫，竟然想推翻二百多年大清帝国的统治。没有疯狂似的野心巨胆，是不能作此想的。然而没有智慧，则此想亦不能发生。他何以不为强大无比的清朝所慑服呢？他并非不知其强大；但同时他知此原非定局，而是可以变的。他何以不自看渺小？他晓得是可以增长起来的，这便是他的智慧。有此观察理解，则其勇气更大。而正唯其有勇气，心思乃益活泼敏妙。智也，勇也，都不外其生命之伟大高强处，原是一回事而非二。反之，一般人气慑，则思呆也。所以说没有勇气不行。无论什么事，你总要看他是可能的，不是不可能的。无论若何艰难巨大的工程，你总要"气吞事"，而不要被事慑着你。

给匆忙走路的人

◎严文井

我们每每在一些东西的边端上经过，因为匆忙使我们的头低下，往往已经走过了几次，还不知有些什么曾经在我们旁边存在。有一些人就永远处在忧愁的圈子里，因为他在即使不需要匆忙的时候，他的心也俨然是有所焦灼，等到稍微有一点愉快来找寻他，除非是因偶然注视别人一下令他反顾到自己那些陈旧的时候内的几个小角落（甚至于这些角落的情景因为他太草率的度过的缘故他也记不清了）。这种人的唯一乐趣就是埋首于那贫乏的回忆里。

这样的人多少有点不幸。他的日子同精力都白白地消费在期待一个时刻，那个时刻对于他好像是一笔横财，那一天临到了，将要偿还他的一切。于是他弃掉那一刻以前所有的日子在焦虑粗率之中，也许真的那一刻可以令他满足，可是不知道他袋子内所有的时刻已经花尽了。我的心不免替他难过。

一条溪水从它保姆的湖泊往下注时，它就迸发着，喃喃地冲激地发光地往平坦的地方流去，在中途，一根直立的芦苇可以使它发生一个旋涡，一块红沙石可以使它跳跃一下。它让时间像风磨一样地转，经过无数的曲折，不少别的细流汇集添加，最后才徐徐地带着白沫流入大海里，它的被人叹赏决不是因它最后流入了海。它自然得入海。诗人歌颂它的是它的闪光，它的旺盛；哲学家赞扬它的是它的力，它的曲折。这些长处都显现在它奔流当中的每一刻上，而不是那个终点。终点是它的完结，到达了终点，已经没有了它。它完结了。

我们岂可忽略我们途程上的每一瞬！

如果说为了惧怕一个最后的时候，故免不了忧虑，从此这个说话人的忧虑将永无穷尽，那是我们自己愿意加上的桎梏。

一颗星，闪着蓝色光辉的星，似乎不会比平凡多上一点什么，但它的光到达我们的眼里需要好几千年还要多。我们此刻正在惊讶的那有魅力的煜人眼目的一点星光，也许它的本体早已寂冷，或者甚至于没有了。如果一颗星想知道它自己的影响，这个想法就是愚人也会说它是妄想。星星静静地闪射它的光，绝没有想到永久同后来，它的生命就是不理会，不理会将来，不理会自己的影响。它的光是那样亮，我们每个人在静夜里昂头时都发现过那蓝空里的一点，却为什么没有多少人于星体有所领悟呢？

那个"最后"在具体的形状上如同一个点，达到它的途程如同一条线，我们是说一点长还是一条线长呢？

忽略了最大最长的一节，却专门守候那极小的最后的一个点，这个最会讲究利益同价值的人类却常常忽略了他自己的价值。

伟大的智者，你能保证有一个准确的最后一点，是真美，真有意义，超越以前一切的吗？告诉我，我不是怀疑者。

不是吗？最完善的意义就是一个时间的完善加上又一个时间的完善，生命的各个小节综合起来方表现得出生命，同各个音有规律地连贯起来才成为曲子，各个色有规律地组合起来才成为一幅画一样。专门等待一个最后的好的时刻的人就好象是在寻找一个曲子完善的收尾同一幅画最后有力的笔触，但忽略了整个曲子或整幅画的人怎么会在最后一下表现出他的杰作来？

故此我要强辩阴星的存在不是短促的，我说它那摇曳的成一条银色光带消去的生命比任何都要久长，它的每一秒没有虚掷，它的整个时辰都在燃烧，它的最后就是没有烬余，它的生命发挥得最纯净。如果说它没有一点遗留，有什么比那一瞬美丽的银光的印象留在人心里还要深呢！

过着一千年空白日子的人将要实实在在地为他自己伤心，因为他活着犹如没有活着。

别怕崴泥

◎贾平凹

崴泥是北方话，不过南方人从字面上一看也能懂。崴泥就是陷在了烂泥潭里，比喻遇到了麻烦事，不好解决，处境尴尬，颇为狼狈。这是我们每个人在生命旅程中，都难以避免遇到的一种状态。有的青年朋友会说，那不就是遇到困难的意思吗？你非说什么崴泥，是不是有"转文"之嫌？遇到困难的情形很多，比如一下子有两个机构都愿意录用你，两个机构对你来说各有长短，使你一时拿不定主意，这类的困难就与崴泥不同；我之所以说崴泥，是专指那种确实让你不慎当中，陷入泥潭，滚出了一身泥巴，那种类型的困难。

崴泥的狼狈，一是难以拔出，二是形象不雅。如何从泥潭中自拔，或求助外力跃出泥潭，这里先不讨论。崴泥时，旁观者当中，多半会有对你嘲笑的，乃至幸灾乐祸的，这是最伤自尊心、最难对付的。性格敏感的人，不要说受不了旁人的拍手称快，就是看见有人转过头去掩嘴嗤笑，心理上也难以承受。有的人崴泥后久久不能从泥潭里挣扎出来，克服具体困难的方法对不对，技巧高不高倒在其次，他主要是觉得丢了面子，痛不欲生，很多的时间和精力，特别是情感和意识，都用到自怨自艾和怨天尤人上去了。

所以当你崴泥时，除了具体的走出泥潭的方法和技巧以外，还有一个如何对待旁人的非良性反应——乃至干脆是恶意反应——的心理调适问题。法国哲学家萨特，他提倡"存在主义"，那思路是干脆把自己以外的人都"看透"，他有句名言："他人是地狱。"就是说别的人反正都是对你充满恶意的，你崴泥时是绝不会怜惜你的，所以你根本就用不着从别人那里去谋求同情和援助。这样去想，倒也能让人心冷如铁，只当没有别人存在，自己把自己的事处理好就成。但其实萨特的哲学观也不是那么简单明了的，而且依我个人的生命体验，这个世界上的个人与他人的关系，也还不是那么令人悲观的。我的思路是，崴泥后遇到幸灾乐祸或嘲弄嗤笑者，只要他不是在落井下石

（或者说"落潭填泥"）那就无妨参考萨特的说法，抱着"人性中确有恶存在，这种反应不足为奇，不用理他，更无须生气"的态度，一瞥之后，简直连眼珠也不用再朝那些人转过去，并且在拔出泥潭，处境大为好转之后，也不要与之"理论"，更不应施以报复；当然，那时他们当中或许又会有人来给你捧场喝彩、阿谀凑趣，你也绝不要接受，淡淡地应付一下足矣。我还认为，崴泥时，完全没有人对你同情、关心、怜惜乃至为你焦虑，没有人愿意并实际地来多多少少援助你一把的情形，是很少有的，因此你要善于珍惜他人的哪怕只是淡淡的善意，从中汲取力量，并以此为抵消那些恶性反应对你的刺激，以利自己尽快摆脱困境。

别怕崴泥。

崴泥以后，自爱，自强，自尊，自力，加上善意待你自己。

孤独地走向未来

◎贾平四

好多人在说自己孤独，说自己孤独的人其实并不孤独。孤独不是受到了冷落和遗弃，而是无知己，不被理解。真正的孤独者不言孤独，偶尔作些长啸，如我们看到的兽。

弱者都是群居者，所以有芸芸众生。弱者奋斗的目的是转化为强者，像蛹向蛾的转化，但一旦转化成功了，就失去了原本满足和享受欲望的要求。国王是这样，名人是这样，巨富们的挣钱成了一种职业，种猪们的配种更不是为了爱情。

我见过相当多的郁郁寡欢者，也见过一些把皮肤和毛发弄得怪异的人，似乎要做孤独，这不是孤独，是孤僻。他们想成为6月的麦子，却在仅长出一尺余高就出穗孕粒，结的只是蝇子头般大的实。

每个行当里都有着孤独人，在文学界我遇到了一位。他的声名流布各国，对他的诽谤也铺天盖地，他总是默默地，宠辱不惊，过着日子和进行着写作，但我知道他是孤独的。

"先生，"我有一天走近了他，说，"你想想，当一碗肉大家都用眼睛盯着并努力去要吃到，你却首先将肉端跑了，能避免不被群起而攻之吗？"

他听了我的话，没有说是或者不是，也没有停下来握一下我的手，突然间泪流满脸。

"先生，先生……"我攒着他还要说。

"我并不孤独。"他说，匆匆地走掉了。

我以为我要成为他的知己，但我失败了，那他为什么要流泪呢，"我并不孤独"又是什么意思呢？

一年后这位作家又出版了新作。在书中的某一页上我读到了"圣贤庸行，大人小心"八个字，我终于明白了。尘世并不会轻易让一个人孤独的，群居需要一种平衡，忌妒而引发的诽谤、扼杀、羞辱、打击和迫害，你若不再脱颖，你将平凡；你若继续走，终于使众生无法赶超了，众生就会向你欢呼和崇拜，尊你是神圣。神圣是真正的孤独。

走向孤独的人难以接受怜悯和同情。

耐　力

◎端木蕻良

鸽子，在天空飞着。人们把哨子挂在它的腿上，从天空里，便飞来悠扬的哨响。

天是晴朗的，只有一两片白云。鸽子在空中盘旋。鸽子的翻腾，从哨子发声的波折中，也可以听出来。

鸽子一群一群地飞着，在罗马的古堡上飞着，当但丁第一次和碧蒂利采相遇的时候，鸽子就在那儿飞着。

鸽子在天安门前飞着，在北京城刚刚建造起来的时候，它们就在这儿飞着。

鸽子有凤头的，有黑翅的，有纯白的，还有带芝麻点儿的。但，翅膀都同样的矫健。

鸽子的眼睛，透着爱的光。它会把食物用嘴吐出来喂养小鸽子。据说鸽子老了，它孵养的鸽子，也会来喂养它……

鸽子的翅膀，没有海鸥那么长，也没有鹞子那么大，更没有鹰那么会在高空中滑翔……但它的翅膀却比它们都强……

鸽子是喜欢群居的，但也能单独飞行，在它完成最远的行程的时候，常常是在单独的情况下做到的。

在这个远程的飞行里，它几乎是没有东西吃，也没有水喝，就是不停地飞，不达到目的地不停止。鸽子横渡海洋，白天和黑夜都不停地飞行。在海面上没有什么可吃的，海水也是不能喝的，半途也没有地方歇息，要是有岩石的地方，那已是到了海的那一边了……

骆驼能征服沙漠，鸽子能征服天空……

骆驼不会像马那样奔驰，鸽子也不会像海燕那样遨游。但鸽子和骆驼相比，同样都有耐力。它们的耐力是坚强的，漫卷的黄沙和凶猛的台风在它们面前，都为之失色……

　　它们的耐力，使它们总是能到达它们要去的地方，在沙漠里几乎找不到中途倒在沙里的骆驼，在海洋里，也看不到中途跌落的鸽子。

　　骆驼和鸽子，同样没有剑拔弩张的样子，它们的眼睛都含着羞怯的光。但是它们的眼睛，从不被沙子迷住，也从不怕狂风的吹打……

　　骆驼的峰就是一座拱桥，它沟通了东方和西方的文化，驼铃是最可靠的信使，最动人的信息……

　　鸽子是忠诚的，它能把军事机密准确无误地带到指挥员的手中……

　　鸽哨又在我的头上响起来了，我听到它，并不感到它的声音不大，而是觉得整个天空都在它的声音里变小了……

风不能把阳光打败

◎毕淑敏

"但是"这个连词，好似把皮坎肩缀在一起的丝线，多用在一句话的后半截，表示转折。

比方说：你这次的考试成绩不错，但是——强中自有强中手。

比方说：这女孩身材不错，但是——皮肤黑了些。

不知"但是"这个词刚发明的时候，对它前后意思的分量，是否大致公允？也就是说，它只是一个单纯纽带，并不偏谁向谁。后来在长期的使用磨损中，悄悄变了。无论在它之前，堆积了多少褒词，"但是"一出，便像洒了盐酸的污垢，优点就冒着泡沫没了踪影。记住的总是贬义，好似爬上高坡，没来得及喘口匀气，"但是"就不由分说把你推下了谷底。

"但是"成了把人心捆成炸药包的细麻绳，成了马上有冷水泼面的前奏曲。让你把前面的温暖和光明淡忘，只有振起精神，迎击扑面而来的顿挫。

其实，所有的光明都有暗影，"但是"的本意，不过是强调事物立体。可惜日积月累的负面暗示，"但是"这个预报一出，就抹去了喜色，忽略了成绩，轻慢了进步，贬斥了攀升。

一位心理学家主张大家从此废弃"但是"，改用"同时"。

比如我们形容大气的时候，早先说：今天的太阳很好，但是风很大。

今后说：今天的太阳很好，同时风很大。

最初看这两句话的时候，好像没有多大差别。你不要急，轻声地多念几遍，那分量和语气的韵味，就体会出来了。

但是风很大——会把人的注意力凝固在不利的因素上。觉得太阳好不是件值得高兴的事情，风大才是关键。借助了"但是"的威力，风把阳光打败。

同时风很大——它更中性和客观，前言余音袅袅，后语也言之凿凿。不偏不倚，公道而平整。它使我们的心神安定，目光精准，两侧都观察得到，头脑中自有安顿。

一词背后，潜藏着的是如何看待世界和自身的目光。

花和虫子，一并存在。我们的视线降落在哪里？

"但是"，是一副偏光镜，让我们聚焦在虫子，把它的影子放得浓黑硕大。

"同时"，是一个透明的水晶球，均衡地透视整体。既看见虫子，也看见无数摇曳的鲜花。

尝试着用"同时"代替"但是"吧。时间长了，你会发现自己多了勇气，因为情绪得到保养和呵护。你会发现拥有了宽容和慈悲，因为更细致地发现了他人的优异。你能较为敏捷地从地上爬起，因为看到沟坎的同时也看到了远方的灯火……

不要放弃你的梦想

◎ 罗 兰

假如一个人终生也没有找到他活着的意义，那不是很悲哀吗？

我们此生不一定要成大名，立大功。可是，我们一定要明白自己的梦想；并把它具体起来，使它成为可能，然后去追求它，去实现它。追寻一个梦想是一种绝大的幸福和快乐。你也曾体会过这种幸福和快乐吗？

有人放弃了自己的梦想，从前进的行列中败退下来，是因为他失去了自己的意志。

我们时常会看到，有些人好像不在自己意志指挥之下过活，而是在别人给他划定的范围之内兜圈子。他们所奉为圭臬，所赖以决定自己动向的，是"别人认为怎样怎样"；"我如不这样做，别人会怎样说"，或"假如我这样做，别人会怎样批评"。不幸的是，别人的批评又是那么不一致；张三认为应该向东，李四认为应该向西，赵五认为应该向南，王六认为应该向北。你如选择其一，其他三人总会指责你。

于是，时常顾虑到"别人怎样说"的人，他就只好一年到头在不知究竟怎样才好的为难紧张之中团团转，总也走不出一条路来。

这种人，即使侥幸由于他天生的善于应付，而能做到"不受批评"的地步，他最大的成就也不过是个乡愿之类的人物。别人所给他的最大的敬意，也不过是说他一句圆滑周到而已。而在他自己本身来说，因为他终生被驱策在"别人"的意见之下，一定感到头晕眼花，疲于奔命，把精力全部消耗在应付环境、讨好别人上，以致没有余力去追求自己的梦想。

当然，我并不是说，一个人应该独断独行，不顾是非黑白。而是说，我们在听取别人的意见之后，一定要经过自己的认定和理解。我们应该自己有定见，用足够的理智去认清事实；在决定方向之后，就不再受别人意见的左右。

古人说"岂能尽如人意，但求无愧我心"，也就是这个意思。我们没有办法使所有的人都同意我们，没有办法听从每一个人的意见。所以，我们尽可不必顾虑到"别人怎样说"或"怎样想"，而只要顾虑到自己的理智怎样说，自己的良心怎样想。也就是说，"我只对自己负责"。

一个人的所做所为，只要自己问心无愧，即使瓜田李下之嫌也可以不避。也只有如此，才可以避免瞻前顾后、左右为难的苦恼，才可以使自己的梦想实现。

胡适博士曾鼓励青年人做"梦"。因为"梦"代表一种想象力，一点抱负，一些愿望，以及一些对现实的不满。正如一位西哲所说："如果你有胆量堂皇高贵地做梦，这梦会成为预言。"

今天我学会控制情绪

◎奥格·曼狄诺

　　潮起潮落，冬去春来，夏末秋至，日出日落，月圆月缺，雁来雁往，花飞花谢，草长瓜熟，自然界万物都在循环往复地变化着，我也不会例外，情绪总会时好时坏。

　　今天我学会控制情绪。

　　它仅仅是大自然的玩笑，很少有人窥破天机。明天我醒来时，不再有旧日的心情。昨日的快乐变成今天的哀愁，今天的悲伤又转为明日的喜悦。我心中像一只轮子不停地转着，由乐而悲，由悲而喜，由喜而忧。这就好比花儿的变化，今天枯败的花儿蕴藏着明天新生的种子，今天的悲伤也预示着明天的快乐。

　　今天我学会控制情绪。

　　但我该怎样做才能每天卓有成效呢？除非我心平气和，否则迎来的将是情绪控制住我。花草树木，随着气候的变化而生长，但是我要为自己创造天气。我要学会用自己的心灵弥补气候的不足。如果我为顾客带来风雨、忧郁、黑暗和悲观，那么他们也会报之于风雨、忧郁、黑暗和悲观，这样，他们什么也不会买。相反的，如果我们为顾客献上欢乐、喜悦、光明和笑声，他们也会报之以欢乐、喜悦、光明和笑声，那么，我就能获得销售上的丰收，赚取成仓的金币。

　　今天我学会控制情绪。

　　但我该怎样做才能让每天充满幸福和欢乐？我要学会这个千古秘诀：弱者任思绪控制行为，强者让行为控制思绪。每天醒来，当我被悲伤、自怜、失败的情绪包围时，我就这样与之对抗：

　　沮丧时，我引吭高歌。

　　悲伤时，我开怀大笑。

　　病痛时，我加倍工作。

　　恐惧时，我勇往直前。

自卑时，我换上新装。

不安时，我提高嗓音。

穷困潦倒时，我想象未来的富有。

力不从心时，我回想过去的成功。

自轻自贱时，我想想自己的目标。

总之，今天我要学会控制自己的情绪。

从今天起，我明白了，只有低能者才会向情绪低头；我并非低能者，我必须不断对抗那些企图摧垮我的力量。失望与悲伤一眼就会被识破，而其他许多敌人是不易觉察的。它们往往面带微笑，却随时可能将我们摧垮。对它们，我们永远不能放松警惕。

自高自大时，我要追寻失败的记忆。

纵情得意时，我要记得挨饿的日子。

洋洋得意时，我要想想竞争的对手。

沾沾自喜时，我要不忘那忍辱的时刻。

自以为是时，看看自己能否让风止步。

腰缠万贯时，想想那些食不果腹的人。

骄傲自满时，要想到自己怯懦的时候。

不可一世时，我抬起头，仰望群星。

今天我学会控制情绪。

有了这项新本领，我也更能体察别人的情绪变化。我宽容怒气冲冲的人，因为他尚未懂得控制自己的情绪，就可以忍受他的指责与辱骂，因为我知道明天他会改变，重新变得随和。

我不再只凭第一感觉来判断一个人，也不再凭一时的怨恨与人绝交。今天不肯花一分钱买金马车的人，明天也许会用全部家当换树苗。我已经知道了这个秘密，我可以获得最大的财富。

今天我学会控制情绪。

我从此领悟人类情绪的变化的奥秘。我不再受自己千变万化的个性所摆布，我知道，只有积极主动地控制情绪，才能掌握自己的命运。

我要控制自己的命运，我的命运就是成为世界上最伟大的推销员！

我要成为自己的主人。

我会由此而变得伟大。

用全身心的爱迎接今天

◎奥格·曼狄诺

我要用全身心的爱来迎接今天。

因为，爱是一切成功的最大秘密。强力或许能够劈开一块盾牌，甚至毁灭生命。但是具有无与伦比的力量的唯有爱，它可以使人们敞开心扉。没有人能抵挡爱的威力。我要让爱成为我最大的武器。

我的理论，他们也许反对；我的言谈，他们也许怀疑；我的穿着，他们也许不赞成；我的长相，他们也许不喜欢；甚至我廉价出售的商品他们都可能将信将疑；然而，我的爱心一定能温暖他们，就像太阳的光芒能融化冰冷的冻土。

我要用全身心的爱来迎接今天。

我该怎样做呢？从今往后，我要满怀爱心地对待一切，这样才能获得新生。我爱太阳，它温暖我的身体；我爱雨水，它洗净我的灵魂；我爱光明，它为我指引道路；我也爱黑夜，它让我看到星辰；我爱快乐，它使我心胸开阔；我忍受悲伤，它升华我的灵魂；我接受报酬，因为我为此付出汗水；我不怕困难，因为它们给我挑战。

我要用全身心的爱来迎接今天。

我该怎样说呢？我赞美敌人，敌人于是成为朋友；我鼓励朋友，朋友于是成为手足。我要常想理由赞美别人，绝不搬弄是非，道人长短。想要批评人时，咬住舌头；想要赞美人时，高声表达。

飞鸟、清风、海浪，自然界的万物不都在用美妙动听的歌声赞美造物主吗？我也要用同样的歌声赞美她的儿女。从今往后，我要赞美他人，这将改变我的生活。

我要用全身心的爱来迎接今天。

我该怎样行动呢？我要爱每个人的言谈举止，因为人人都有值得钦佩的性格，虽然有时不易察觉。我要用爱摧毁困住人们心灵的高墙——那充满怀疑与仇恨的围墙。我要架一座通向人们心灵的桥梁。

我爱雄心勃勃的人，他们给我灵感；我爱失败的人，他们给我教训；我爱王侯将相，因为他们也是凡人；我爱谦恭之人，因为他们非凡；我爱富人，因为他们孤独；我爱穷人，因为穷人太多了；我爱少年，因为他们真诚；我爱长者，因为他们有智慧；我爱美丽的人，因为他们眼中流露着凄迷；我爱丑陋的人，因为他们有颗宁静的心。

我要用全身心的爱来迎接今天。

我该怎样回应他人的行为呢？用爱心回应他人的行为。爱是我打开人们心扉的钥匙，也是我抵挡仇恨之箭与愤怒之矛的盾牌。爱使挫折变得如春雨般温和，它是我商场上的护身符：孤独时，给我支持；绝望时，使我振作；狂喜时，让我平静。这种爱心会一天天加强，越发具有保护力，直到有一天，我可以自然地面对芸芸众生，处之泰然。

我要用全身心的爱来迎接今天。

我该怎样面对遇到的每一个人呢？只有一种办法，我要在心里默默地为他祝福。这无言的爱会闪现在我的眼神里，流露在我的眉宇间，让我嘴角挂上微笑，在我的声音里响起共鸣。在这无声的爱意里，他的心扉向我敞开了，他将不再拒绝我。

我要用全身心的爱来迎接今天。

我该怎样爱我自己呢？只有爱自己，我才会认真检查进入我的身体、思想、精神、头脑、灵魂、心怀的一切东西。我绝不放纵肉体的需求，我要用清洁与节制来珍惜我的身体；我绝不让头脑受到邪恶与绝望的引诱，我要用智慧和知识使之升华；我绝不让灵魂陷入自满的状态，我要用沉思和祈祷来滋润它；我绝不让心怀狭窄，我要与人分享，使它成长，温暖整个世界。

我要用全身心的爱来迎接今天。

从今往后，我要爱所有的人，把仇恨从我的血管中剔除出去。我没有时间去恨，只有时间去爱。现在，我迈出成为一个优秀的人的第一步。有了爱，即使才疏智短，我也能以爱心获得成功；相反，如果没有爱，即使博学多识，也终将失败。

我要用全身心的爱来迎接今天。

相信自己吧

◎爱默生

天才从来都是相信自己的思想，相信自己内心深处所确认的东西众人也会承认。尽管摩西、柏拉图、弥尔顿的语言平易无奇，但他们蔑视书本教条，摆脱传统习俗，说出他们自己的、而不是别人的思想，这就是使他们成为伟人的原因之所在。一个人不要限于仰观诗人、圣者领空里的光芒，应学会更多地发现和观察自己心灵深处那一闪即逝的火花。而可惜的是，人们总是不会留意自己的思想，不知不觉就把它们抛弃了，仅仅因为那是属于自己的。

曾几何时，我们看到了那些已被自己放弃的思想，不是在天才的著作里吗？于是它们被拾回，即便伟大的文学作品也没有比这更深刻的教训了。这些失而复得的思想警谕我们：在大众之声与我们相悖时，我们也应遵从自己确认的真理，乐于不作妥协。

相信时间和知识必将让人们悟出这样的道理：嫉妒乃无知，模仿即自杀；无论身居祸福，均应自我主宰；蕴藏于人身上的潜力是无尽的，他能胜任什么事情，别人无法知晓，若不动手尝试，他对自己的这种能力就一直蒙昧不察。

相信自己吧！这呼唤将震颤每一颗心灵。

伟人们向来如此，他们孩童般地向同时代的精英倾吐心声，把自己的心智公之于众，自本自为，从而出类拔萃。

但人们却常因在自己的意识网中。一旦成名，便受制于众人的好恶，从此难免要取悦于人，再也不能把别人的感情置之度外了。

对外界的妥协态度，威胁了人们的自信。往往，你对自己往昔的言行且敬且畏，只图与之相协调，因为除了自己往昔的行为以外，再无其他数据可供别人来计算你的轨迹了，而辜负众人又不是你所愿意的。

但为什么要转目回眸，为什么为了不与你在大庭广众下陈述过的观点相抵触，就拖着记忆的僵尸不放呢？假如那是你务须反驳的谬论，那又怎样呢？

其实，即便在纯记忆的行为里，你也不能只单单依赖记忆力，而应该把往事摆在有目共睹的现在来判断，从此以后不断自赎自新，这才是真正的智慧之道。

欺下瞒上、献媚取宠是小人的拿手好戏，它为渺小的政治家、哲学家和神学家所崇拜。我们今天应该确凿地说出今天的想法，明天则应确凿地说出明天的意见，即使它与今日之见截然相悖——"这样做，难道你就不怕被误解吗？"——难道被误解是如此不足取吗？毕拉哥拉斯就曾被误解，还有苏格拉底、路德、哥白尼、伽利略、牛顿，还有古今每一个有血有肉的智慧精灵，他们谁未被误解过？欲成为伟人，就不可避免地要被误解。

人往往懦弱而爱抱歉；他不敢直说思想、愿望，而是援引一些圣人智者的话语；面对一片草叶或一朵鲜花，他也会抱愧负疚。他或为向往所耽，或为追忆所累；其实，一切美好东西的来源，了无规矩，殊不可知；你何必窥人轨辙，看人模样，听人命令，你的行为，你的思想、性格应全然新异。

忠 告

◎ 罗纳德·里根

要敲响一扇机会之门，首先要有信心把握住自己能干什么。

1929 年，爆发了经济大危机，接踵而至的是大萧条。1932 年的那个夏天，我大学刚毕业就回到了克洛河当救生员。那些曾答应过帮我的人现在也无能为力了。凡是没有亲身经历过大萧条的人都很难真正理解大萧条究竟意味着什么。

不过，尽管如此，有位在那儿避暑的先生还是问起了我毕业后的打算。他说，如果我想干的工作正好在他能帮忙的范围之内，他会尽其所能为我解决工作问题。在那种大萧条的年代里，只要能找到工作，不管什么工作，都是奇迹。不过这位先生执意要我先告诉他我的理想，告诉他我自己觉得会在哪个方面有发展前途。他要先得到回答才能实施下一步计划。

此时，广播电台是新兴的行业。鉴于自己高中、大学踢过足球并参加过其他一些体育活动，在那位先生的再三敦促下，我终于鼓起勇气告诉他我想当一名电台体育播音员。

作为新兴行业，广播电台还是一块有待开垦的处女地，我想当播音员至少也是进了娱乐圈吧。显然，我想干的是与这位先生没有任何关系的行业，他帮不上我的忙。就在这时，我得到了终生最好的忠告。这位先生说："你瞧，这样也许更好。我能帮你找份工作（他列举了几个部门），但那些给你工作的人只不过是为了给我帮忙而不是为了你。因此只要给了你一份工作，他们便会认为自己已尽到责任了。"他继续说，"现在你提到了一个很有前途的新领域，你应该充满信心去敲那机会之门。也许你要敲上好几百次——每个推销员都是敲了好几百次门才成交的。为了能涉足这个领域，你尽管告诉那里的人你什么都愿意干，哪怕是做杂工也行。这样你就有了起步的机会，你首先需要的也就是在这个部门立足。你会发现，尽管现在正处于大萧条，但在这一领域的某个部门仍会有人意识到如果他的事业要发展，那么他就要起用思想开阔的年轻人。"

一点不错，敲了许多门之后，我来到了一家电台，对一位节目编辑主任谈了我的愿望。这次，我提到了体育，除此之外，我与平时别无二致。这位编辑先生使我终生难忘。他也许给了我一次最异乎寻常的试听机会。他把我关在播音室里，告诉我他会在我见不到的隔壁房间里听着，让我等指示灯一亮，便假设自己在足球比赛场进行现场足球直播，发挥我的最佳状态。当然我也照他所说的做了，直播了大约一刻钟。尔后，他返回播音室告诉我下星期六再到那里——我将真正直播一场重要的足球比赛——爱荷华队对明尼苏达队。

我的人生旅途在这次试播之后转入新的轨道。而尤为重要的是，导致了这次转入新轨道的是那位先生的忠告。它使我懂得，一个人并非一定要有别人的提携，并非一定要别人为你安排一席之地。只要有信心，能把握自己该干什么，那么就应该毫不犹豫地去敲那一扇扇机会之门。你会发现，即使像我当时那样初出茅庐的青年人也会有机会去展示自己的才华。

自尊与自信

◎奥里森·马登

苏格兰有一个纺织工人虽然很贫穷，却非常虔诚，他每天都要做祷告。他的祷告中有一项内容非常奇怪，他祈求神让他对自己有一个好的评价。其实，这又有什么奇怪的？难道不应该这样吗？如果我们自己对自己都没有好的评价，怎么期望别人会对我有好的评价呢？正如一句谚语说的好：不自重的人，别人也不会尊重他。如果人们发现我并不怎么尊重自己，那么，他们也有权利拒绝我，把我看成骗子。因为我一方面对别人说，他们应该对我有好感，另一方面自己却对自己没有好感。其实，对自己的尊重和别人对自己的尊重是建立在同一原则基础之上的。

林肯曾经说："你可以在某一段时间欺骗所有的人，也可以在所有的时间里欺骗某一部分人，但你不可能在所有的时间里欺骗所有的人。"然而，无论在什么时候，我们都无法欺骗自己。所以，要真正产生自尊的感觉，唯一的办法就是让自己配得上这种对自己的尊重。

人们有权利按照我们看待自己的眼光来评价我们，我们认为自己有多少价值，就不能期望别人把我们看得比这更重。一旦我们踏入社会，人们就会从我们的脸上、从我们的眼神中去判断，我们到底赋予了自己多高的价值。如果他们发现，我们对自己的评价都不高，他们又有什么理由要给他们自己添麻烦，来费心费力地研究我们的自我评价到底是不是偏低呢？很多人都相信，一个走上社会的人对自己价值的判断，应该比别人的判断要更真实、更准确。

一次，英国首相皮特在任命沃尔夫将军统领驻守加拿大的英军后，刚好有机会领略了一番沃尔夫将军的自我吹嘘。这个年轻的军官挥舞着佩剑，不停地敲着桌面，在屋子里手舞足蹈，吹嘘着他将要建立的功勋。皮特非常厌恶他，忍不住对坦普尔勋爵说："上帝啊，我居然把整个国家、整个政府的命运都托付给这样的人了！"

　　但这位首相大概想象不到，就是这么一个喜欢自我夸耀的年轻人，会不顾自己重病在身，从病床上起来指挥部队在亚伯拉罕高地赢得了辉煌的胜利。其实，他的自夸是对他未来所能达到的高度的一种预言。

正确的思考

◎拿破仑·希尔

把你的思想当作一块土地，经过辛勤且有计划的耕耘，就可把这块土地开垦成产量丰富的良田，或者也可以让它荒芜，任由它杂草丛生。

想要从你的思想中得到丰收，你必须付出努力和投入各项准备工作，这些工作的安排和执行就是正确思考的结果。

所有的计划、目标和成就，都是思考的产物。你的思考能力是你唯一能完全控制的东西，你可以有智慧，或是以愚蠢的方式运用你的思想，但无论你如何运用它，它都会显现出一定的力量。

正确的思考是以归纳法和演绎法两种推理方法作为基础。归纳法是从部分导向全部，从特定事例导向一般事例，以及从个人推导向宇宙的推理过程，它是以经验和实证作为基础，并从基础中得出结论。演绎法则是以一般性的逻辑假设为基础，得出特定结论的推理过程。这两种方法之间有很大的不同，但二者可以一起运用。

要使自己成为一位正确的思考者，你必须学会把事实和感觉、假设、未经证实的假说和谣言分开，同时将事实分成重要的和不重要的两个范畴。一个正确的思考者必须仔细调查你所得到的每一项资料，必须了解你所得到的资料是如何被抹黑、修改或夸大的，并找出其中的一些事实存在。

无论谁企图影响你，你都必须充分发挥你的判断力并小心谨慎，如果言论显得不合理，或者与你的经验不相符时，应该做进一步的调查。

人性中普遍存在的两个相反的特质：轻信和断然不相信他们不了解的事物，都是正确思考的绊脚石。

你应该对于他人的意见抱着审慎的态度，这些意见可能具有危险和毁灭性。你应确定你的见解不至于受到他人偏见的影响，具有正确思考能力的人，都会学习运用自己的判断力，并且对于外在的任何影响，都保持着谨慎的态度。

无论你是否封闭自己的内心，是否故意忽视或拒绝相信，事实还是事实。

信任的感觉

◎戴维·威斯格特

信任是需要一个过程，一段时间的。假如你所信任的人全是奉承你的人，那你的生活将会变得空虚；假如你信任你所见到的每一个人，那你就是一个傻瓜；假如你毫不犹疑、匆匆忙忙地去信任一个人，那你就可能也会那么快地被你所信任的那个人背弃；假如你怀着利用人的心理去信任，那么随之而来的可能就是恼人的猜忌和背叛；但假如你迟迟不敢去信任一个值得你信任的人，那就永远不能获得爱的甘甜和人间的温暖，而你的一辈子也将在平淡苍白中度过。

信任是一种有生命的感觉，信任也是一种高尚的情感，信任更是一种连接人与人之间的纽带。信任别人是你的义务，除非你已发现那个人根本不配让人信任。你也有权受到别人的信任，除非他认为你不配受他信任。

论逆境

◎培　根

"一帆风顺固然令人羡慕，但逆水行舟则更令人钦佩。"这是塞涅卡效仿斯多葛派哲学讲出的一句名言。确实如此。如果说奇迹就是超乎寻常，那么它常常显现的地方则是在对逆境的征服中。塞涅卡还说过一句更深刻的格言："真正的伟大，即在于以脆弱的凡人之躯而具有神性的不可战胜。"这是宛如诗句的妙语，意味深长。

在古代诗人们的神话中曾有这样的描写：当赫克里斯去解救盗火种给人类的英雄普罗米修斯的时候，他是坐着一个瓦罐漂渡重洋的。这个故事其实象征这样一个情景，人生犹如波涛翻滚的海洋，而每一个基督徒正以血肉之躯的孤舟横渡它。

面对幸运所需要的美德是节制，而面对逆境所需要的美德是坚韧，从道德修养方面讲后者比前者更为难能。所以《圣经》之《旧约》把顺境看作神的赐福，而《新约》则把逆境看作神的恩惠。因为上帝正是在逆境中才会给人以更深的恩惠和更直接的启示。

在《旧约》诗篇中大卫的竖琴美妙乐音中，你所听到的那并非仅是颂歌还伴随有同样多的苦难哀音，而圣灵对约伯所受苦难的记载远比对所罗门财富的刻画要更动人。

一切幸福都充满慰藉与希望，而一切逆境也都充满忧虑和烦恼，然而现实却绝非如此。

以暗淡的背景衬托明丽图案的刺绣才是最美好的，而绝不是以暗淡的花朵镶嵌于明丽的背景上。让我们从这种美景中去汲取启示吧！

正如恶劣的品质会在幸福而无节制中被显露一样，最美好的品质即使在逆境中也会放出灿烂的光辉。

生命力

◎毛　姆

生命力是极其旺盛的。生命力带来的欢快可以销毁人们面临的一切艰难困苦。它在人的内部起作用，用它的辉煌火焰向每个人的处境投射光明，所以无论人面临怎样的不幸，也终究可以忍受。悲观主义的产生往往是由于你设身处地想象别的感受。这也是小说多具戏剧性的原因之一。小说家以他的私人小天地为素材，创造出一个公众的世界，把他自己特有的敏感性、思维能力和感情力量加在他想象的人物身上。大多数人不大有想象力，他们感受不到富于想象力的人觉得无法忍受的坎坷境遇。

就像私生活。一贫如洗、毫无家产的人不以为然，也不避讳，而我们对此却非常重视，最怕受到干扰。他们嫌恶独处，和人群在一起使他们感到踏实。任何一个与他们同处的人都不难看出，他们并不重视财富和拥有财富的人。事实是，我们认为必不可少的东西，有许多是他们根本不需要的。这是富裕者的运气。因为除去眼盲者，谁都可以看到，大城市里的无产阶级全都生活在何等的苦难和纷扰之中，流浪街头，无事可做，又有多少人在沉闷的工作中挣扎，他们的妻子儿女，都生活在饥饿的边缘，前途是望不到头的贫穷。如果只有革命才能改变这种命运，那么让革命快些到来吧！

然而，今天的所推崇的文明国家中，人与人之间的残酷无情，金钱交易无不影射着过去，还真不能轻易断言他们的生活比过去好。不过，尽管如此，我们还不妨认为这个世界总的说来比历史上过去的世界大体上是好了些。大多数人的命运虽然仍不好，但总不像过去那样可怕。我们有理由希望，随着知识的增长，那些仍旧存在的、给人们带来痛苦的邪恶势力终将被消除。

大自然是我们的主宰。地震将继续造成惨重灾害。干旱将使谷物枯萎，忽然而至的洪水将摧毁人们精心营造的建筑物。唉，人类仍将利用愚智不断发起战争并侵袭陌生的国土。因为，不能适应生活的婴儿还将继续出生，结果生活将成为他们的沉重负担。世界上的人只要有强弱之分，弱者就一定要被强者逼得走投无路。除非人们摆脱掉私有观念的符咒，但那似乎又是永远不可能的，因为他们永远要从无力的人手里攫夺他的所有。人类不重新开始，那么自我完成的本能就会传袭，他们就会不惜牺牲别人的幸福，恣意发挥自己的这种本能。总之，只要人是人，他就必须准备面对他所有的一切邪恶和祸患。

最新福音

◎卡莱尔

一种永垂不朽的高尚甚至神圣之境就蕴含在工作里。一个人尽管如何冥顽不灵，尽管忘记他应有的崇高使命，只要是踏踏实实、埋头苦干，那么这个人就会有所发展；只有怠惰的人才会永无希望。努力工作，而绝不贪婪卑吝，这便是与自然的契合感应；想把工作完成的诚恳愿望本身即将把人逐步导入真理，导入自然的种种任命与规则，而这些也就是真理。

认识你的工作，并且努力去做。人们常说："要认识你自己。"假设你是一个完全无从认识的人，那么，认识你自己能做些什么，然后便动手去做，这个方法很适合你。

劳动就是生命。一旦工作开端得当，一个工作者的内心深处就会迸发出他天赋的力量。从他的内心深处是会被引入到一切高尚之境、一切知识之境的，不管是"自我知识"，抑或是更多的其他方面。严格地讲，除工作中所获知识外，你并无别的知识来源。至于其余，不过是知识的一种假说而已。而且直到我们真正着手和给予确定为止，也只是学校里尚待争论的东西，也只是飘浮在云端或卷动在逻辑的漩涡里的虚无漂渺的东西。最终只有行动才能解决各种各样的怀疑。

勇者无畏

◎康　德

不惊慌的人可称之为有胆识的人；而临危不惧的人则称之为勇者。在危险中仍能保持勇气的人是勇敢的，轻率的人则是莽撞的，他敢于去冒险是因为他不知道危险。知道危险而敢于去冒险的人是胆大的；在成功率不到一半时去冒最大的风险，这是胆大包天。土耳其人把勇士与亡命鬼等同起来。而怯懦则是不要名誉的气馁。

惊慌并不代表容易陷入恐惧，导致容易陷入恐惧的是胆怯，胆怯是一种状态、一种偶然因素，多半是由于依附于身体上的原因，在一个突然遇到的危险面前觉得不够镇定。当一位统帅身穿睡衣仓猝之间得知敌人已经逼近时，他也许会在刹那间让血液凝在心房里；但假若医生查出某位将军胃里存有酸水，则将军会被认定为胆怯之人。但是，胆识总是一种气质特点，而勇气是建立在原则上，并且是一种美德。这样理性可以给一个坚毅的人连大自然都没有能力所给予的力量。战斗中的惊慌甚至让人产生有益的排便，这使一个讽刺性的西方成语得以产生。然而应当引起注意的是在战斗口令发出时慌忙跑进厕所的那些水手，后来在战斗中却是勇敢的。这一情况甚至在苍鹭迎战猎鹰时也能够表现出来。

忍耐绝不是勇敢。忍耐属于女人的美德，因为它拿不出力量反抗。而是希望通过习惯来使受苦变得不明显。因此在外科手术刀下或在痛风病和胆结石发作时呻吟的人，在这种情况下并不是怯懦或软弱，这就好像人们行走时磕碰到一块当街横着的路石一样，人们对它的咒骂仅仅是一种情感的宣泄而已，自然本能在这种发泄中尽力用喊叫将堵在心头的血液分散开来。但美洲的印第安人表现出的忍耐却别具风格。当他们被包围的时候，他们扔下手中的武器，平静地任人宰割，而不请求饶恕。在这里，比起欧洲人在这种情况下一直抵抗到最后一个人死去，勇气是不是得到更多的体现？而我认为，这只不过是一种野蛮人的虚荣，据说因为他们的敌人不能强迫他们以啼哭或叹息来表明他们的失败，他们便把保全自己的种族荣誉通过此种忍耐表现出来。

幸福的篮子

◎沃兹涅先斯卡娅

那段日子我至今记忆犹新，它让我生活在“零度空间”，不能呼吸，我甚至想了结了自己。那是在安德鲁沙出国后不久，在他临走时，我俩第一次也是最后一次一起过夜。我知道我们已经结束了，他再也不会出现在我的生活里了。我不愿那样，于是，我陷入了极度痛苦、不能自拔的境地。一天，我路过一家半地下室式的菜店，见到一位美丽无比的妇人正踏着台阶上来——太美了，简直是拉斐尔《圣母像》的再版。我停了下来，凝视着她的脸——因为起初我只能看到她的脸。但当她走出来时，我才看清原来她的美貌还不及我的2/3，而且还驼背。我耷拉下眼皮，快步走开了。我羞愧万分……瓦柳卡，我对自己说，你四肢发育正常，身体健康，长相也不错，怎能为了一个男人把自己弄成人不像人，鬼不像鬼呢？打起精神来！比起刚才那位，你幸运多了……

我永远也忘不了那个长得像圣母一样的驼背女人。每当我在生活中再碰到什么坎坷时，她便出现在我的脑海里。

我就是这样学会了不让自己自怨自艾。而后，一位老太太教会了我幸福的秘诀。那次事件以后，我很快又陷入了烦恼，但那次我知道如何克服这种情绪。于是，我便去夏日乐园漫步散心。我顺便带了件快要完工的刺绣桌布，免得空手坐在那里无所事事。我穿上一件极简单、朴素的连衣裙，把头发在脑后随便梳了一条大辫子。又不是去参加舞会，只不过去散散心而已。

来到公园，找个空位子坐下，便飞针走线地绣起花儿来。一边绣，一边告诫自己：“没有什么了不起，要知道你是幸运的，打起精神！平静下来！”这样一想，确实平静了许多，我起身准备回家。恰在这时，坐在对面的一个老太太起身朝我走来。

“你这就要走吗？”她说，“哦，我的意思是想跟您聊聊。”

“那，好极了！”

　　她在我身边坐下，面带微笑地望着我说："知道吗，我在对面盯了您半天了，真觉得是一种享受。现在像您这样的女子不多了。"

　　"什么？"

　　"在现代化的列宁格勒市中心，忽然看到一位梳长辫子的俊秀姑娘，穿一身朴素的白麻布裙子，坐在这儿绣花！简直想象不出这是多么美好的景象！我要把它珍藏在我的幸福之篮里。"

　　"什么，幸福之篮？"

　　"对！这是我的宝贝，一般的人我不会传授，但你……"她看着我问："您希望自己幸福吗？"

　　"当然了，谁不希望自己幸福呀。"

　　"谁都愿意幸福，但并不是所有的人都懂得怎样才能幸福。我教给您吧，算是对您的奖赏。孩子，幸福并不是成功、运气，甚至爱情。您这么年轻，一定认为恋爱就幸福。不是的，幸福就是那些快乐的时刻，是自己的内心被什么事或人勾起的奇妙的喜悦。我坐在椅子上，看到对面一位漂亮姑娘在聚精会神地绣花，我的心就存在了这种喜悦。我已把这一时刻记录下来，为了以后一遍遍地回忆，我把它装进我的幸福之篮里了。这样，每当我难过时，我就打开篮子，将里面的珍品细细品味一遍，其中会有个我取名为'夏日公园的刺绣姑娘'的时刻。想到它，此情此景便会立即重现，我就会看到，在深绿的树叶与洁白的雕塑的衬托下，一位姑娘正在聚精会神地绣花。我就会想起阳光透过椴树的枝叶洒在您的衣裙上；您的辫子从椅子后面垂下来，几乎拖到地上；您的凉鞋使您不舒服，您脱下它，赤着脚；凉凉的地面使您的脚趾头朝里弯。我也许还会想起更多，一些此时我还没有想到的细节。"

　　"太神奇了！"我惊呼起来，"一只装满幸福时刻的篮子！您什么时候发现的这个篮子？"

　　"那是一位智者教给我的。噢！您一定知道他，也许还读过他的作品。他就是阿列克桑德拉·格林。我们是老朋友，是他亲口告诉我的。在他的文章中，您能看到幸福的影子，遗忘生活中丑恶的东西，而把美好的东西永远保留在记忆中。但这样的记忆需经过训练才行，所以我就在心中收藏了这个幸福的篮子。"

　　我谢了这位老太太，朝家走去。路上我开始回忆从我记事以来的幸福时刻。直到现在，我的幸福之篮已经被填得满满的。

鹰之歌

◎高尔基

黄颔蛇爬在高高的山上，它躺在潮湿的峡谷里，盘起身子望着下面的海。太阳照在高高的天上，山把热气吹上天，山下海浪在拍打岩石……

山泉穿过黑暗的薄雾，沿着峡谷朝着海飞奔，一路上冲打石子，发出雷鸣的声音……

山泉满身白色浪花，它又白又有劲，把山切成两半，带着怒吼落进海里。突然在蛇盘着的峡谷里，从天上落下来一只苍鹰，它胸口受伤，翅膀带血……

鹰短短地叫一声，就落到地上来，带着无可奈何的愤怒，拿胸膛去撞击坚硬的岩石……

蛇大吃一惊，连忙逃开了，但它很快便料到这只鸟只能够活两三分钟……

蛇又爬到受伤的鸟跟前，对着鸟的耳朵发出惨噬的声音：

"怎么，你快不行了吗?"

"是的，我要死了。"鹰长叹一声回答道，"但，我痛快地活过了! ……我懂得幸福! ……我也勇敢地战斗过! ……我看见过天空……你呢? 肯定没离天空那么近吧! ……唉，我真为你感到遗憾!"

"哼，天空有什么稀罕? 只不过是一个空空的地方……我爬到那么高的地方去干嘛呢? 还不如在我这个洞里……又暖和，又潮湿!"

蛇这样回答爱自由的鸟，可是它私下认为鹰说的只是梦话而已。

它这样想着："不论飞也好，爬也好，结局只有一个：大家都要躺在地里，被埋在地下变为泥土……"

可是这只英勇的鹰突然抖了抖翅膀，吃力地支起了身子，环视着峡谷。

水从灰色岩石缝中渗出来，阴暗的峡谷里非常沉闷，而且散布着腐朽的气味。

鹰聚起全身的力气，悲哀地、痛苦地叫道：

"啊，请让我再升到天空去一次吧！……我要拿仇敌……来堵我胸膛的伤口……拿它来止我的血……啊，给我力量去战斗吧！"

蛇开始想："它既然这样痛苦地呻吟，那么在天空生活一定非常愉快！……"

于是，它就给这只爱自由的鸟出主意："那么你就爬到峡谷边儿上，跳下去，或许你的翅膀会托起你来，那么你还可以痛快地活上一会儿。"

鹰浑身发颤，骄傲地大叫一声，用爪子抓住岩石上的泥土，拼命向悬崖的边缘靠近。

鹰一到那里，就展开翅膀，深深地吸了一口气，两只眼睛发光，然后，向下滚去。

鹰像石头一样在岩石上滚着滑下去，很快地就落到下面，翅膀折断，羽毛散失……

山泉的激浪捉住它，洗去它身上的血迹，用浪花捧着它，带它到海里去。

海浪发出悲痛的吼声撞击岩石……在无边的海面上，鹰的尸首消失得无影无踪……

黄颔蛇躺在峡谷里，好久都在想鹰的死亡和鹰对天空的热情。它一直望着远方，那个永远用幸福的梦想来安慰眼睛的远方。

"这只死鹰，它在无底无边的虚空里看见了什么呢？为什么像它这一类的鸟临死还要拿它们那种对于在天空飞翔的热爱来折磨灵魂呢？它们在那儿明白了什么呢？其实只要我也能飞上天空去，哪怕是一会儿，我也就会明白一切的。"

蛇想着，然后就付于行动。它把身子卷成一个圈，往空中一跳，它像一根细带子在日光里闪亮了一下。

生就爬行的东西不会飞！……它忘记了这一点，跌到岩石上面了。可是它并没有死，反倒大声笑起来了……

"原来这就是在天空飞翔的妙处！这也就是跌下去的妙处啊！……这些可笑的呆鸟！它们不懂得土地，在土地上感到不舒服，只想高高地飞上天空，生活在炎热的虚空里，那儿只有空虚，那儿光多得很，可是没有吃的东西，也没有托住活的身体的东西。为什么要骄傲呢？为什么要责备呢？为什么拿骄傲来掩饰它们自己那种疯狂的欲望，拿责备掩饰它们自己对生活的毫无办法呢？可笑的呆鸟！它们讲的话现在再也骗不了我了！我自己全明白了！我——看见过天空了……我飞到天上去过，我探测过天空，也知道跌下去是怎么一回事了，不过我并没有跌死，我现在更加相信我自己。让那些不能爱土地的东西就靠幻想活下去吧。我认识真理。我绝不认同它们的号召。我是从土地上生出来的，我要永远依靠土地生活。"

蛇洋洋得意地盘在石头上面。

海面充满灿烂的阳光，在闪烁，波浪凶猛地打击着海岸。

在它们那种狮吼一样的啸声中响起了雷鸣似的赞美骄傲的鸟的歌声，海浪打得岩石发抖，庄严、可怕的歌声使得天空颤栗：

我们歌颂这种勇士的疯狂！

勇士的疯狂就是人生的智慧！啊，勇敢的鹰啊！你在跟仇敌的战斗中流了血……可是将来有一天——你那一点一滴的热血会像火花一样，在人生的黑暗中燃烧起来，在许多勇敢的心里燃起对自由、对光明的狂热的渴望！虽然，你现在已经离我而去，可是在勇敢、坚强的人的歌声中，你永远是一个活的榜样，一个追求自由、追求光明的骄傲的号召！

我们歌颂勇士的疯狂！

海 燕

◎高尔基

在苍茫的大海上，风聚集着乌云。在乌云和大海之间，海燕像黑色的闪电高傲地飞翔。

一会儿翅膀碰着波浪，一会儿箭一般地直冲云霄，它叫喊着——在这鸟儿勇敢的叫喊声里，乌云听到了欢乐。

在这叫喊声里，充满着对暴风雨的渴望！在这叫喊声里，乌云感到了愤怒的力量、热情的火焰和胜利的信心。

海鸥在暴风雨到来之前呻吟着，呻吟着——在大海上面飞蹿，想把自己对暴风雨的恐惧，掩藏到大海深处。

海鸭也呻吟着——这些海鸭呀，享受不了战斗生活的欢乐：轰隆隆的雷声就把它们吓坏了。

愚蠢的企鹅，畏缩地把肥胖的身体躲藏在峭崖底下。……只有那高傲的海燕，勇敢地，自由自在地，在翻起白沫的大海上面飞翔！

乌云越来越暗，越来越低，向海面压下来；波浪一边歌唱，一边冲向空中去迎接那雷声。

雷声轰响。波浪在愤怒的飞沫中呼啸着，跟狂风争鸣。看吧，狂风紧紧抱起一堆巨浪，恶狠狠地扔到峭崖上，把这大块的翡翠摔成尘雾和水沫。海燕叫喊着，飞翔着，像黑色的闪电，箭一般地穿过乌云，翅膀刮起波浪的飞沫。

看吧，它飞舞着，像个精灵——高傲的、黑色的暴风雨的精灵——它一边大笑，它一边高叫……它笑那些乌云，它为欢乐而高叫！

这个敏感的精灵，从雷声的震怒里早就听出困乏，它深信乌云遮不住太阳——是的，遮不住的！

风在狂吼……雷在轰响……

一堆堆的乌云，像青色的火焰，在无底的大海上燃烧。大海抓住金箭似的闪电，把它熄灭在自己的深渊里。闪电的影子，像一条条的火蛇，在大海里蜿蜒浮动，一晃就消失了。

——暴风雨！暴风雨就要来啦！

这是勇敢的海燕，在闪电之间，在怒吼的大海上高傲地飞翔。这是胜利的预言家在叫喊：

——让暴风雨来得猛烈些吧！……

路有很多条

◎松下幸之助

我降生在一个贫苦人家，十岁时便为了生计外出打工。在今天一天工作八小时是国家制度规定的，但那个年代，我必须从早到晚地忙着干活，除了"老板家人的生日"和过年外，整年都没有休假。自然也没有多余的时间可以念书。

细心的母亲见我时常呆坐，知道我渴望念书，就建议我白天到公司上班，晚上找个夜校汲取一些知识。我也想这样做。但父亲坚决反对，认为既已从商，就应该一心一意学做生意。所以在十七岁之前我一门心思全用在工作上。

其实，现在想想，父亲还是有道理的，因为当时在工作中学到的一些买卖的技巧，对我后来的发展非常有帮助。所以，我对于自己没能多读点书，也并不感到遗憾。

命运的确是不可琢磨的。虽人各有志，但往往在实现理想时，会遇到许多困难，反而使自己走向与志趣相违的路，竟一举成功。我想我就是一个例证。

单凭自己的头脑往往难成其事。个人的视野毕竟是很狭窄的。个人所能知道的，又是少之又少，其他不知道的，可以再从暗中摸索。所以，不必要紧盯住一件自己从来不知晓的事不放，若能一开始认为自己什么也不懂，反而不会有心理负担，而易于接受新的事物。总而言之，人类的知识领域是广大的。对我们生命中的一切事物，都应抱着随和、满足的态度去面对，这样才能使自己生活得快乐、幸福。

大自然的启示

◎松下幸之助

在春风的吹拂下，嫩芽正一日一日地茁壮成长。当我的思虑仍停留在小小的嫩叶上时，那嫩叶却在我不注意的当儿，摇身变成饱满的绿叶了。

自然界迅速的变化令我惊讶不已，它一刻也不停地活动、成长、改变着。在和风与阳光孕育的大自然中，在这一片绿叶中，似乎涌溢着自然迸发出的生命，并时时刻刻涌现着无穷的生命力。

在暴风雨中，立着一株小小的白花，默默地承受风吹雨打。不知那是什么花，在淅淅沥沥落个不停的雨中，竟发出闪亮的光彩，雨珠一滴滴从绿叶的尖上悄然滚落，那娇弱引人怜爱的花姿，突然给人一种心情舒畅的感觉。

雨要下就下吧，风要吹就吹吧，花瓣浸润在雨中摇颤着，它的根虽细小，却稳固地纠结于土地之中。

雨要下就下吧，风要吹就吹吧，风风雨雨总有停时。到那时，小白花仍骄傲地抬着头，仍然坚毅地绽放。经过风雨的磨练和洗礼，小白花的花瓣愈加洁白，绿叶更加鲜绿。

风雨中，小鸟鼓动着翅膀朝天空飞去，不知飞向何方，那小巧的身躯一直飞离视线之外。当雨停止时，它拍动着弱小的翅膀，敞开喉咙，清脆的鸣叫又在空中回荡着。

雨要下就下吧，风要吹就吹吧！依存大自然而生的小花与小鸟高傲地宣告着。当回顾人类这种惶恐不安的度日方式时，我们或许该效法小花小鸟那与大自然相辅相成的和谐步调。

云，快快慢慢、大大小小、白白淡淡、高高低低，没有一刻保持着相同的模样。仿佛是溃散崩离，又不像在溃散崩离中；时刻在变化着的云朵，在深蓝色的夏空中，以各式各样的姿态飘流而过。

人的命运、人的心恰似天天都在变动的云朵，因此，人的际遇也是昨日不同于今日。

人生可以编织成明明暗暗、各式各样的人生际遇，命运分分秒秒都变幻莫测。这不禁使人为之又喜又悲。

无论是喜，还是悲，人生都不会因此而驻足，无论是喜，还是悲，人生仿佛流云，时刻在移动变化，不做瞬间的停留。

倘若人的思绪有衡量法则，就算不时会心慌意乱，终究会令人泰然自得。

所以，即使欢喜，也不必得意忘形；即使悲戚，也不必怨天尤人。若每个人都能抱持坦诚、谦虚的胸怀，在自己的工作岗位上，认真负责地工作，必可体会出那漫长人生中的无穷情趣。

在人生旅途中，并不是一帆风顺的，总会有坎坎坷坷，犹如穿插在崇山峻岭中一样，时而风吹雨打，困顿难行；时而雨过天晴，鸟语花香。为此，时刻要提醒自己，振作精神，克服困难，继续奔向前方。

在那山头上，孕育着人生的新希望。

太阳的话

◎岛崎藤村

"早上好！"

我向太阳隐身的地方致意。没有回答。今天仍旧是太阳隐居的日子。

让我在这里写下一点自己记忆中的事吧。我第一次发现太阳的美，并不是在日出的瞬间，而是在日落的时刻。我已经是十八岁的青年了。当时在我的周围，虽然也有人教给我对大自然的很淡然的爱，但是没有人指示我说：你看那太阳。我在高轮御殿山的树林中发现了正在沉落的夕阳，为了分享那从未有过的惊奇与喜悦，我发狂般地向一起来游山的朋友跑去。我和朋友二人，眺望着日落的美景，在那里站立了许久许久。那时充满在我胸中的惊奇与欢乐，至今仍旧难以忘怀。

然而，更使我难以忘怀的，乃是我第一次感受到太阳在我的精神内部升起的时候。我青年时代的生活颇多坎坷不平，时时与艰难为伴，在漫长而暗淡的岁月里，我连太阳的笑脸也不曾仰望过。偶尔映入我眼里的，不过是没有温度，没有味道，没有生气，只是朝从东方出，夕由西天落的红色、孤独的圆轮。在我二十五岁的青年时代，我感到寂寞无聊而去仙台旅行，就是从那时开始，我懂得了自己的生命内部也有太阳升起的时刻。

阳光的饥饿——我渴求阳光的愿望本是极其强烈的。但是，在似亮非亮的暗淡笼罩的日子里，我也曾非常失望过。我也曾几次失去了太阳。甚至连渴求太阳的愿望也时而变得淡漠。太阳远离我而存在，在我的眼里，它的面容永远是毫无意义的，悲哀痛苦的。

然而，曾一度懂得在自己的生命内部也会有太阳升起之时的我，几经彷徨后，又回归到等待黎明的心境。不论是在每年的冬季要持续五个月之久的信浓山区，还是在好似新开垦的处女地的东京郊外的田野，或是在便于观赏那城镇上空的日出的隅田川的岸边，我一直在翘盼着天明，不仅如此，在漫长的岁月里，我也曾沦为异邦的旅人。在那时，无论从宛若紫色的泥土般的遥远的海上，无论从看去如同梦境般流泻着蓝色磷光的热带地区的水波之间，也无论是在如冰的石建筑鳞次栉比、林荫树凄冷昏黑、万物仿佛全部结冻了似的寒冷的异乡街头，我仍然在固执地盼着天明。甚而在梦中思念着遥远的日出，踏着朝霞向故乡迢迢归来。

我等待了三十多年。恐怕我的一生就要在这样的等待中度过了。然而，谁都可以拥有太阳。我们的当务之急不仅仅是要追赶眼前的太阳，更重要的是要高高地举起自己生命内部的太阳。这种想法与日俱增，在我年轻的心灵中深深地扎下了根。

现在我所想象的太阳，已经到了古稀高龄。仅就记忆中的，自物心相合以后的太阳的年龄，如今已经是五十有三。如果加上我无从记得的从前的年龄，那么太阳是怎样一位长寿的老人，则是无论如何也无法知晓的。

人若到了五十有三的年龄，不衰老者极为少见。头发逐年增白，牙齿先后脱落，视力也日渐减弱。曾是红润的双颊，变得就像古老的岩壁一样，刻上了层层皱纹。甚至还在皮肤上留下如同贴在地上的地苔一样的斑点。许多亲密的人相继过世，不可思议的疾病与晚年的孤独，在等待着人们。与人的如此软弱无力相比，太阳的生命力实在是难以估量的。看它那无休无止的飞翔、腾跃，以及每夜沉落不久又放射出红色朝霞的生气、真正拥有丰富的老年的，除太阳之外，更有何者？然而，在这个世上，最古老的就是最年轻的。这个道理深深地震撼着我的心灵。

"早上好！"

我再一次致意。仍旧没有回答。然而我已经到了这样的年龄，而且感觉到了自己内部的太阳正在醒来，因此我坚信，黎明一定会在不远的将来光临。

一片树叶

◎东山魁夷

人看待自然和风景，应当以谦虚、恭顺的态度。为此，出门旅行是很有必要的，同大自然直接接触，或深入异乡，领略一下当地人的生活情趣。然而，就是我们的周围，哪怕是庭院的一木一叶，只要用心观察，有时领略到生命的涵义也是很深刻的。

我注视着院子里的树木，更准确地说，是在凝望枝头上的一片树叶，它在夏日的阳光里闪耀着光辉，泛着美丽的绿色。这不禁使我想起了当它还是幼芽的时候，我所看到的情景。那是去年初冬，就在这片新叶尚未吐露的地方，吊着一片干枯的黄叶，不久就脱离了枝条飘落到地上，而就在原来的枝丫上，你这幼小的坚强的嫩芽，生机勃勃地诞生了。

任凭寒风如何残暴猛烈，任凭大雪纷纷，你默默地忍受着，慢慢地在体内积攒着力量，等待着春风拂来。一日清晨，微雨乍晴，我看到树枝上缀满粒粒珍珠，这是一枚枚新生的幼芽凝聚着雨水闪闪发光。于是我感觉到春天已临近，万物都开始在催芽。

春天终于来了，这嫩芽高高兴兴地吐翠了。然而，散落在地面上的陈叶，早已腐烂成春泥，滋润着树根。

你迅速长成一片嫩叶，在初夏的太阳下浮绿泛金。对于柔弱的绿叶来说，初夏，既是生机旺盛的季节，也是最易遭受害虫侵蚀的季节。幸好，你平安地迎来了暑天，而今正同伙伴们织成浓密的青荫，遮蔽着枝头。

你的未来我已预测了。到了仲夏，鸣蝉将在你的浓荫下长啸；等一场台风袭过，那喳喳蝉鸣变成了凄切的哀吟，天气也随之凉爽起来。没过多久，树根深处秋虫的吟唱代替了寒蝉凄切的长啸，这唧唧虫鸣，的确为静寂的秋夜增添了不少雅趣。

不知不觉中，你的绿意黯然失色了，最终变成了一片黄叶，在瑟瑟的秋雨里垂挂着。夜里秋风敲打着窗子，第二天早晨起来，树枝上已经消失了你的踪影。只看到你所在的那个枝丫上又冒出了一个嫩芽。等到这个幼芽绽放绿意的时候，你早已腐烂化在泥土之中了。

这就是自然的轮回，不光是一片绿叶，生活在世界上的万物，都有一个相同的归宿。一叶坠地，决不是毫无意义的。正是这片片黄叶，换来了整株大树的盎然生机。这一片树叶的诞生和消亡，正标志着生命的四季里的不停转化。

同样道理，一个人的死关系着整个人类的生。死，固然是人人所不欢迎的。如果在你生的时候，你珍爱自己的生命，同时也珍爱他人的生命，那么，当你生命渐尽、行将回归大地的时候，你绝不会一丝痛苦，甚至感到庆幸。这就是我观察庭院里的一片树叶所得的启示。这样说有点不准确，应该说是那片树叶向我娓娓讲述生死轮回的真谛。

年轻时代

◎池田大作

人的生命是有限的，每个人都希望在自己有限的生命里获得最高价值。然而，从某种意义上讲，人的生存同样也是艰难的。

随着社会的发展，长寿的人越来越多，但遗憾的是：对现代人来说，最重要的生命力却没有多大增长，甚至有人指出，在青年人中，有不少人受不了挫折的打击而委靡不振。还有一些人认为，现代人出现了生命力衰退的迹象。而且，自杀的死亡人数超过交通死亡人数的一倍，以此类推，轻生的倾向日趋严重，社会各界人心惶惶。同时，除事故和疾病外，精神上的压抑感、疏离感、虚脱感等一类社会现象正不断漫延于人们的周围。

在当代，与"生"的力量相比，削弱"生"的力量正几倍、几十倍地增长。也许不少人也和我有同感吧，但是当前，最重要的是正视这样的现实，再次细细地咀嚼一下"生存"的根本意义。

据说人在临死的瞬间，一生所经历过的事情会像走马灯一样在脑海中盘旋。有的人流出悔恨的泪水，使盘旋于脑中的情景一片模糊；有的人从心底感到无限的满足，在充满欢喜中迎接人生的终结。我认为，这其实就是人生成败的分界之处了。

世上有不少身居高位或腰缠万贯的人，但其一生毫无真诚可言，对这些人来说，当然没有真正的人生胜利感，想必只有痛苦的回忆吧。而另一些人不管自己的生活条件多么的艰辛，别人又是如何评价自己，仍诚实地奋斗一生，或为某种主张、主义艰苦拼搏一生，在欢乐的心潮中迎接临终。在自己的人生中取得胜利的这些人，以强有力的步伐抵达生命的终点，以其实际行动为社会、世界和宇宙的一切做出巨大的贡献，他们死得真是伟大。这些人生业绩将在他们心中唤起无限欣喜的激情。

人的一生不可能一帆风顺，这期间不时会有狂风暴雨，还会出现电闪雷鸣。但深知创造之乐的生命，绝不会因此而退却。创造本身就是一项最艰难的工作，它是一场打开沉重的生命之门的残酷战斗。当然，与打开神秘的宇宙大门相比，要打开"自身的生命之门"是多么不容易的事呀！

尽管如此，工作显示出做人的骄傲，不，应该说这就是生命的真正意义与真正的生活态度。有的人不懂得创造生命的欢乐，我觉得没有比这更寂寞无聊的了。柏格森有一句话说得真是好，话题中心就是让生命变得更为丰富充实。它就是："通过自己的努力为世界增添了光彩的人，人格会更加高尚。"

沉　思

◎泰戈尔

我们只有通过沉思，才能认识最高深的真理，当我们的意识完全沉浸在沉思之中的时候，我们就会明白，那不仅是一种获得，而且是我们与它的合一。

因此，只有通过沉思，让我们的灵魂与思想的最高峰联系在一起时，我们所有的活动、言辞、行为才能变得真实。

让我在这里为你们引用一段在印度经常被引用的有关沉思的话吧：

"我沉思宇宙创造者那值得敬慕的力量。"

"创造者"这个词的含意由于经常使用而变得庸俗了。只有当你把广袤的宇宙整个带进你直觉的视野之时，你才能说神从他那无限的创造力中创造了这个世界。但神创造世界并不是一次性的活动，而是每时每刻连续不断地创造。

所有这一切表明了创造者无限强大的意志。它不像万有引力定律，也不像我不能崇拜或不能认同的某些抽象物。但这段话说的力量是"值得敬慕的"，它认可了我们的崇拜，因为它属于一个至上者，它不是一个单纯的抽象。

这个力量体现在哪里？

一方面，它是大地、天空、星河；另一方面，它是我们的意识。

由于这世界在我的意识中有它的另一面，因此在自我和世界之间存在着永恒的联系。倘若在它的源泉和中心没有意识、没有那种至上意识的存在，那么它就不可能成为世界。

神的力量一经迸发就向前奔涌，它既是我们的意识，又是外部世界的意识。它的分裂往往是我们自己造成的，而实际上，创造的这两个方面正如它们出于同一来源一样，是紧密联系在一起的。

因此，沉思意味着我的意识和外部广袤的世界的合一。那么，这种统一在何处呢?

在那伟大的力量之中,在发射出自我意识和外部世界意识的伟大力量之中。

沉思并非使我占有了某物,而是要弃绝自我,使我与一切创造物融为一体。

这就是我们引用的有关沉思的精义,我们要用心记住这话——反复地背诵它,直到我们的心灵安定下来,排除一切迷乱杂念为止。这里没有损失,没有畏惧,没有要我们忍受的痛苦——我们与别人的关系变得单纯、自然——我们变得自由了。沉思——就是去领悟真理,去生活,去运动,并在沉思中去获得我们的存在。

让我再告诉你们有关的另一段话,那是在我们学校里,孩子们沉思和每日祈祷时所使用的一段话:

"给我们意识,让我们在其中顿悟——你是我们的父亲。"

然而,这个真理在我们的生活中没有完全实现,这就是我们之所以不完美、受苦和犯罪的原因。因此,我们祈求能够在我们的意识中实现这一真理,我们祈求能够这样去做。

当我完全实现了这个伟大真理,那么,我的生命将以它的谦卑,以它的自制,在敬仰崇拜的温馨中去表达它自己的真理。

我们在祈祷中有时虽然没有用我们的全部心思去充分认识所用的词语,而只是机械地说出它们的发音,然而它们使我们得到满足。"父亲"就是这样的一个词。

因此,在我们的沉思中必须更深刻地理解"父亲"这个词的意义,以使我们的心灵处于它真实的和谐之中。

一个任务

◎易卜生

我总在想，是什么东西一直在鼓舞着我？后来我发现鼓舞着我的，有的只是在偶然的、最顺利的时刻活跃在我的心间，那是一种伟大的、美丽的东西。我知道，它高于日常的自我，我之所以受鼓舞，是因为我要正视它，要让它与我结合，融会贯通。

但是我也曾受到过相反东西的激励，反省起来，那是我自己天性中的渣滓沉淀。在这种情形下，创作好比洗澡，洗完之后我感到更清洁、更健康、更舒畅。是的，朋友们，一个人在某些时候如果自己不是在某种程度上做过模特儿，那么，他是无法写出诗意来的。我们之中会不会存在，心里不时感到并且意识到，自己的自语与行动、意愿与责任、实践与理论之间发生矛盾的人。换句话说，我们之中有没有这样的人，他并没有，至少有的时候没有，满足于利己，却又半自觉、半好心地向他人、向自己掩饰自己的行为。

我的这些话最好的听众就是学生。他们能理解我这些话的意思。学生的任务实际上与诗人的任务相同：为自己，也是为他人，弄清楚他所处的那个时代和社会里所发生的短暂的和长久的问题。

对于这个问题，我可以无愧地说我在国外期间努力想做一个好学生。诗人应当生来就有远大的眼光，我远离祖国的时候，才将祖国看得那么充分，那么清楚，而又那么亲切。

亲爱的朋友们，请最后听一听我所经历过的事情。当裴立安国王不久于人世的时候，他周围的一切都垮了，使他如此伤心的原因是，他想到他所得到的只是这么一点：头脑清醒冷静的人将怀着敬佩的心情惦记着他，而他的对手们却生活下去，受到人们热情的爱戴。

这种思想是我许多经历的写照、归结，起因在于我孤寂时扪心自问的一个问题。今天晚上，前来看望我的挪威的朋友，以言语和行为给了我回答，这个回答比我原来想听到的更为热烈，更为清楚。我将把这个回答视为身处异地最丰硕的收获，我希望，并且我相信，我今天晚上的经验也将是我要去"经历"的经验，并展现在我的作品中。如果真是那样，如果我回国后寄回这么一本书来，那么，我请求大家在接受它的时候把它看成我对今晚会见的握手和感谢。我希望你们在赞叹它的时候，一定记住你也是这本书创作者中的一员。

光荣的荆棘路

◎安徒生

很久很久以前，有一个古老的故事："在布满荆棘的路上，一个叫做布鲁德的猎人曾经遇到极大的困难，但他克服了这些困难最终赢得了崇高的荣誉，维护了猎人的尊严。"我们很多人在小时候已经听到过这个故事，可能长大后又读到过它，并且非常遗憾自己没有类似的经历。其实，故事和真事没有很大的分界线。不过故事在我们这个世界里经常人为地有一个愉快的结尾，而真事则常常事与愿违，所以人们只好到故事里寻找结果。

历史的进程就像一部巨型的幻灯片，它在现代的黑暗背景上，放映出清晰的片子，说明那些造福人类的伟人和无私的殉道者所走过的荆棘路。

这部客观的幻灯片把各个时代、各个国家都反映给我们看。每张片子只放映短短的几秒钟，但是它却能反映整个人的一生——充满了斗争和胜利的一生。让我们来看看这些殉道者吧——只要这个世界没有灭亡，这个行列就永远不会穷尽。我们现在来看看一个挤满了观众的圆形剧场吧。讽刺和嘲笑的语言像潮水一样四处弥漫。雅典最了不起的一个人物，在人身和精神方面，都受到了舞台上的嘲笑。他是保护人民反抗三十个暴君的战士，名叫苏格拉底，他在混战中救援了阿尔西比亚得和生诺风，他的胆识和智慧超过了古代的神仙。面对不堪的语言，他从观众席上站起来，走到前面去，让那些正在哄堂大笑的人看看，他究竟是不是他们嘲笑的那种人，他站在他们面前，犹如身材伟岸的一个巨人。

多汁的毒胡萝卜，雅典的阴影不是遍街栽种的橄榄树而是你！

在荷马死了以后，七个城市国家在彼此争辩，都说荷马是出生在自己的城市。请看看他活着的时候吧！他每天在这些城市里流浪，靠朗诵自己的诗篇像乞丐似的过着乞讨的生活。他一想起明天的早餐，他的头发就变得灰白起来。这个伟大的先知者，活着时，不过是一个孤独的瞎子。无情的荆棘把这位诗中圣哲刺得遍体鳞伤。然而他的思想、他的歌却是不朽的。通过这些歌，古代的英雄和神仙栩栩如生地站在人们面前。

东西方的图画一幅一幅展现出来。这些国家彼此相距很远，然而它们路上的荆棘路惊人地相似。生满了刺的花枝只有在它装饰着坟墓的时候，才会有鲜花绽放。

一队满载着靛青和贵重的财宝的驼队长途跋涉在棕榈树下，这些东西是这个国家的君主送给一个人的礼物——这个人是人民的骄傲，是国家的光荣。但嫉妒和毁谤却使他背井离乡，直到现在人们才发现他。当骆驼队走到他避乱的那个小镇，城里抬出一具可怜的尸体，骆驼队停下来了。这个死人就正是他们所要寻找的费尔杜西——他已光荣地走完了他的荆棘路。

在葡萄牙繁华的京城里，在奢侈的王宫的台阶上，坐着一个圆脸、厚嘴唇、黑头发的非洲黑人，他是加莫恩的忠实的奴隶，他在向人求乞。如果没有他和他求乞得到的许多铜板，叙事诗《路西亚达》的作者加莫恩恐怕早就饿死了。具有讽刺意味的是贫穷的加莫恩的墓地却极尽豪华。

请看另一幅图画！疯人院里关着一个人，他的面容死一样的惨白，嘴上长着又长又乱的胡子。

这个人说："我发明了一件东西——一件几百年以来最伟大的发明，但是人们却把我关了二十多年！"

人们若问他是谁。"一个疯子！"疯人院的看守说，"这个疯子的怪念头可真多！他说人们可以用蒸汽推动东西！"

此人名叫萨洛蒙·得·高斯，由于无人能读懂他的预言性的著作，因此他只能在疯人院里了此残生。

还有一个扬帆远航的人，叫哥伦布。许多人常常跟在他后面讥笑他，因为他想发现一个新世界——而且他的梦想也实现了。欢乐的钟声迎接着他凯旋归来，但嫉妒的破锣敲得比这还要响亮。这个发现新大陆的人，这个把美洲黄金的土地从海里捞起来的人，这个把毕生献于航海事业的人，所得到的酬报竟是一条铁链。他希望把这条链子放在他的墓碑上，让后人给予他一个公正的评价。

一幅接着一幅的画面，连接着无穷无尽的荆棘路。

许多人都认为天上只有上帝，一个人却想量出月亮里山岳的高度。他探索星球与行星之间的太空，他能感觉到地球在他的脚下转动，这个人就是伽利略。老年的他，又聋又瞎，坐在那儿，在身体的苦痛和人间的轻视中挣扎。

当人们不相信真理的时候，他在灵魂的极度痛苦中曾经在地上跺着抬起的双脚，高喊着："但是地在转动呀！"

还有一位怀着一颗童心的女子，这颗心充满了热情和信念。她在一个战斗的部队前面高举着旗帜：她为她的祖国带来胜利和解放。然而她却落入了魔鬼之手，在一片狂乐的声音中，一堆大火烧起来了：大家在烧死一个巫婆——冉·达克。在接着的一个世纪中，人们唾弃鄙视这朵纯洁的百合花，但却被人们爱戴的诗人伏尔泰歌颂为"拉·比塞尔"。

一群丹麦的贵族冲进城堡的宫殿里，烧毁了国王的法律。火焰升起来，克利斯二世的时代结束了。但这把火把这个立法者和他的时代都照亮了，他的头发斑白，腰也弯了，但这个形容枯槁的人曾经统治过三个王国。他是一个深受民众爱戴的国王，他是市民和农民的朋友，他是粗犷豪放的平民君王。他的一生曾经有血腥的罪过，但他也为之付出了二十七年被囚禁的代价。

一个人站在船上，留恋地望着渐渐远去的祖国，他是杜·布拉赫。他把丹麦的名字提升到星球上去，但他却被讥笑和迫害，万般无奈下，他跑到国外去。他说："处处都有天，我并不要求别的东西啊。"这位最有声望的人在国外得到了尊严和理解。

这是一张什么画片呢？这是格里芬菲尔德——丹麦的普洛米修斯——被铁链锁在木克荷尔姆石岛上的一幅图画。人们在几百年来反复地听到他的呼喊："主啊！愿我身体中难以忍受的苦难早日解脱！"

在美洲的一条大河的旁边，有一大群人来参观，据说可以让船在坏天气中逆风行驶而且具有抗拒风雨的力量的试验。这个试验者名叫罗伯特·富尔登。他的船开始航行，但不久它忽然停下来了。观众大笑起来，连他自己的父亲也跟大家一起"咒骂"起来："自高自大！糊涂透顶！该把这个疯子关起来才对！"

其实，刚才机器不能动是一根小钉子被摇断了的缘故。稍加修理轮子转动起来了，轮翼在水中向前推行，船在逆风中向前开行！蒸汽机的杠杆拉近了世界各国间的距离。

人类的灵魂只有懂得它的使命，才能感到真正的幸福，才会忘却光荣的荆棘路上所遇到的一切苦难，恢复健康、力量和愉快，使噪音变成谐声。而人们可以在一个人身上看到上帝的仁慈，这仁慈再通过一个人普渡众生。

光荣的荆棘路其实就是环绕着地球的一条美丽的光环，并非每个人都能在这环中行走，因为那是一条联接上帝与人间的非凡之路。

时间的年轮，已辗过了许多世纪，在黯淡的荆棘路上，也出现了明亮的色彩，来鼓舞大家的斗志，促进内心的平衡。这条光荣的荆棘路，不是童话，不会有一个辉煌或愉快的终点，但它终将超越时代，永垂不朽！

负　重

◎里尔克

关于这件事，这也是现在我所确知的唯一一件事，我想我必须对青年们讲明，那就是——我们总是必须将最重的东西当成基础，而那也正是我们所肩负的任务。

人生重重地压在我们的身上，它的重量越重，我们就越深入人生之中。而我们却必须生活在人生中，而不是快乐中。

人生非得这样不可。假如有许多人在年轻时便急着把人生变得前卫且肤浅，或是将人生变得轻率且轻浮的话，他们就是放弃了认真地接受人生乐趣及放弃了真正担当人生责任的机会，而靠着自己最固有的本性去感受人生，并且停止了追求生命价值的努力。

可是，对人生而言，这并没有什么任何进步的意味。这仅仅是意味着抗拒人生无限的宽广与其可能性的表示。但我们应做的最主要的是——去爱惜重大的任务及学习和与重大任务交往。

在重大的任务中，隐藏着好意的力量，也隐藏了使我们变成有用之材，及带给我们生之意义的使命。我们可以在重大的任务中，拥有我们自己的喜悦、幸福及梦想。我们只需将这美丽的背景放到我们的眼前，幸福与喜悦就会清楚地浮现出来，如此我们便能体会到其中之美。在黑暗中，我们高贵的微笑也拥有着某种意味。那就是——在这个黑暗中，当它有如梦幻般的光辉在一瞬间大放光明时，我们可以清楚地看见围绕在我们身边的奇迹与宝藏。

生存的代价

◎艾尼斯·曼苏尔

有一句世界性的格言："进去时应想着出来。"或者说成："登门迈脚须小心!"其中想表达的意思就是说，一只脚迈进门槛，另一只脚要始终留在门外。也可以这样说，你应该一只眼睛在门里，一只眼睛在门外；或者，你应该骑跨在门槛上；或者，你的智慧应该在你的舌头上，你的头脑应该在你的心上，你应该给自己的每一个动作、每一个意见、每一个思想、每一个步骤、都加上一个计算器，以便保证你的心灵、你的肉体、你的头脑、你的生命的安全。你应该经受所有这些磨难，因为这样可以使你自己安全。经历过种种原因的磨难后，你就为自己实现了安全、无虞、顺遂与和平了!

但是，谁能这样小心谨慎一辈子呢? 谁能戴此枷锁而不疲乏? 谁能不因为这枷锁而不粉碎它或是随着这枷锁而粉碎呢? 谁能不让禁锢在牙齿后面的舌头因疲惫而说话呢? 谁能不让自己因行走劳累而倒在地上呢? 谁能忍受大门长期禁闭或看着门偏斜而不去砸烂这些门呢? 谁能总数着自己咀嚼的每一口饭和饮的每一滴水呢? 谁能用自己的手指握住自己的心，用自己的手指抓住自己的脑呢? 谁能把自己的全部潜能都囚禁得好好的呢? 谁能用囚禁自己的办法换得正确和无过呢? 所有这一切，都是为了走上笔直的道路，为了接近于正确。若想保证所有这一切都没有丝毫错误，只有也唯有借助一个方法——不做任何事。

然而，除了死人，谁也不能如此。也只有死人才不会犯错误，因为他们无法判断正确。至于活人，因为他们有可以伸屈的四肢、舌头和手臂，有可以远望的眼睛，有可以配置耳机和电话的耳朵，因此，他们在这些自然因素的引导下，产生了偏颇。

活人不懂得折衷，因为折衷就意味着拦腰斩断。而过火极端，倒常常是令他们高兴的事，哪怕这样会导致一种永远的休息。他们是人：即使付出代价，也要去干，这是人的无法改变的自然特性。我们为此付出过多少代价啊!

死亡就是为了生存而付出的代价，而且是为了任何一种生存。

论理性与热情

◎纪伯伦

于是那女冠又说：请给我们讲理性与热情。

他回答说：

你的心灵常常是个战场，在战场上，你的"理性与判断"和你的"热情与嗜欲"开战。

我恨不能在你的心灵中作一个调停者，使我可以让你们心中分子从竞争与衅隙变成合一与和鸣。

但除了你们自己也做个调停者，做个你们心中的各分子的爱者之外，我又能做什么呢？

你们的理性与热情，是你航行的灵魂的舵和帆。

假如你的帆或舵破坏了，你们只能飘流或在海中停住。

因为理性独自统治，是一个禁锢的权力，热情不小心的时候，是一个自焚的火焰。

因此，让你们的心灵将理性升到热情之最高点，让它歌唱；

也让它用理性来引导你们的热情，让它在每日复活中生存，如同大写在它自己的灰烬上高翔。

我愿你们把判断和嗜欲，当作你们家中的两位佳客。你们自然不能礼敬一客过于他客；因为过分关心于任一客，必要失去两客的友爱与忠诚。

在万山中，当你坐在白杨的凉荫下，享受那远田和原野的宁静与和平——应当让你的心在沉静中说：上帝安息在理性中。

当飓暴卷来的时候，狂风振撼林木，雷电宣告穹苍的威严，——应当让你的心在敬畏中说：上帝运行在热情里。

只因你们是上帝大气中之一息，是上帝丛林中之一叶，你们也要和他一同安息在理性中，运行在热情里。

第三部分

积极地进取

生命的三分之一

◎邓　拓

一个人的生命究竟有多大意义，这有什么标准可以衡量吗？提出一个绝对的标准当然很困难；但是，大体上看一个人对待生命的态度是否严肃认真，看他对待劳动、工作等等的态度如何，也就不难对这个人的存在意义作出适当的估计了。

古来一切有成就的人，都很严肃地对待自己的生命，当他活着一天，总要尽量多劳动、多工作、多学习，不肯虚度年华，不让时间白白浪费掉。我国历史的劳动人民以及大政治家、大思想家等等都莫不如此。

班固写的《汉书》《食货志》上有下面的记载："冬，民既入；妇人同巷，相从夜绩，女工一月得四十五日。"

这几句读起来很奇怪，怎么一月能有四十五天呢？再看原文底下颜师古做了注解，他说："一月之中，又得夜半为十五日，共四十五日。"

这就很清楚了。原来我国的古人不但比西方各国的人更早地懂得科学地、合理地计算劳动日；而且我们的古人老早就知道对于日班和夜班的计算方法。

一个月本来只有三十天，古人把每个夜晚的时间算做半日，就多了十五天。从这个意义上说来，夜晚的时间实际上不就等于生命的三分之一吗？

对于这三分之一的生命，不但历代的劳动人民如此重视，而且有许多大政治家也十分重视。班固在《汉书》《刑法志》里还写道：

"秦始皇躬操文墨，昼断狱，夜理书。"

有的人一听说秦始皇就不喜欢他，其实秦始皇毕竟是中国历史上的一个伟大人物，班固对他也还有一些公平的评价。这里写的是秦始皇在夜间看书学习的情形。

据刘向的《说苑》所载，春秋战国时有许多国君都很注意学习。如：

"晋平公问于师旷曰：吾年七十，欲学恐已暮矣。师旷曰：何不炳烛乎？"

在这里，师旷劝七十岁的晋平公点灯夜读，拼命抢时间，争取这三分之一的生命不至于继续浪费，这种精神多么可贵啊！

《北史》《吕思礼传》记述这个北周大政治家生平勤学的情形是：

"虽务兼军国，而手不释卷。昼理政事，夜即读书，令苍头执烛，烛烬夜有数升。"

光是烛灰一夜就有几升之多，可见他夜读何等勤奋了。像这样的例子还有很多。

为什么古人对于夜晚的时间都这样重视，不肯轻轻放过呢？我认为这就是他们对待自己生命的三分之一的严肃认真态度，这正是我们所应该学习的。

我之所以想利用夜晚的时间，向读者同志们做这样的谈话，目的也不过是要引起大家注意珍惜这三分之一的生命，使大家在整天的劳动、工作以后，以轻松的心情，领略一些古今有用的知识而已。

我以时间为马

◎王任叔

我仿佛睡在黄土里，不知道经历过多少年月，百年，千年，也许有亿万年了，然而我不知道我是否存在。没有哀愁，不用喘息，更无悦乐，静与情是我的存在。由情入静，由静化无，我又不知道我的存在之何所存在。

然而我确实闻到了霉的气息，腐烂的气息，从我的身边发出，掠着我的鼻眼过去，忽然又攒入我的心里！我没有感觉。我没有权利诅咒，诅咒这霉与腐烂！我本与霉与腐烂同存在：

呜呼，时间于我何有，我其将终化为黄土！

有谁在窃窃私语了。那声音不同凡响，如飙风，如急雨，又如冷山的猿回恋着人心的美味而长嗥。我欲竖起我的汗毛，作勇敢的反抗！然而我只有霉的气息，腐烂的气息，我把这浓重地散布在我的周围。时间于我何有，我终将与黄土同腐。

是宝藏。狡诈者正计划开掘。人世固有黄金的梦。困穷者则寄行动于这梦的边缘。他们徘徊。他们攻取。一个轰然的震响，起在我的四周。我回顾。我不见什么。我的眼膜上蒙着朦胧的雾。依然是霉的气息，腐烂的气息。

然而，盗墓者的阴谋，却使我终于见到一抹青天。有白云飞扬；有金霞闪光。净洁，新鲜。在霉的气息与腐烂的气息中间，我闻到一种什么气息。该是什么的气息呢？我不知道。然而它引诱我：如同孩子时闻到娘的奶头的香，如同青年时闻到异性者皮肉的香。啊！我不能再忍耐了！

我需要挣扎！

有小草的微语。有风沙的走动。有树叶的密吻——我突然听到一个声音："静中让时光流去，你将老衰以至死亡。动中抓住每一秒的时间，你将新生而苗壮！"

然而我依然散发着霉的气息，腐烂的气息……我将与这气终古吗？我再也不能忍耐了。

开始是神经的抽搐。接着，在我的皮肤上仿佛有小蚤跳过——一跳一跳的弹动。我终于感到煎躁。全身的毛孔管在发射冷气，箭似的发出去。筋肉浮动了！我重新听到心的跳跃！我再不能迷迷蒙蒙老躺在黄土里。我需要挣扎！

千百万年的时日，于我无所珍惜！眼前的一秒一分，我觉得有千百万年的留恋！抓住这时间，我要起来啊！

我终于奔腾在浩瀚无际的大漠之上。灵感指示我以彼岸的花香、鸟语、麦浪、熏风，绯色的和平的梦，镰刀与铁锥的铿锵之声。……然而我必须奔完这浩瀚无际的大漠——我要开始我艰苦的历程！

时间给我以恫吓："安静点吧！屈辱是你的胜利！蚯蚓无羡于阳光之美。蝼蛄又何与于春秋的更易，你必将于中途倒毙！无情的是我手中的钱杖！"

我不能忍耐这权威的凌辱。让腐朽与霉烂紧裹住我的皮肉！我已开始奔腾了，我要粉碎这时间的钱杖！

"那么请以百年为期吧！"时间又以异样的冷嘲的语调讽示我："你将以百年的时日跑尽这大漠，你还得以百年的时日渡过逆流，你……"

我有亿万年的潜伏与死灰，我何惧于亿万年的跋涉与劳动。我奔腾，我狂啸，迎着漫漫的尘沙，迎着浩浩的朔风，我已知我终于将接近彼岸。

时间的钱杖不复是它自己的所有物了。我折断它！我抓住时间的长发，向无限掷去。

然而，我的眼忽然展开了无边的惨景：到处是错乱的白骨，到处是横陈的血肉，远处弥漫着血红的火光，有轰隆的炮声在响、悲哭、哀号，苍白脸，泪的洪流……我迷惘了。

时间突然以老人的姿态出现。他仍按着钱的拐杖，徘徊于骷髅与血肉之间，自言自语地叹息着：

"英雄的梦，不是你们所应做的。便将白骨堆成了山，你又何能攫取天上的太阳？便将血肉填满了恨河，你又何能达到彼岸？安命所以立己，屈辱就是胜利，这就是你们应得的报酬。"

我是饮着母狼的血长成的野兽。闻着血的腥气，肉的腥气——我接受了一切伟大的牺牲者的教养。霉的气息，腐烂的气息，不复为我所有了！我撇掉它，我无动于这时间老人咒语！一年，二年，三年……便是十年，百年……我有亿万年的潜伏与死灭，我何惧于亿万的跋涉与劳动。我将这伟大的牺牲者的精神收贮在我的行囊中，我准备在半途倒毙时传授给我们的来者。

我奔腾着……

乱石起飞了。旋风卷起了沙柱，直接到苍苍的天际，然后伞形的向下界扑来。我知道这风沙将压到我身上，卷去我的一切！我奔腾着，从沙柱的脚跟疾驰而过。风沙掉在我背后了。

"站住，不能再前进了！而且，摸回你的老路去！"

是一群强盗拦住我的去路。

"世间如其有真的是非，世界也不会变成沙漠了。花香、鸟语、麦浪、熏风，绯色的和平的梦，镰刀与铁锤的铿锵声……这是你的迷惑。被蹂躏是你的义务，你得永远睡在黄土里，与黄土同腐……"

我撇掉他们！我无视他们，依然向前迈进！强盗们于是以钱杖打着地："站住！要不，我将使你化为浓烟，或击烂你成为肉浆！"

便是化为浓烟与肉浆，我还得向前进！我掷出正义的行囊阻住他们的追路！唯不屈服者能屈服人！我何惧于时间所加于我的困难！我奔腾于荒荒的大漠之上。

我将以时间为马。继大漠而入险阻，涉大海而凌险浪，以亿万年的潜伏，求亿万年的生存，我将终于登了彼岸！花香、鸟语、麦浪、熏风、绯红色的和平的梦，镰刀与铁锤的铿锵之声……将终于成为我生命的光彩与韵律！

告别梦境

◎冯骥才

我在读过的一些名人的传记中，发现一个荒唐的公式，即这些大人物早在童年就心怀伟大抱负的梦，此后历经磨难，苦力奋争，终成大器。

倘若如是，这些人物真非肉骨凡胎了？一般的人想想自己的童年，大都浑沌一片，毫无鸿鹄之心，如此岂不都要自悲自弃？

其实，这都是些蹩脚的传记作家，为了树立他们笔下名人的高大形象，所做的虚伪铺垫。任何一个未入社会、未经世事的人，童年时代的想法都是虚无缥缈和幼稚可笑的。

拿自己来说，我姥姥喜欢吃鸡皮，我童年时就发誓将来要做飞行员，长大后驾飞机到最远的地方给姥姥买最好的鸡皮吃。当时发誓的神气庄严不已，实际上最好的鸡皮可能就在街口的食品商场里。再比如，我一次用螺丝刀拧了拧一只坏表的后盖，碰巧那只停了许久的表走起来，父亲说我将来能做一名出色的机械师，我当真了，自信不疑，这却招致我一连把家里两个闹钟都拆毁了……

在那一切全由兴趣的年龄里，我最喜爱的莫过于小人书，收藏最多时达五百余种。许多连环画家都被我崇拜之极，例如，颜梅华、赵宏本、笔如花和张令涛等等。崇拜过分便会模仿，我便自编自绘起小人书来。大小也裁成64开，用线整整齐齐——其实是歪歪扭扭——订成一本本，封面画成彩色，还写上"冯骥才绘"，煞有介事地自己"出版"。现在如果还保留那些自制的小人书，拿来一看，准会捧腹大笑。

想做一位很棒的连环画家，倒是我童年一个挺具体又挺悠长的梦，但不知何时这个梦竟被我毫无觉察地丢掉了。到了少年和青年，又有过许多梦，想过做篮球国手、绘画大师、中国的普希金，为此我还写过一本本诗集，也是精心抄集成册，现在想起来也都要暗自发笑了。

这些梦真是可笑又可笑。

　　回顾昔时，儿时的梦叫人迷恋，是因为在那扑朔迷离中包含着一份稚子的纯真和傻气，包含着属于自己的过往不复的一任自然的经历，有如包含在种子里一团绿色的希望与缤纷的遐想。但人生这些梦大都终难实现，生存环境和社会现实只给可行的想法开绿灯。

　　我却从来没有对这些梦的消失与破灭而唏嘘感叹过，因为生活中有更博大的内在的东西吸引着我。

　　梦想与理想是全然不同的两种境界。

　　梦想再美，仅仅从属个人，它是满足自我的一己追求，精致细小地圃于狭窄的内心天地里。理想却是一种责任，一种事业，一种用献身精神为动力的人类的共同追求。尽管在理想的追求中也要遭到困扰和阻挠，我却喜欢它壮阔的气势，集体为之奋斗的荣誉感，强有力的有血有肉的硬碰硬的奋争，无论它成功或失败都富有同样的人生价值。成年人未必没有梦想，但只有把梦想转化为理想，才能获得人生意义上的升华。

　　夜深人静，把昨日梦想和今日理想放在一起体味，我听到了一曲深广而醉人的人生交响乐。有如天上的浮云汇成雷雨交加的浩荡天空，又如碧澈的江流涌入汹涌的大海。这才是享受。

读 书

◎蒋子龙

假若这个世界上没有书，会是一种什么样子呢？

精神失去了阳光，思想无法传播，知识不能保存，语言失去了意义，人们的生活残缺不全，生命将变得无法忍受⋯⋯

所以，书是人类一种伟大而美妙的发明。

文明的征服其实也是书的征服。

书是最聪明、最可靠的老师和朋友。

有书为伴，孤独也是一种享受，深刻而丰富；闲暇将卓有成效，幽静将变得烂漫多彩，嘈杂也可以宁静和谐。

移植生命，保持记忆，激发思想，传播知识，交流信息，表达灵感⋯⋯

书有说不尽的好处，正因为如此，书才有强大的征服性和侵略性。我怕搬家就是怕搬书。所谓搬家主要就是搬书。每次搬家在家人和帮忙者的一再怂恿下都不得不扔掉一些书。逢年过节，把屋子收拾利索，长了能维持几个月，短了不消几天，屋子里又乱了，主要是书在捣乱，到处是书堆。外出总禁不住要逛书店，逛书店就不可能不买书。新书、准备要看的书、看了一半的书、写作正用得着的书、有保存价值的书，占据了我房子里的绝大部分空间；而且还不断扩展，每时每刻都在蚕食供我存身的那块空间。这不是侵略是什么？我舒舒服服、自得其乐地接受这种侵略和征服。

书不仅征服时间和空间，更征服人的大脑。但是，倘若一个人只是被书征服，而没有征服书，充其量也只能算是个书虫子。正如培根所说，把自己的大脑当成草地，任别人的思想如马蹄一般践踏。那样的话，再好的书也将失去其魅力和价值。

会读书的人都懂得征服书。

学生们有这样的体会：一册很厚的新书，会愈读愈薄，到期末考试的时候就剩下那么几道题了。这叫吃透了，掌握了，征服了知识。

读其他的书也一样。即使先被书征服，最后还是要反过来把它征服。

书能够给人提供多种选择：生命的选择，思想的选择，生活的选择。书里有各式各样的人生，使我们生活在自己选择的时代里。在自己的生命之外，还可以再补充别的自己所需要的人生，可以拥有多种人生经历。每看一本书就是进入那个作家的头脑之中，了解他的思想、感情、经验和智慧。

读书需要选择。如果不善选择，一生什么事都不干，光读别人的书也读不完。那又有什么意义呢？读——失去了意义，书——也失去了存在的价值。

我的办法是，翻遍所有能接触到的书，因为不亲自翻一翻就不知好坏，难以取舍；然后把那些没有什么价值的书扔掉——这种价值的评定是没有什么统一的唯一的标准的。可根据自己的需要视具体情况而定。一本书就像一根绳子，只有当它跟系着或捆着的东西发生联系时，它才有意义。同是一本书对有的人毫无价值，对另外一个人说不定就有点用处。

读书的工夫要下在需要认真阅读、仔细品味的一类书上。这类书能满足你的精神需要，激发你的才智，帮助你完善自己。你要征服的也是这样的书。多好的书也不是供香客朝拜的祀奉物。

还有一些是供你消遣、娱乐的书，可在沉闷无聊的旅途上，在紧张疲劳之后，在工作之余以及在睡不着觉的时候去读，而不必用正规的时间。我现在才真感到时间宝贵，浪费不起。好像一天不再有 24 小时，只剩下 20 小时或 18 个小时，其余的时间被电视和其他一些不用动脑子的活动占去了。我的窗台上和写字台周围书刊堆得过高了，就反省自己是不是读书的时间减少了。于是拼上几个晚上，把功课补齐。

当然，还有一部大书，每个人都需要终生不懈地精读粗读苦读喜读，它就是社会这部活书。读它不能代替读印刷的书；同样，读印刷的书不能代替它。

人的差异产生在业余时间

◎袁伟民

一个人要想干成一番事业，仅靠八小时以内工作时间，那是不行的。要在世界体坛上夺取桂冠更是这样。比赛场上，都是"真刀实枪"的较量，全凭真本事。好成绩、高水平，必须来自日积月累的苦练。

我们女排有一句大家都喜欢的格言，那就是"只有付出超人的代价，才能取得超人的成绩"。

现在，世界上女排强队，大多练得很苦，都坚持大运动量。前日本女排教练小岛孝治说，他每年只有年初一休息，这一天也是把全体队员请到他家去，欢聚一下，既可以给这个他终年顾不上的家庭带去欢乐，让妻子、孩子高兴高兴，也可以向辛苦了一年的队员们表示慰问。美国女排教练塞林格也是终年与队员们泡在一起，美国女排的训练时间不亚于中国队。我在中国女排执教的八年半中，我们只有一个春节是在北京度过的，这期间的每一次集训，基本上每一个星期日都用半天的时间加班训练。仅将这些加班的时间合起来，就是一个非常可观的数字。

也许有人会说，难道干事业必须过"苦行僧"生活？难道就不能既有事业又有生活？难道……

是的，从广义上讲，事业和生活应该兼而有之。可是，从狭义上讲，当你为了实现一个具体的目标时，必须不惜一切，投入全力。否则，就无法超过别人，就不可能登上顶峰，每一块金牌的获得，何尝不是伴随着某种牺牲。

创造宏伟的事业，需要牺牲。那么，是否我们和日本女排、美国女排一样，她们练多少时间我们也练多少时间，我们就能和她们竞争，就能超过她们了呢？否。

科学家爱因斯坦说："人的差异产生在业余时间。"一个人能否成为事业上有作为的人，关键之一在于你是怎样利用业余时间的。八小时以内好好干，大多数人都能做到。然而下班之后，人们在业余时间的使用上不尽相同，久而久之，就会产生差距。

一个教练员，如果当他的队员停止了训练和比赛之后。他这部"机器"也便停止了运转。那么，他是无法和别人竞争的。只有把别人不用或少用的时间也捡起来，依然苦苦地思索、追求，才有可能超过别人。

生物学家巴甫洛夫说："科学需要人的全部生命。"我们可以想一想，有哪一位科学家的创造发明，不是惨淡经营、倾注了全部心血后赢得的。居里夫人为了提炼出化学元素镭，十余年，每天除了吃饭、睡觉外，几乎都是在实验室度过的。当然，体育运动不能和创造发明相比。可是，要拿世界冠军，从某种程度上来说，不也是体育方面的一种创造吗？不同样也需要付出很大的代价才可能赢得的吗？

有人说，人的精力有限，有劳无逸行吗？是的，必要的休息不能没有。我们女排每次大赛归来之后，也都要进行适当的调整，消除疲劳。不过，我们应该看到，人的可塑性是很大的，在精力消耗上，你越吝啬，它越有限；你越慷慨，它越富有。据说，科学家做过测试，就是一个在事业上很有成就，做出重大创造发明的人，他死去的时候，大脑的消耗也只达到1/3。连爱因斯坦的大脑也只开发了17%。所以，在对事业的追求中，我们大可不必担心"精力有限"。毫无疑问，凡想在事业上有所作为的人，必须把自己的全部精力和业余时间都奉献出来，否则，不可能到达光辉的顶点。

这些年来，在事业的追求中，我们女排在得到的同时，确实也失去了一些东西。整整八年半，我基本上没有享受过什么天伦之乐，对小家庭几乎没尽什么义务。孩子病了，我没有时间去照料他；孩子学习遇到困难，我没有工夫去辅导他；更没有时间去照顾妻子。这么做，似乎有些不近人情。可是为了拿世界冠军，这一切我们都认了，觉得值得，一辈子也不后悔。

金牌可贵，在夺取金牌过程中培养的牺牲精神更可贵。我想，在我们今后的人生道路上，是会受益无穷的。

当思维有了翅膀

◎窦文涛

去年去美国见证资本主义社会的繁荣和腐朽，却意外地被美国中学生洗了一次脑。

美国中学数学课上，老师出了一道题：8 减 6 是 2，8 加 6 也是 2，有这种可能吗？请给以证明。一位男生站起作答："数学上，8 减 6 是 2，但 8 加 6 也是 2 却是不可能的。一个明显不可能的问题作为可能被提出来，肯定有它可能的因素，所以，8 加 6 是 2 是可能的。数学上既然没这种可能，生活和自然中肯定有这种可能。譬如，上午 8 点的 6 个小时之前是凌晨 2 点，6 个小时之后是下午 2 点。"

我目瞪口呆。

一种感觉上很清新的东西涮过我的脑袋，过后，产生了一个前所未有的认识：思维一旦有了翅膀，便没有不可能的事。

你想一鸣惊人吗

◎刘　墉

说个有意思的故事给你听。

有位非常走运，又非常不走运的警官。

非常走运的是他做了几十年的警务工作，由小警员升上警官，一直到将近退休，居然没有遇过一次盗匪，没有开过一枪。

非常不走运的是，就在他退休的前一天，经过一家银行，正看见有人抢劫，于是掏枪吓阻，不幸对方也有枪，而且比他先发射。他死在最后一天的任上，手中握着他一辈子没真正用过的枪，枪里居然忘了装子弹。

你说这警官笨不笨？又倒霉不倒霉？他说不定正因为隔天要退休，所以没装子弹。他也可能想，反正口袋里有子弹，遇到情况再装也来得及，没想到歹徒当面拔枪。

他难道不知道，作为一个值勤的警官，枪里总要有子弹，即使一辈子遇不见一次盗匪，他也应该随时清理枪械并到靶场练习，因为"携枪千日，用在一时"，平时总要为战时做准备？

如果换作你是他，你会不会像他那么笨？

你一定不会，对不对？

但是让我问你，如果你很喜欢诗词，那么背几首给我听吧！你很爱古文吧，那么背一篇《岳阳楼记》或《桃花源记》吧！

你背得出来吗？

我再问你，如果你已经学了好几年钢琴，也自认为弹得不错，有一天家里来了许多朋友，大家起哄，要你表演几首，你是不是能够立刻开一场小型演奏会呢？

抑或，你会说"没有准备，怎么弹"。

说到音乐，你知道 20 世纪最伟大的指挥家柏恩斯坦是怎么一夕成名的吗？

那是1943年，在他担任乐团副指挥的时候，有一天演出之前，正指挥生病了，临时由他代为上场。

25岁的他，在后台紧张得要死，但是一上台就什么紧张都忘了，他尽情地发挥，只记得整场演奏结束，台下的观众起立、鼓掌、尖叫。

柏恩斯坦就这样"一鸣惊人"，"一炮而红"。用那一个晚上的"机遇"。开创了下面50年的"柏恩斯坦时代"。

当你羡慕他的"机遇"的时候，有没有想过，他怎么临时接到命令，立刻能从容应付，而且表现得无懈可击呢？

他怎么对当天演出的曲子那么了解、那么熟练呢？

他怎么好像随时准备好，仿佛一个出勤的警员，枪里总装着子弹，随时准备击发呢？

再说个故事吧！

你知道唐代大诗人陈子昂21岁到京师，是怎么"一日之内，名满都下"的吗？

陈子昂有一天遇见个卖琴的人，开价百万，大家都买不起，陈子昂却运来现金，当场买下。

四周的人问："想必您一定琴弹得非常好。"

陈子昂说："我确实善于此。"

大家又问能不能欣赏一下呢。

"可以！"陈子昂说，"明天请大家来我家。"

第二天，大家都到了，陈子昂准备了酒肴招待，捧出琴，对大家说："我陈子昂有文章上百卷，大家不知道，居然对这区区弹琴的小技感兴趣。"说完把琴举起来，当场砸碎，并且把上百卷文章分送给大家。

就这么一天，陈子昂成名了。

当你想陈子昂未免太诈、而且家里必定十分富有的时候，你想没想过，如果换作你，并且有人为你出钱买琴，准你砸琴，你又是不是能在一天之间，拿出上百卷的好文章给大家看呢？

陈子昂不是跟柏恩斯坦一样，早有准备吗？

再往前看一个你最熟知的故事吧！

刘备三顾茅庐，跟诸葛亮一席话，就托以重任，请出孔明。

孔明如果没有两把刷子，刘备会折服吗？

如果今天换作你，也躬耕于南阳，苟全性命于乱世，不求闻达于诸侯，平日对天下大事毫不关心，毫不思索，有一天刘备造访，你能提得出那许多"经国之宏论"吗？

孔明是不是在隐居的时候，也时时用功、处处用心，所以能一鸣惊人呢？

每个人都希望自己能一夕成名、一鸣惊人，可是有几人知道"一鸣惊人"的人，绝不是临时抱佛脚、恶补考上学校的那种人！

能"一鸣惊人"的，必定在他"不鸣则已"的时候，不断养精蓄锐；能"动如脱兔"的，必定在他"静如处子"的时候细细观察；能"一夕成名"的，必定在那一夕之前，有着千百个夜晚，暗暗地演练。

于是你可以想象，柏恩斯坦在担任"后备指挥"的时候，是多么可怜。他有才华，但是没机会，只能静静地看那正指挥在台上演出，接受掌声。

所幸他终于得到发挥的机会，更所幸他随时都在充实自己、准备自己，如同陈子昂写作百篇好文章，诸葛亮细窥天下大势。

请问，你有没有随时准备好你自己？

抑或，你是只有到考试才读书，只有到演奏会才练熟整首曲子，只有到遇见盗匪才装填子弹的人。

你会不会像那位警官，该开枪的时候开不了枪，第一次应战就死了？

迎向风雨

◎刘　墉

我曾经因为有几个大学生登山迷途丧生而访问某位登山专家。其中一个问题是："如果我们在半山腰，突然遇到大雨，应该怎么办？"

登山专家说："你应该向山顶走。"

"为什么不往山下跑？山顶风雨不是更大吗？"我怀疑地问。

"往山顶走，固然风雨可能更大，却不足以威胁你的生命。至于向山下跑，看来风雨小些，似乎比较安全，但可能遇到暴发的山洪而被活活淹死。"登山专家严肃地说，"对于风雨，逃避它，你只有被卷入洪流；迎向它，它却能获得生存！"

除了登山，在人生的战场上，不也是如此吗？

战胜自己

◎罗　兰

如把我们日常所经验过的种种痛苦烦恼，仔细分析一下，你会发现，这痛苦的来源有一大部分都是不能战胜自己。

当我们需要勇气的时候，先要战胜自己的懦弱。需要洒脱的时候，先要战胜自己的执迷。需要勤奋的时候，先要战胜自己的懒惰。需要宽宏大量的时候，先要战胜自己的浅狭。需要廉洁的时候，先要战胜自己的贪欲。需要公正的时候，先要战胜自己的偏私。

这许多矛盾的名词——勇敢、懦弱、洒脱、执迷、勤奋、懒惰、宽大、浅狭、廉洁、贪欲、公正、偏私……几乎经常同时占据着我们。

世上没有绝对完美理想的人，当然也很少绝对不可救药的人，每一个人的性格中都或多或少地存在着上述的矛盾。这些矛盾，在你遇到一件事情，需要你采取行动去应付的时候，就往往会同时出现。而当它们同时出现的时候，也就是你开始彷徨困扰、痛苦不堪的时候。你怎样决定，完全看这两种矛盾的力量是哪一边战胜。如果是积极和光明的一边战胜，你走向成功。如果是消极和黑暗的一边战胜，你就走向失败。

这理由很明显，按理说，每一个人都应该知道自己怎样做，才是正确的决定。但是，很少人能够不经交战而采取正确的行动。甚至交战的结果，仍是消极与黑暗的一面战胜。

战胜自己不是一件容易的事。它需要很大的勇气与坚定的信念。想一想看，你战胜自己的次数多吗？还是时常姑息纵容了自己？

一个人，如果他勤奋，那必定是他战胜了自己的懒惰。懒惰是我们最难克服的一个敌人。许多本来可以做到的事，都因为一次又一次的懒惰拖延，而把成功的机会错过了。

当我们尝试一项新工作，接触一个新环境，应付一个新场面的时候，总难免有一种向后牵曳的力量。我们常会退缩地想：还是安于现状吧！还是省事为妙吧！还是不要冒险吧！于是，就在这种种消极的决定中，不知多少可贵的机会流失了。许多人抱怨自己一事无成，恐怕这消极的处理事情的习惯，是使他失败的一个最大的原因。

每一个人都知道公正廉洁是可敬的，偏私贪欲是可耻的。但是，事到临头，往往就会有一些你在事先所想不到的理由来影响你正面的决定。比如说：你会把责任推给环境的压力，风气的不良，或一项消极退守的成语，如"识时务者为俊杰"之类。其实，那正是你被另一个自己所战败的明证。一个人在必要的时候不能战胜自己，是可耻的，任何理由都无法掩饰这种羞耻。一个人应该有力量让自己那光明的一面战胜，否则，你的人生就失败了。

如果你知道宽恕是一种美德，那么你为什么还要计较别人的短处或过失呢？

如果你知道豁达一点可以减少痛苦，你为什么还不肯早一点把眼前琐屑的得失恩怨放开看淡呢？

要知道，我们有时痛苦困扰，犹豫不安，那只是因为我们心情上有两种相反的力量在相持不下。让我们明智一点，早作抉择，你会觉得生活的面目豁然开朗起来了。

我们从小所受的教育，足够使我们知道怎样明辨是非。在明辨是非之外，就要看我们是否有足够的信念和约束自己的力量，去遵循我们所知道的正确的路。那需要经过很艰苦的奋斗，需要动用你一切内在的向上向善的力量，才能把握你所预定应走的方向。

勤与惰，清醒与执迷，并不是距离遥远的两极，而只是薄薄的剃刀的两面，其间只有一刃之隔。你翻过这一刃之隔，便是勤奋与清醒；留在那边，便是懒惰与执迷。你要不要翻过，只在短短的一念之间。

如果你决心清醒，你便可以清醒；如果你决心执迷，你就将继续执迷。这"决心"的实现，不在你能不能，而在你肯不肯。

不要怕，不要悔

◎王鼎钧

三十年前，一个年轻人离开故乡，开始创造自己的前途。少小离家，云山苍苍，心里难免有几分惶恐。他动身后的第一站，是去拜访本族的族长，请求指点。

老族长正在临帖练字，他听说本族有位后辈开始踏上人生的旅途，就随手写了三个字："不要怕。"然后抬起头来，望着前来求教的年轻人说："孩子，人生的秘诀只有六个字，今天告诉你三个，供你半生受用。"

三十年后，这个从前的年轻人已是哀乐中年，他有一些成就，也添了很多伤心事。归程漫漫，近乡情怯，他又去拜访那位族长。

他到了族长家里，才知道老人家几年前已经去世。家人取出一个密封的封套来对他说："这是老先生生前留给你的，他说有一天你会再来。"还乡的游子这才想起来，三十年前他在这里听到人生秘诀的一半。拆开封套，里面赫然三个大字：

"不要悔。"

人生在世，中年以前不要怕，中年以后不要悔，这是经验的提炼，智慧的浓缩。这六字箴言的奥秘，要一本长篇小说才说得清楚。但是我相信对那些有慧质的人，这几个字也就够了。留一点余味让人咀嚼体会，岂不更好？

生命不是一盒巧克力糖

◎董　桥

你讲个笑话给英国人听，他会笑三次：你讲的时候他笑一次——那是礼貌；你解释那个笑话的时候他第二次笑——那也是礼貌；最后，他半夜三更醒来突然大笑起来，因为他终于懂了笑话的意思。你把同样一个笑话讲给德国人听，他会笑两次：你讲的时候他笑一次——那是礼貌；你解释那个笑话的时候他第二次笑——那也是礼貌。他不会笑第三次，因为他永远弄不懂笑话的意思。你把同样一个笑话讲给美国人听，他会笑一次——你一讲他就笑了，因为他一听就懂了。可是，你把笑话讲给犹太人听，他根本不笑。他会说："那是老掉牙的笑话了，再说，你都讲错了。"

英国人拘谨，脑筋动得不快，却肯下功夫去想问题。德国人死板，毫无情趣。美国人是脑袋比较灵活的人，也不懒。犹太人最聪明最世故，天生是背着历史包袱的悲剧民族，容易学有所成。中国人颇像犹太人，谦恭有余，激昂不足；苦中幽默，笑里常见皱纹，该是国运使然。

唐诗有"不才明主弃，多病故人疏"一句，有人颠倒窜换一二字为联，送给庸医："不明财主弃，多故病人疏。"太妙！这是黄苗子先生说的。世事往往教人笑不出来。笔底妙语连珠的老舍，"文革"时期还是投湖自尽了。又渊博又有文采的沈从文一度给揪到天安门城楼上洗男女厕所。苗子先生说："沈先生认认真真天天去打扫，像摩挲一件青铜器那样摩挲每一个马桶，将来有人写'天安门史'，应该补这一笔。"

"忍"功真是中国的国粹了：忍着哭，忍着笑，忍着所有逆来的横祸。沈先生背着30万字的《中国服装史》初稿到咸宁干校，结果被扣下来，丢了。老人家居然有勇气重新写出一本来。《阿甘正传》里说：生命像一盒巧克力糖，你永远不知道盒里乾坤。不是每一个民族的生命都像一盒漂亮的巧克力糖。幸好沈从文会说："中国的刺绣，美呀！汉代漆器纹样，美呀……"

失　败

◎林清玄

　　闻名世界的日本服装设计师三宅一生，在被访问到他如何成功地设计出独创一格的服装时，谈到两个颇值深思的问题。

　　一是他认为自己所设计的服装只完成了"部分"，而把一半创造的空间留给穿衣服的人，这样，穿衣服的人才能穿出自己的风格，并且使同一件衣服有极大的不同，依这个观念设计出来的服装不容易失败。

　　二是他选择衣服布料的时候，总是请布厂拿出设计、印染、纺织失败的布料，他则依照这些被公认为"失败"的布料找到灵感，裁制出最具独创与美感的作品。因此他的作品总是独一无二，领导着世界的服装潮流。

　　三宅一生的话给我们许多启示。他无疑是当今日本最成功的服装设计师，他的年收入大约5000万美元。因为他，日本服装业得到国际性的尊敬，东京的服饰新潮始能与巴黎、纽约、米兰抗衡，成为世界流行的中心。

　　三宅一生的服饰近年也在台北登陆，是台北关心服装的人所共知的服装大师级人物。他的"失败哲学"，颇有值得我们参考的地方。对于一个有创造力的艺术家，生活的进程最重要的是有成功的进取心，但是，成功不是必然的，唯有在失败的因子里找成功的果实，才可能创造真正的成功。

　　美国现代大画家路西欧·方达（Lucio Fontan），早年画油画时受到挫折，心情大为恶劣，有一天坐在画布前面竟一笔也画不下去。他生气地拿起一把刀把画布割破了。在画布破裂的一刹那犹如电光石火，他马上有了一个灵感："割破的画布算不算是一种创作呢？"于是他把另外的画布拿来，一一割破，然后公开展览，竟使他创造了新的艺术观，成为一代大师。

　　当然，像他们这样在失败中求取成功的人，历史上不可胜数，我们可以把这种失败称之为"打在牛顿头上的苹果"，因为他们被失败的苹果击中，才碰击出成功的火花。

　　佛经里有一句话："众生以菩提为烦恼，菩萨以烦恼为菩提。"或说"烦恼即是菩提"，意思不是烦恼等于菩提，而是说有慧心的人总能在烦恼中找到智慧，而且为了治愈更多的烦恼，产生更高的智慧——平顺的人通常不会比愈挫愈奋的人有智慧，真正的智者往往能不惮失败的烦恼。安乐令人沉沦，忧患反而激发生存的力量，也就是这个道理。

在现实生活中，失败当然是一件可怕的事，几乎没有人喜欢失败，可惜这世界上没有永远的成功者，我们可以肯定地说："那些在人生后半段成功的人，是由于他们在人生前半段的失败中找到了成功的灵感。"唯有在失败中成功，才不只是形式与事业的成功，而是连心灵也成功了。

致江斯顿书

◎林　肯

亲爱的江斯顿：

你向我借80块钱，我觉得目下不应该借给你。好几次我帮你忙之后，你都说："现在我们可以好好过日子了"，但是没有多久，你又陷入了同样的窘境。我看这完全是你为人有缺点，是什么缺点呢？我想我是知道的。你并不懒，但多少有点游手好闲。我们上次见面之后，我怀疑你是否有哪一天好好地干过一整天活。你并不怎么厌恶劳动，但你不卖力干活，唯一的原因是你觉得干活没有多大出息。

这种白白浪费时间的习惯是问题的症结所在；改掉这种习惯对你至关紧要，而对你的儿女来说，则更为重要。其所以如此，是因为他们生活的道路更长，在没有养成这种习惯之前，可以预加防范；这比养成之后再改来得容易。

你现在需要些现钱；我建议你去找个愿意花钱雇人的主顾，替他"卖命地"干活。

把家里的事（春播和秋收）交给爸爸和你的几个儿子去做吧，你自己去干点最挣钱的活儿，或是用你干的活儿抵债。为了使你的劳动得到较好的报酬，我现在答应你，从今天到5月1日，凡是你干活挣到一块钱或是偿还了一块钱的债，我另外再给你一块钱。

这样一来，如果你每月挣10块钱，你可以从我这儿再拿到10块钱，一共每月就可以挣到20块钱。这并不是说，我叫你到圣路易或加利福尼亚州的铅矿、金矿去，而是叫你到附近去找点最挣钱的活儿干——就在柯尔斯县境内。

你看，如果你肯这样做，很快就能还清债务；更有好处的是，你会养成不再欠债的好习惯。然而，如果我现在帮你还清了债，明年你又会欠一身债。你说如果有人肯出七八十块钱，你愿意把你在天堂的席位卖给他。这么说，你把你在天堂的席位看得太不值钱了。其实，按照我的办法去做，保管你干四五个月活就能挣到那七八十块钱。你又说如果我借给你这笔钱，你愿意把田地抵押给我；若是日后你还不清钱，就归我管理——

废话！如果说现在你有田地都活不了，将来没有田地又怎么活呢？你一向对我不错，现在我也没有亏待你的意思。相反，如果你肯听从我的劝告，你会发现对你来说，这比 8 个 80 块钱还要值钱呢！

保持自我

◎杰克逊

我决心自作主张。每时，每刻，我的思想警戒都不能松懈。在我没有谨慎地思考别人思想的价值以前，我决心拒绝别人的思想，无论他们的声望是如何地伟大、地位是如何地崇高，我都不会接受。

我决心加强对个人的完整性的防护。那些金钱或安全的诺言，我决不肯用出卖或以我的信仰与行动的自由来交换。

我决不肯任人推举或被别人所征服。在我未能确知前途所走的方向前，我拒绝仅因某种"方向"或"运动"在某一时候恰是流行的或有利的，便追随其后。相反，我要根据个人的好恶而选择，而不要根据批评家的好恶。我要选择从我自己的朋友、音乐、纸烟、猫、宗教、政治和特别喜欢的事物那里获得快乐，而不管他们在大家的心中如何。

我决心遵守我祖国的"传统美德"，并维护个人自由的信心及对他人权利的尊重。

我决心更爱人类，把恨减到最少。

梦 想

◎马丁·路德·金

因为我们拥有一个梦想，所以，不管在何时何地，我们都不怕遭受任何困难和挫折。这个梦想是深深扎根于美国的梦想中的。

我梦想有一天，这个国家会站立起来，真正实现其信念的真谛："我们认为这些真理是不言而喻的：人人生而平等。"

我梦想有一天，在佐治亚的红山上，昔日奴隶的儿子将能够和昔日奴隶主的儿子坐在一起，共叙兄弟情谊。

我梦想有一天，甚至连密西西比州这个正义匿迹、压迫成风、如同沙漠般的地方，也变成自由和正义的绿洲。

我梦想有一天，我的四个孩子能与不同肤色、不同民族的孩子和平共处地生活在同一个国家里。

我今天有一个梦想。

我梦想有一天，阿拉巴马州能够有所改变，尽管该州州长现在仍然满口异议，反对联邦法令，但有朝一日，那里的黑人男孩和女孩就能与白人男孩和女孩情同骨肉，携手并进。

我今天有一个梦想。

我梦想有一天，幽谷上升，高山下降，坎坷曲折之路化为坦途，荆棘沟壑之地变成通途；主的荣耀显露，普照天地人间。

这就是我们的希望。我怀着这种信念回到南方。有了这个信念，我们就能从绝望之峰劈出一块希望之石；有了这个信念，我们就能把这个国家那些微不足道的矛盾，转化为一支洋溢着手足之情的优美交响曲；有了这个信念，我们就能一起工作，一起祈祷，一起斗争，一起坐牢，一起维护自由。因为我们知道，终有一天，我们是会自由的。

在自由来临的那天，上帝的所有儿女都将尽情地高唱："我的祖国，美丽的自由之乡，我为您歌唱。您是父辈逝去的地方，您是所有移民的骄傲，您是全世界人民向往的自由之邦。"

如果美国要成为一个伟大的国家，这个梦想必须实现。让自由之声从新罕布什尔州的巍峨山峰响起来！让自由之声从纽约州的崇山峻岭响起来！让自由之声从宾夕法尼亚州阿勒格尼山的顶峰响起来！让自由之声从科罗拉多州冰雪覆盖的落基山脉响起来！让自由之声从加利福尼亚州蜿蜒的群峰响起来！不仅如此，还要让自由之声从佐治亚州的石岭响起来！让自由之声从田纳西州的　望山响起来！让自由之声从密西西比的每一座丘陵响起来！让自由之声从大海尽头的浪花中响起来！

当我们让自由之声响起来，让自由之声从每一个大小村庄、每一个州和每一个城市响起来时，朋友们！自由就离我们不远了！届时，上帝的所有儿女，黑人和白人，犹太教徒和非犹太教徒，耶稣教徒和天主教徒，大家就可以手牵着手，合唱一首古老的黑人灵歌："终于自由啦！终于自由啦！感谢全能的上帝，我们终于自由啦！"

获得合作

◎戴尔·卡耐基

对于你自己独自创见的心得，是否觉得要比别人强迫推销的观点来得踏实一些？你是不是也觉得与其强迫别人接受自己的观点和心得倒不如只是提供一些建议、暗示，凡事让别人自己去理出一个结论，反而来得有效。

费城的亚道夫先生，眼见手下的业务人员组织散漫，效率差，士气日益低落，迫不得已召开公司紧急会议，并诚恳地要手下业务员谈谈自己真正的想法，一一记录在黑板上，然后对大家说："你们的要求，我将全力为大家做到，但是，在我做到之后，我希望你们现在就告诉我，你们将何以回报？"

这一提问在台下引起了热烈反响，有的表示愿更加积极乐观地推动业务，有的表示愿对工作更加忠诚敬业，有的表示愿更加发挥团队精神，争取业绩增长，甚至还有人主动要求每日工作 14 个小时，会议结束后，大伙儿果然是士气如虹，而公司的销售业绩，也立即出现了惊人的增长。

之所以取得这样的成功，在于亚道夫与他的业务员之间建立起一种道德默契，只要我信守诺言，他们也肯全力以赴，为自己的承诺付出心力，而真正造成这一事实的关键，仍是在于他能耐心地听取了员工的心声，对他们的需求，表现出关怀。

天底下，没有任何人心甘情愿受人支配、受人控制，谁都希望自己做一切事，都能完完全全地操之在己，尤其是希望自己的想法、观念，能够被他人采纳和尊重。

住在新布鲁威克的一位先生，也曾以同样的方法，使我心甘情愿地变成了他的房客。

当时的情形是这样的，适逢休假，打算到新布鲁威克住几天，到附近的湖中划船钓鱼一番，于是我写信给当地的一些旅行社，向他们索取旅游观光资料。不出几天，琳琅满目的观光资料、旅游指南，立即有如雪片般寄到我的住处。我看了又看，挑了又挑，一时真不知该住在哪一家旅馆好。

　　后来我注意到其中有家旅馆，非但将价目、简介寄来，而且还寄来了所有在他们那儿住过的旅客通讯录，并建议我向这些旅客询问有关他们在旅馆的情形，言下之意，对他们的口碑显然是信心十足，尤其出乎我意料之外的，是那份通讯录上，居然还有我朋友的名字，于是我当即拨了电话过去，后来的结果自然是向那家旅馆订了房间。

　　多少人竞相争取的生意，结果却让它轻轻松松地弄到手。说穿了无他，只不过是这家旅社勾起我主动购买的欲望，就可赢得竞争了。

　　所以，要想改变别人的想法，应该设法使对方相信，新的想法亦完全是出于他本身，并非你推销给他的。

合作的精神

◎拿破仑·希尔

合作精神，就像友谊和爱情一样，必须付出才能得到。在通往快乐和幸福的路上有许多旅人，大家只有相互合作，才能愉快地到达彼岸。人生之旅的合作精神，不但会为我们带来好处，同时也会为我们下一代带来好处。在我们携手共建美好未来的时刻，我们应该真诚待人，精诚团结，充分合作，共创辉煌。

在美国发展成世界上最强大，经济上最具优势地位的国家的过程中，这种合作扮演过重要的角色。我们肩负一种神圣的义务，而要保持这种优势的话，则无论遭受到什么样的挫折，我们都应以大公无私的团队合作精神，坚定不移地去完成。

当人们遇到困难或一个人难以解决的问题时，或许有人想到过合作，但在产生团队合作精神，并且认同团结和伙伴意识之前，人们很难真正地从合作中获得利益，因为贪婪和自私在团队合作精神中作祟。

真正的团队合作必须是双方自愿的、没有私欲的、能够共同承担责任的合作。团队合作是一种永无止境的过程，虽然合作的成败取决于各成员的态度，但是维系合作关系却是共同的责任。

团队合作其实不需要太多的时间和努力，就能得到巨大的成效。明白这个道理后，你也许会搞懂为什么自己以前的生活那么悲惨、无助，肯定与缺少团队合作不无关系吧？

不管何时，缺少了人与人之间的合作是不可能创造文明的，即使是像米开朗基罗一样的伟大艺术家，缺少了助手、手工艺人和顾客也不可能有他的作品，更不用说有什么传世之作了。

人类在长期的生活和工作中，有一种使人相互之间变得相类似，在不同思想之间建立和谐关系，以便和他人进行和谐团队合作的思想状态，这种状态就像其他生命资产一样，必须在共同的目标、共同的前提、共同的理想之上，才能达到。

通常达到的思想状态，具有一种传染性的特质，狂热、热情、无私，假若你能将你的这种状态传播到别人体内，就必然产生团队合作结果。

品格与个性的力量

◎奥里森·马登

我们所处的是一个狂热追逐金钱的时代，然而一个奇怪的现象却是虽然身处这样的时代，那些衣衫褴褛、身无分文的作家、艺术家和衣着朴素的大学校长，他们在社会上反而更有声望，报纸也更愿意不惜篇幅来报导他们的行踪或活动。之所以有这种反差，也许要归因于追求知识和追求财富是两种不同性质的活动：前者有很多积极的影响，而后者存在着很大的负面作用。我们几乎可以肯定地说，在以金钱为标准的世界里，凡有一个人获得了成功就必定是以成百上千竞争者的失败为代价的；而在知识和品格的世界里，一个人的成功同时也是对社会的贡献，这几乎可以说是一种规律。

个性是我们刻在事物上的标识，正是这种无法涂抹的标记，决定了所有人、所有劳动的全部价值。我们都相信个性成熟的人。一个伟大的名字意味着怎样的一种魔力啊！西奥多·帕克过去常说的一句话是对于一个国家来说，苏格拉底的价值远远要超过像南卡罗来纳这样一个州的价值。

两度出任英国首相的政治家约翰·罗素说："在英国，所有的政党都有一种天然的倾向，他们都试图寻求天才人物的帮助，但他们只会接受那些具有伟大品格的人作指导。"

"通过培养品格与个性，最后我获得了真正的力量，"英国著名政治家坎宁在1801年写道，"我并没有尝试过其他的途径。我也相信，这条路也许不是最便捷的，却是最稳妥的，对这点我十分乐观。"

对一台机器，我们可以根据它所能够承受的最大压力来检测它的性能，但房间的温度也许就会决定它的性能。然而，对一种伟大的品格与个性来说，谁又能估价得出其内在的力量呢？谁又能够料到，一两个小孩可能会对一所学校品性产生影响呢？一所学校的传统、风俗和行为方式，可能正是因为这样几个具有非凡个性的学生，再经过几届学生的变动，就完全得以改变。这些学生就像日常生活中常常看到的那种力量，作用有些类似于拖拽着一长列货车的火车头，而他们正是以自己那微不足道的——却和那些风俗传统同样重要的——方式，改造了这一切，成为了校园英雄。几乎每一个学校的老师都可以告诉你一些诸如此类的故事：几个具有巨大感染力的学生，如何带动了学校的进步，或是破坏了它的发展。

勤奋能够点石成金

◎奥里森·马登

在偌大个宇宙中，只有人才会游手好闲，才会无所事事，其他所有事物都会按着各自的规律永不停地运转下去。左拉曾说："工作是世界上最有用、最伟大的法则，只有工作，有机事物才会向各自的目标前进。"工作就是生存的法则，无论哪个地方，一旦停止工作，那它只能退步，最后灭亡。如我们一旦不再使用我们身上的某个器官，那么这个器官就要退化，渐而失去作用。只有我们正在使用的东西，才具有大自然赋予的活力，而那也是体现我们意志的唯一东西，养成勤奋工作的习惯无异于学会了点石成金的法术。那些做出过不凡业绩的人，那些把勤奋工作当成金钥匙的人，世界正是由于他们的工作而获得了长足发展。无所事事、游手好闲足可以使一个人的万丈雄心泯于无形，旺盛精力缩成一线，使人们屈从于命运的安排，成为时间的奴隶。

《闲话集》说得更不客气，它把没对社会做出贡献的人归于死人之列，只有那些对社会有价值的人才算真正活着，这样，有的人20岁才算出生，有的30岁才算出生，而有的人六七十岁才算出生，更有甚者，有的人在世上走一遭，却从没真正活过。在爱弥尔·左拉的小说里，有两个洗衣女工的一段对话很有意思，这两个女工同是巴黎一家洗衣店的女工。一天她们谈论的话题是假如拥有10000法朗的话，她们准备怎样。这两个女工的回答惊人地一致，那就是什么也不干了，回家呆着。这不能不叫人悲叹，这也许是她们永远是洗衣工的原因吧！

卡莱尔认为：工作是有着莫大神圣性的，而且这种神圣性无以言表。他说："工作着的人是最有幸福感的，因为他已经找到了能令自己和别人快乐的方法，他会一直坚持干下去。这就像一条从苦涩贫瘠开凿出的一条运河，不管前方有多少险阻，它都会坚定不移地向前奔流，荡尽草根底的苦咸的盐碱水，把蚊虫肆虐的沼泽地还原成碧草青青的绿地。我始终把工作看成我的全部生活，工作中的知识才算真正的知识，才算有价值的知识，其余的知识都不算真正有价值的知识。"

　　"那些早上7点起床的人是会获得上帝青睐的。"瓦尔特·司各特写道，"如果我早上7点还赖在床上，那我将会一事无成。正由于我养成了早起的习惯，我才得以有时间写我的文章。"司各特的朋友们对于司各特能做出那么多成绩表现出了极大兴趣，其实，他们不曾想到，还在他们甜美地做着梦的时候，司各特正在笔耕不辍。

　　工作可以产生许多奇迹，它可以擦亮人的眼睛，强健人的肌体，增添面颊的红润；它还可以使头脑更敏锐，使思想更集中，使脚步更矫健。工作可以奇迹般地治愈多种身心疾病，工作的人才是最健康的人。

　　工作在三个方面使我们受益：一是使我们得以有价值地生存于这个世界上；二是能使我们的梦想成真；三是帮助我们成为自己心灵深处的艺术家，所以说勤勉工作最能体现人生价值，勤勉工作的人最幸福。

　　罗斯金把一个年轻人有没有前途、有没有出息的衡量标准总结为一句话，那就是：他努力工作吗？这是个前提条件，如果连这一点都做不到，那其他一切免谈。

无聊的应酬

◎亨利·梭罗

社交是不值得珍惜的，每次还来不及相互交流一下有用的信息聚会就结束了。我们在每日三餐的时间里相见，大家重新尝尝我们这种陈腐乳酪的味道。我们都必须遵守若干条规则，那就是所谓的礼节和礼貌，使得这种经常的聚会太平无事，聚会的人和平相处，避免争吵发生。我们相会于邮局，于社交场所，于每晚的炉火边；我们生活得太拥挤，互相干扰，彼此牵绊，这就使得彼此之间少了那份尊重。当然，所有重要而热忱的聚会，次数少一点也够了。试想工厂中的女工，永远不能独自生活，甚至做梦也难于孤独。人的价值并不在他的皮肤上，所以我们不必要去碰皮肤。

有这么一个传言，说一个人迷了路，又饥又渴，最后支持不住倒在一棵大树下。由于体力不济，病态的想象力让他看到周围有许多奇怪的幻象，他误认为这一切都是实际存在的。同样，在身体和灵魂都很健康有力的时候，我们可以不断地从类似的，但更正常、更自然的社会中得到鼓舞，这样能使我们免于沉浸于寂寞中。

不觉寂寞

◎亨利·梭罗

即使一件最微不足道的自然事物，包括愤世嫉俗的可怜人和最悲观失望的忧郁之人，也可以在人生中找到最可信赖、最最幸福的伴侣，只要是生活在大自然之间并具有五官的人，就不可能有很阴郁的忧虑。对于健全而无邪的耳朵，暴风雨还真是伊奥勒斯的音乐呢。单纯而勇敢的人是绝不会产生庸俗的伤感的。当我享受着四季的友爱时，我相信，我生活中不会再有艰难险阻。

今天，好雨洒在我的豆子上，使我在屋里呆了整天，这雨既不使我沮丧，也不使我抑郁，我却欢喜得很。虽然它使我不能够锄地，但它比锄地更有价值。如果雨下得太久，使地里的种子、地底的土豆烂掉，但它却使高地的草苗壮成长，既然高地的草可以苗壮成长，那对我也有着极大的好处。有时，我将自己和别人作比较，好像我比别人更得诸神的宠爱，比我应得的似乎还多；好像我有一张证书和保单在他们手上，别人却没有，因此我受到了特别的引导和保护。我并没因此而忘乎所以，我依旧在规规矩矩做人。我从不觉得寂寞，也感受不到寂寞感的压迫，只有一次，在我进了森林数星期后，我怀疑了一个小时，不知宁静而健康的生活中是否应当有些近邻，独处好像与高兴无缘。同时，我觉得我的情绪有些失常，但我似乎也预知自己会恢复正常。当我被这些思想控制所左右时，温和的雨丝飘洒下来，我突然感觉到能跟大自然作伴是如此甜蜜，如此受惠。就在这滴答滴答的雨声中，我屋子周围的每一处声响和每一件事物似乎都变得友爱和谐起来。一下子这支持我的气氛把我想象中的有邻居方便一点的思潮压下去了，从此之后，我就没有再想到过邻居这回事。每一支小小松针都富于同情心地胀大起来，成了我的朋友。突然感觉在这里面一定有我的同类，我不再寂寞。虽然我是处在一般人所谓凄惨荒凉的境况中，然而那最接近于我的血统，而且我发现最富于人性的并不是某个人或村民，从今后我不会对任何地方再说陌生了。

......

"……在生者的大地上，他们的日子很短，

托斯卡尔的美丽女儿啊。"

我在春秋两季的长时间暴风雨当中度过了我某些愉快时光，这弄得我上午下午都被禁闭在室内，只有不停止的大雨和咆哮给我解闷。我从微明的早晨进入了漫长的黄昏，其间有许多思想扎下了根，并茁壮成长起来。

你不必完美

◎哈罗德·库辛

因为世界上没有十全十美的事，所以我们只能尽最大努力把事情做好。每天，我们都面对着许多不同的问题，以至于无人能始终都不出错。

每当我在某件事做错了而必须向自己的孩子们道歉时，我都会害怕他们不再爱戴我。但后来我才知道，我的担心是多余的。他们因为我愿意承认自己的错误而更爱我，比较起来他们更喜爱诚实、正直的父亲。

然而，有时人们并不能正确对待自己的过失。我们的父母总是期望我们完美无瑕；我们的朋友也常念叨着我们的缺点，并希望我们能够改正。而他们难以谅解的是因为我们的过失总在他们最脆弱的时候触痛了他们的心。

我们为此感到惭愧。但在承担过错之前，我们必须先问问自己，我真的应该成为他们想象中的模样吗？

有一天，我从一个童话中得到了这样一个启示。故事大概是这样的，一个被劈去了一小片的圆想要找回一个完整的自己，从而踏上了找寻那块碎片的路途。由于它是不完整的，滚动得非常慢，从而领略了沿途美丽的鲜花。它和虫子们聊天，有时，它在阳光的怀抱中，尽情呼吸。它找到许多不同的碎片，但它们都不是自己的那一块，于是它坚持地寻找着……直到有一天，它实现了自己的心愿。然而，作为一个完美无缺的圆，它滚动得太快了，错过了花开时节，忽略了虫子、小鸟、阳光。它很快意识到了这一点，便毅然舍弃了历尽千辛万苦才找回的碎片。

圆的故事告诉我们：正是不完美，才令我们更可爱。一个完美的人，在某种意义上说，是一个可怜的人，他永远不可能体会到有所追求、有所希冀的感觉，也永远不可能体会到爱他的人带给他的某些他一直求而不得的东西的喜悦。

只有那些有勇气放弃自己无法实现的梦想的人是完整的；只有那些能坚强地面对失去亲人的悲痛的人是完整的——因为他们经历了最坏的遭遇，却没有被这种痛心而压倒。

生命不是上帝用来捕捉你的错误的陷阱。犯了一个错误，并不是代表你就成为了不合格的人。生命如一场球赛，最好的球队也有丢分的时候，最差的球队也有辉煌的一天。我们的目标是尽可能让自己的球队得分多、丢分少。

当别人正为完美困惑的时候，我们首先去接受人的不完美，让我们为生命的继续运转而心存感激，我们便能成就完整。

请相信，我们能够得到别的生命所不曾获得的圆满。因为我们能勇敢地去爱、去原谅，并为别人的幸福而慷慨地表示自己的欣慰，且理智地珍惜环绕着我们的爱。

为何自讨苦吃

◎弗兰克·苏里文

别人说："快乐总比忧愁好。"而我说："忧愁更胜快乐一筹。"请问，哪有像今天这样充满了忧愁的大好机会？既然如此，不好好发愁一下，怎能对得住自己？每天最好自寻烦恼，即便只是芝麻大的小苦恼，也要烦恼一下。要不然，待到真正的大烦恼来临时，你怎么经受得住？

我可是出了名的自寻烦恼、自讨苦吃的专家，凭这个称号，现在提出几点成功的心得：

忧愁须及时，不可拖延。你不能说，我今天不必忧愁，我太开心了，明天再发愁吧。但明天你要是更加开心，那又怎么办？

不要以为有人说你年轻，不应该忧愁。其实，开始忧愁越早越好。善于自寻烦恼的朋友十几岁便开始了忧愁，这倒是个好现象。也不要方枘圆凿，格格不入。觉着自己的脾气适合那一类烦恼，然后顺道而行，锲而不舍。

也许你可能对自己说："这么一件小事，我值得为此烦恼吗？"这种态度实在不可取。要知道，所有的大事都是由小事转化过来的。例如，你对朋友可能说了不客气或无聊的呆话，你曾否因此烦心？如能善为运用，这种思想就可使你终日寡欢。或者想想，他曾否故意说了得罪你的话？诸如此类的事，也可以使你一天到晚忧愁。

我最擅长于制造一些无聊的小烦恼，善加培养，把它酿成称心如意的大烦恼。或许是我的想象力太过丰富。一封信寄出以后，我常常苦思：可曾贴了邮票？地址是否正确？直想到神智疲惫而后已。

不忽视传统的烦恼，文明的命运问题和缝纫刺绣一样，可以随时拿出来忧愁一番。也不要忘记以你的健康为题，你可能以为目前身体很好，但是你也可以想象自己生了什么病，建议你看几本医学书籍，我保证你至少会发现自己有几种乃至十几种病状。

如果你是个天生的乐天派，任何书籍也无法使你找出病症。那总可以为家人或朋友烦心吧。我就知道有一位太太，为她独生子的健康烦心了 19 年，而她却从来未曾有过病痛。

对了，你还可以为了钱而发愁。方法很简单：如果没有钱，就为赚钱发愁；如果有钱，就为怕损失发愁。

不论如何，千万别与那些劝你不要烦恼的人为友。不要让一天白白过去而毫无愁事。即使没有发愁的理由，也要设法找些理由来杞人忧天，这才算得上自讨苦吃。

积极地进取

◎拿破仑·希尔

卡耐基曾经告诉过我："有两种人绝不会成大器：一种是除非别人要他做，否则绝不主动做事的人；另一种人则是即使别人要他做，也做不好事情的人。那些不需要别人催促，就会主动去做应做的事，而且不会半途而废的人必将成功。"

创造非凡成就的人都有一些共同的特质，包括：有明确目标；不断追求明确目标的动机；成立智囊团以期获得达到目标的力量；独立；自律；以"赢的意志"为基础所建立起来的坚毅精神；有所节制和具有丰富想象力；迅速且明确地决策的习惯；以事实为根据发表意见而非猜测；要求自己多付出一点点的习惯；激发热忱和控制热忱的能力；要求细节的习惯；听取批评而不动怒的能力；熟悉十项基本的行为动机；一次致力于一项工作的能力；为自己的行为负更多责任的能力；为属下的过失承担所有责任的意愿；对属下和朋友付出耐心；随时保持积极心态；运用信心的能力；贯彻到底的习惯；强调彻底而非强调速度的习惯；可信赖性。

当你明确目标之时，就是你开始运用个人进取心的时候了，开始执行你的计划，组织你的智囊团。尽管你会发现在执行计划的过程中你的目标发生一些变化，但最重要的是"马上展开"你的计划。

别让外在力量影响你的行动，虽然你必须对他人的惊讶和你所面对的竞争做出反应，但你必须每天以你的既定计划为基础向前迈进。用你对成功的想象来滋养你的强烈的欲望；让你的欲望和热情燃烧，最好能烧到你的屁股，随时提醒你不可在应该行动时仍然坐待机会。

每当你完成一件工作时就应做一番反省，这是你所能做到的最好的成绩吗？如何能做得更好？何不现在就使自己更进一步？是否能够发挥个人进取心，应视你对于每次机会的觉醒程度，以及你是否能在发现机会时立即行动而定。

很明显的，个人进取已是一种要求甚多的特质，它的实践需要许多心理资源作为后盾。当你的进取处于低潮时，不妨求助于可在其他所有成功原则中注入新的生命力，并且使它们再度发挥作用的一项原理：积极心态。

多付出一点点

◎拿破仑·希尔

倘若你把服务看作是一种快乐，不计报酬的多少，你早晚会得到回报。你所播下的每一颗种子都必将会发芽并带来硕果。

你的超出所得的点滴服务必将带来更多的回报。想想种植小麦的农夫吧！如果种植一株小麦只能收成一粒麦子，那根本就是在浪费时间。然而，事实上一株小麦可结出多枝麦穗，每枝麦穗上又可收获许多麦子。尽管有些小麦不会发芽，不会结穗，但无论农夫面临什么样的困难，他的收成必定多出他所种植的好几倍。

多付出一点点是一种经过几个简单步骤之后，即可付诸行动的原则。它其实是一种你必须好好培养的心境；你应使它变为成就每一件事的必要因素。

如果你不是以心甘情愿的心态付出，那你可能得不到任何回报，如果你是看在报酬或某种利于自己的利益上实施付出，那你可能"赔了夫人又折兵"。

享受到你的服务的人，总是会给你一些回报，你必定不是能满足客户要求的唯一供应者，你应如何使消费者特别注意你呢？其中的窍门就在于提供物超所值的服务。

员工也好，老板、经理也罢，只要你多付出一点点都可使你成为公司里不可缺少的人物：你能为公司提供其他人无法提供的服务。也许其他人具备更多的知识、技术或人气，但是，唯你能提供公司不可缺少的服务。在强手如林的公关行业中，如果你能容忍在半夜三点时被叫醒，并且以"愿意做"的态度提供服务时，则客户们将会记住你并会给你高度评价。

多付出一点点还意味着强化自己的工作能力，并在工作上精益求精。想一想，如果你每时都以最佳心态，提供最优秀的服务，那么你的技术还有什么理由不为你争光进取！借着有规律的自律行动，你将会愈来愈了解多付出一点点的整个过程，并会在潜意识中出现对"高品质工作"的要求。"力量和奋斗是息息相关的因素"这句格言就是写照。

多付出一点点，就像一盏明亮的大灯一样照着你自己，并使你有机会和他人进行有益的比较。

哪怕没有立刻得到回报，也以一种自愿而且畅快的态度提供更多服务，就是在培养你积极且愉悦的心态，而这正是培养引人注目的个性基础。

上进心既是人最珍贵，同时也是最容易被遗忘的个性。多付出一点点可培养你的个人上进心，因为你不是在等待事情的发生，而是主动使事情发生。

多付出一点点使你确信你正在做正确而且有益的事情，它使你更能对自己的良知负责并且增强信心。

我设计了一个非常简单的公式，以提醒你时时不忘多付出一点点，如下：

$Q_1 + Q_2 + Ma = C$

Q_1（Quality）＝表示服务品质

Q_2（Quantity）＝表示服务量

Ma（Mental Atitude）＝表示提供服务的心态

C（Compensation）＝表示你的报酬

这里所谓的"报酬"，是指所有进入你生命的东西：金钱、欢乐、协调人际关系、精神上的启发、信心，开放的心胸、耐性，或其他你认为值得追求的东西。

机会在敲门

◎魏特利·薇特

艾略特是英国著名小说家，他曾经这样写道：

"生命巨流中的黄金时刻稍纵即逝，除了砂砾之外我们别无所见；天使前来探访，我们却当面不识，失之交臂。"

20世纪的美国人也有一句俗谚："通往失败的路上处处是错失了的机会。"

期盼幸运从前门进来的人，却没有回头看看后窗进入的机会。

马娇丽就是这样一个人。她在一家小型制造业公司谋得一份好差事，可是上司要她做一件不在她职责范围内的工作，她拒绝了。不久以后，在另一个部门的一位同事建议她尝试那个部门的工作，她再度回绝。马娇丽不愿做不属于她职责内的事情，除非给她加薪，升她的级。她没有发觉其实那都是些她成功的机会。假使她接受新任务并且顺利完成，她就极有资格要求加薪和升级了。结果她被认为是不思进取的青年。

我们常把机会拟人化，误以为幸运之神真的存在，于是，便坐在那里等待机会敲门。

可惜的是，机会从来不会自动前来敲门。不管你等待多少年，也听不到它的敲门声。

原因是机会并非外界的生存实体，它存在于你的内心之中，你自己就是机会。

而只有你才能制造机会。只有你能发挥自己的能力来利用机会。也只有你才能发现机会，然后把失败与挫折转变为成功与满足。

有些人给机会下了狭隘的定义，认为是指一笔交易成功或职务升迁。其实机会所涵盖的范围很广，它意味着众人皆陷入消极的泥潭中时，你却能寻出一条积极思考的途径。机会是在强大压力之下圆满完成任务；机会是不卷入办公室里的勾心斗角；机会是不受紧张、冲突和自疑的牵绊；机会是接纳自己的一切，求得内心的宁静，并享受充满自信的愉悦。

朝向一个值得努力的目标前进，尽量利用造物主慷慨赐予你的才华和能力，机会就在其中。

自然会认清机会所在，只要你不再打击自己。

你会发掘出无穷的机会，只要你不再担心别人怎么想。

你一定能掌握好机会，只要你不再空想着你的前途多美妙。

你也一定能够为自己创造机会，但你必须放弃对昔日挫败的思想。

记住，任何人都有失意和挫折的时候，但是人人也都有丰富的潜力。悲观者只看见自己的错处和弱点，乐观者则专注于自己内心的力量和创造力。

你该怎样为自己开创机会？那就必须要你不断地探索、发现并且适应新来乍到的机运。

还有一点请记住：随时保持你那开放与乐观的心。

听，机会已经在敲你的门，哦，不是敲你的前门，而是叩你的心扉。

驱逐无知

◎弥尔顿

　　没有坎坷，不经历苦难、非大喜大悲过的生活就如同一种动物的生活一样，或是与一种把它的小巢筑在很远很深的森林里的很高树梢上的小鸟的生活一样。它在那小天地里安全地喂养着它的子女，它飞来飞去找着食物，而不用担心猎人的陷阱，在清晨和黄昏，可以尽情地用它那甜美的歌喉歌唱。这就是无知者的"幸福生活"。人脑为什么要想那么多烦恼的事呢？好，你若以此为论据的话，那么，我们将献给无知以荷马史诗《奥德赛》中女魔的酒杯，让它脱掉人的画皮，复原成动物形状成为动物界中的一员。让无知回到动物中去，动物肯定会拒绝接受这个没有名气的客人。

　　无论如何，很多动物还具有某种低级的推理能力或者出于一些很强的本能驱使，令它们可以从事一些高级的劳动或者发明一些东西。普鲁塔克告诉我们，狗在追踪猎物时表现出具有一些辨别的知识。如果它们碰巧遇上十字路口，它们会利用逻辑思维来判断选择道路。亚里士多德指出，夜莺以某种音乐规则对它们的子女进行教育。

　　许多动物都会为自己疗伤。它们在医学上教给人宝贵的知识。埃及的朱鹭教给我们泻药的价值，河马教给我们放血的益处。对那些经常为我们预报风、雨、洪水到来或天气好坏的动物，难道谁还会认为它们不会看天文现象吗？鹅所表现出的谨慎和严格的品德令人惊叹！为了防止多嘴的危险，它含着卵石飞过金牛山。蚂蚁给我们家庭理财观念以启示；我们的共和政体则得益于蜜蜂；而军事科学承认仙鹤哨兵岗位制的练习以及在战斗中列成三角形队列，此举，使人类受益匪浅。动物是如此聪明，以至于不让无知存在于它们的团体和社会中。它们将迫使无知到一个更低级的层次。那是怎样的层次呢？是树木和石头吗？如果无知与树木和石头为伍，为什么就连树木、灌木丛和整个森林都曾拔起它们的根匆忙去听俄耳浦斯那优美的乐曲呢？它们也被赋予了不可思议的力量和神奇的预言才能。岩石也具有学习的天赋，它能够听懂诗句并作出反应。那么，无知是否也被岩石和树木驱赶走了呢？是的，无知被赶到比任何动物都低级，比岩石和石头还低级，比任何自然物都低级的档次。是否能允许无知到伊壁鸠鲁的信徒们，著名的"根本不存在"那里去找安息之地呢？不行，就是那里也不允许。因为无知是比享乐主义还坏、还卑鄙、还讨厌的东西。总而言之，无知一无是处，毫无价值。

论幸运

◎培　根

毋庸置疑，个人的命运往往会受一些偶然性因素影响，例如长相漂亮、机缘凑巧、某人的死亡，以及施展才能的机会等等。但另一方面，人之命运也常常是由人自己造成的。正如古代诗人所说："每个人都是自身的设计师。"

有些时候，一个人的愚蠢恰是另一个人的幸运，一方的错误恰好造成了另一方的机会。正如谚语所说："蛇吃蛇，变成龙。"

炫耀于外表的才干徒然令人赞羡，而深藏不露的才干则能带来幸运，这需要一种难以言传的自制与自信。西班牙人把这种本领叫做"潜能"。所谓"潜能"，即一个人具有优良的素质，而且能在必要时发挥这种素质，从而推动幸运的车轮转动。

加图具有多方面的才能，因而，历史学家李维曾这样形容他说："他的精神与体力都是那样优美博大，因此，无论他出身于什么家庭，都一定可以为自己开辟出一条道路。"由此可以看出，只要对一个人深入观察，完全可以发现他是否可以期待遭遇幸运。幸运之神虽然是盲目的，但却并非是无形的。

作为个体，幸运的机会是不显眼的，但作为整体却像银河般光辉灿烂。同样，一个人也可以通过不断做出细小的努力来达到幸福，这就是不断地增进美德。

意大利人在评论真正聪明的人时，除了夸赞他别的优点外，有时会说他表面上带一点"傻"气。是的，有一点傻气，但并不是呆气，再没有比这对人更幸运的了。然而，一个民族至上或君主至上主义者的"傻气"却是不幸的根源。因为他们让别人替自己思考，走别人为自己设计的路了。

意外的幸运会使人冒失、狂妄，然而来之不易的幸运却不会如此，它使人成为伟大。

我们应该崇敬命运之神，最起码这是为了她的两个女儿——一位叫自信，一位叫光荣。她们都是幸运所产生的。前者诞生在自我的心中，后者降生在他人的心目中。

　　智者不夸耀自己的成功，他们把光荣归功于"命运之神"。事实上，也只有伟大人物才能得到命运的护佑。恺撒对暴风雨中的水手说："放心吧，有恺撒坐在你的船上！"而苏拉则不敢自称为"伟大"，只称自己为"幸运的"。从历史可以看到，凡是把成功完全归于自己的人，结局常常都是很不幸的。例如，雅典人泰摩索斯总把他的成就说成："这决非幸运所赐。"结果又如何呢？他以后没有一件事是顺利的。世间确有一些人，他们的幸运，流畅得有如荷马的诗句。例如普鲁塔克就曾以泰摩列昂的好运气与阿盖西劳斯和埃帕米农达的运气相对比。但这种幸运的原因还是可以从他们的性格中得到发现。

论时机

◎培　根

幸运之机好比商品，只要错过机会，价格就将变化。它又像那位出卖预言书的西比拉，如果你遇到时不及时买，那么当你得知此书重要而想买时，书却已经不全了。

所以古谚说得好，机会老人先给你送上他的头发，当你稍有疏忽不慎让他溜走而再去抓时，就只能摸到他的秃头了。或者说他先给你一个可以抓的瓶颈，你不及时抓住，再得到的就是握不得一半的圆瓶身了。

若总能在事情的开端找到时机开个好头，其实是一种极难得的智慧。例如在一些危险关头，总是看来吓人的危险比真正压倒人的危险要多许多。只要坚强精神挺过最难的时机，那么以后的困难也就不显得太难了。

因此，当危险逼近时，善于抓住时机迎头痛击它要比犹豫躲闪更有利。因为犹豫的结果恰恰是错过了克服它的好机会。但也要注意警惕那种幻觉，不要以为敌人真像它在日光下的阴影那样高大，若要过早出击，反而会失去最有利的战机。

总而言之，善于识别与把握时机是极为重要的。在一切大事业上，人在开始做事前要像"顺风耳，千里眼"那样察视时机，而在进行时要像千手神那样抓住时机。特别是政治家，秘密的策划与果断的实行更是保护他的隐身盔甲。因为果断与迅速乃是最好的保密方法。要如同疾掠空中的子弹一样，当秘密传开的时候，事情却已经办成了。

求　知

◎培　根

　　求知可以作为消遣，可以作为装饰，也可以增长才干。

　　当孤独寂寞时，阅读可以消遣。当高谈阔论时，知识可供装饰。当处世行事时，知识能增进才干。有实际经验的人虽能够处理个别性的事务，但若要综观整体，运筹全局，却唯有掌握知识方能办到。

　　读书太慢会弛惰，为装潢而读书是自欺欺人，只按照书本办事是呆子。

　　求知可以改进人的天性，而经验又可以改进知识本身。人的天性犹如野生的花草，求知学习好比修剪移栽。学问虽能指引方向，但往往过于泛泛，还要靠经验来赋予形式。

　　狡诈者轻鄙学问，愚鲁者羡慕学问，聪明者则运用学问。知识本身并没有告诉人怎样运用它，运用的智慧乃在书本之外。这是技艺，不体验就学不到。

　　不可专为挑剔辩驳去读书，但也不可轻易相信书本。求知的目的不是为了吹嘘炫耀，而应该是为了寻找真理，启迪智慧。

　　书籍好比食品。有些只需浅尝，有些可以吞咽。只有少数需要仔细咀嚼，慢慢品味。所以，有的书只要读其中一部分，有的书只需知其中梗概，而对于少数好书，则要读通，细读，反复地读。

　　有的书可以请人代读，然后看他的笔记摘要就行了，但这只限于不太重要的议论和质量粗劣的书。否则一本书将像已被蒸馏过的水，变得淡而无味了！

　　读书使人充实，讨论使人机敏，写作则能使人精确。

　　因此，如果一个人懒于动笔，他的记忆力就必须强而可靠。如果一个人要孤独探索，他的头脑必须锐利。如果有人不读书又想冒充博学多知，他就必须很狡黠，才能掩饰无知。

　　读史使人明智，读诗使人聪慧，演算使人精密，哲理使人深刻，道德使人高尚，逻辑修辞使人善辩。总之，知识能塑造人的性格。

　　不仅如此，精神上的各种缺陷，都可以通过求知来改善——正如身体上的缺陷，可以通过适当的运动来改善一样。例如，打球有利于腰肾，射箭可扩胸利肺，散步则有助于消化，骑术使人反应敏捷，等等。同样，一个思维不集中的人，他可以研习数学，因为数学稍不仔细就会出错。缺乏分析判断力的人，他可以研习经院哲学，因为这门学问最讲究繁琐辩证。不善于推理的人，可以研习法律案例，如此等等。这种种头脑上的缺陷，都可以通过求知来疗治。

论迅速

◎培　根

急于求成的人是必须要小心的，要知道吃得太快会造成消化不良。

所谓真正迅速的人，是指做得成功而有效的人，而非仅仅是把事情做得快的人。譬如在赛跑中，优胜者并非步子迈得最急或脚抬得最高者；因此在事业上，迅速与否应该由工作质量来衡量。

某些人只追求表面上的快速。为了显示工作效率，就把并未结束的事草草了结。然而这往往是了而不结，其结果是一件本可以一次做完的事，却不得不回头重复多次。所以，有位伟人说得好："慢些，我们就会更快！"

然而另一方面，我们又应当追求真正的迅速。因为时间与事业的关系，有点像金钱与商品的关系。做事情费时太多，就意味着买东西付出了高昂的代价。古代的斯巴达和西班牙人是一向做事慢慢吞吞。因而有一句谚语说："我愿采用西班牙式的死法。"——意思是说，这样死亡可以来得慢一些。

别人在向你介绍情况时，最好首先耐心听，千万不要随意打断话头。因为话头一被打断，你便不得不从旧题上重复听一次。所以那些乱插话者，甚至比发言冗长者更令人讨厌。

对一句话或一件事的重复提出是浪费时间。但反复宣讲一件事的要点，使人易于抓住，效率也会由此上升。正如赛跑者不宜穿大袍，讲话不要过多拐弯抹角。这貌似谦虚，其实是在说废话。但应注意的是，对一个与自己意见不相投机者，讲话却有必要谦和而委婉，否则正像把盐撒入伤口，会使他持有的成见更深。

要追求卓越的迅速，就要善于安排工作的次序、分配时间和选择要点。只是要注意这种分配不可过于细密琐碎。善于选择要点就意味着不浪费时间，而不得要领的狂忙一阵等于乱放空炮。

做事最好的三个步骤——筹备、审议、执行。审议时应当博采众论、集思广益。但筹备和执行的人，应当是精简中的"极品"。

不要小看草案，它也是一个有助于提高效率的工具。即使这一草案在审议中被推翻，这也意味着事情有了进展，因为已否定了不可取的方案。这种否定犹如田野中的枯草，会作为以后新生植物的肥料。

听从理智

◎托尔斯泰

理智不能被判断，我们也无需判断它，因为我们大家不仅知道它，而且我们所能知道的只有理智。在我们的相互交往中，我们越来越坚信，这种普遍的理智，对于我们所有人来说都同样是必须的，对它的信心要大于一切方面的信心。我们坚信：理智是我们大家、我们这些活着的人结合在一起的唯一基础。我们从一开始就知道理智是第一可靠的，因此，我们之所以知道我们在世界上所知道的一切，正是因为这些为我们所知的东西同已被我们确切知晓了的理智规律相一致。我们知道，而且不可能不知道理智。的确不可能不知道它，因为它正是理性的生命——人不可避免地要遵照它的生活的规律。对人来说，人的理智是人的生命必须按照它才能实现的规律，这一点同其他事物的规律完全一样。动物按其自身规律生养繁殖，草木按其规律成长开花，地球与其他天体按自身规律旋转运行。而人们从自我之中知晓的规律，作为人的生命规律，同世界上所有外在事物的运动规律完全一样，它们之间只有一点差别：我们在自我之中知晓的规律，是我们自身应当去实行的东西，而外在现象中只有不受我们影响的、按规律自然实现的东西。我们对世界所知道的一切只是被我们看到的，在我们外部的天体、动物、植物、全世界中的一切，都是遵从着理智的。在外部世界中，我们看见了这种对理性规律的服从，我们从自身中知晓的这个规律，就是我们需要实现的东西。

关于生命，最常见的谬误就是把动物性肉体对自己规律的服从看成了人类的生命，这种服从不是我们进行的，而是被我们看见的。同我们的理性意识相联系的动物性肉体的规律，是无意识地在我们动物性躯体中实行的，就像它在树木、晶体、天体中实行的情形一样。但是，我们人的生命规律，即动物性肉体对理智的服从却是我们看不见，也不可能看见的规律，因为它还没有结束，而只是在我们的生命中不断被我们实现。遵守这个规律，是为了获得幸福，让动物性肉体服从理智的规律，这就是我们的生命。不理解人的

　　幸福和生命只在于让动物性肉体服从理性的规律，把动物性肉体的幸福和存在当作我们的整个生命，拒绝做人的生命注定要做的工作，那么，我们就会失去真正的人的幸福和真正的人的生命，而将我们所看见的我们动物性活动的存在去代替真正的生命和幸福的位置，这种存在是不依赖于我们而实行的，因此它不可能是我们的生命。

时 钟

◎高尔基

一

滴—嗒 滴—嗒！

在万籁俱寂的夜里，独自一人倾听钟摆冷漠无情、连续不断的滴嗒声，是会觉得阴森可怕的。这种声音单调一律，像数学一样精确，永远重复着一句话：生活在不知疲倦地前进。黑暗和睡梦笼罩着大地，万物默默无声，——只有时钟冷冷地、大声地向人们报告分秒的逝去……。钟摆在滴嗒作响，每一响都标志着生命缩短一秒钟，标志着大自然赋予我们每人生命中的一瞬已经一去不复返了。这些分分秒秒是从何处来，又向何处去？谁也回答不了这个问题……还有许多别的、更重要的问题没有答案，而我们的幸福却又取决于这些问题的解答。怎样生活才能觉得自己是生活所需要的人？怎样生活才能不失掉信念和愿望？怎样生活才能使度过的每一秒钟都能激励我们的精神和智慧？永无休止地运动着的时钟也许有一天会回答这一切？——它会说些什么呢？

二

滴—嗒 滴—嗒！

世上没有比时钟更冷漠无情的了：它总是那样节奏准确地响着，在你诞生的时候是如此，在你贪婪地摘下青春幻想花朵的时候也是如此。人从出生之日起，每过一天便向死亡靠近一步。而在你濒死语梗时，时钟也将枯燥地、无动于衷地计算着你末日的分秒。在它冷冰冰的计算中——请仔细听——响着一种因洞悉一切而感到慵困倦怠的声音。自古至今任何东西也不曾使它激动、使它感到珍贵。它是冷漠无情的。所以，如果我们想生活，就必须为自己创造出另一种时钟，思想感情丰富的、勇于行动的时钟，来代替这种乏味、单调、以其阴郁伤人心神、含有责备意味冷冷作响的时钟。

三

滴—嗒 滴—嗒！

在时钟不知疲倦的运动中没有静止点，——什么东西我们能称做"现在的"呢？一秒刚诞生，第二秒便随之而来，把前者推进到未知的深渊……

滴—嗒！你是幸福的。滴—嗒！痛苦的灼人的毒液又流进你的心房。如果你不想方设法用新的、充满活力的东西充实你生活的每一秒钟，这痛苦就可能成为你终生的伴侣，伴随你度过生命的分分秒秒。苦难是诱人的，这是一种危险的特殊享受。有了它，我们通常便不再寻找别的、更崇高的做人的权利了。然而这种苦难因为触目皆变得身价低廉，已不为人们所注目了。所以，苦难未必值得珍视，——应该用一些更独特、更可贵的东西来充实自己，——不是吗？苦难——是一种跌了价的黄金。不应该向任何人报怨生活：安慰的话语中很少包含着人们寻找的那种东西，生活只是在人们同妨害他们生活的东西斗争时，才会变得更丰富、更有趣味。在斗争中那些烦人的、枯燥的时间会在不知不觉中飞逝而去。

四

滴—嗒 滴—嗒！

人的生命短得可笑。怎样生活？一些人千方百计逃避生活，另外一些人把自己整个身心献给了它。前一种人在晚年时精神空虚，无所回忆；后一种人精神和回忆都是丰富的。两种人都要死去，如果他们不把自己的智慧、身心无私地献给生活，他们在世上都会一无所留……而当你们濒临死亡时，时钟将无情地计算你们弥留的时刻——滴嗒！就在同时，每秒钟又会有新人诞生。可你已经不在人世，除了你的躯体，你的任何东西都不会在生活中留下，而这躯体也将腐烂发臭。机械呆板的造物者把你投胎世界，而后又把你拖离人间，如此而已，——难道你的尊严能不为此恼怒吗？假如你是骄矜的，因顺从时间的秘密使命而感到屈辱，那就在生活中加深对自己的认识吧！想一想你在生活中扮演的角色：一块制成的砖，静静地躺在一座楼房内，后来变成了粉末，消逝不见了……做这样一块砖是乏味的，庸俗的，是不是？如果你有智慧和精神，如果你想体验生活中那些美好的、思想感受丰富的动荡时刻，就不要同这块砖一样吧！

五

滴—嗒 滴—嗒！

如果你仔细思考一下，在这时钟无限的运动中你本身具有多大价值，——你会认识到自己是微不足道的，并因而心情沉重。这种意识会使你觉得是受了侮辱！这种意识将唤起你的骄矜，你将对贬低你的生活产生敌意，并宣布同它斗争。以什么名义呢？当大自然剥夺了人类用四肢爬行的能力时，又给了他一根拐杖，这就是理想！从那时起他就无意识地、本能地追求美好的东西，天天向上。把这种追求变成自觉的吧，让人们懂得，只有在对美好事物的自觉追求中，才有真正的幸福。不要埋怨自己无能，什么也不要埋怨。你的诉苦给你带来的只能是精神贫乏的人们的怜悯和施舍。人们都是同样不幸的，但是最不幸的还是那些用不幸来美化自己的人。这些人比任何别人都更渴求对自己的赏识，可又偏偏最不值得别人青睐。向前、追求——这才是生活的目的。让整个生活都成为一种追求吧，届时生活中将出现一种高度美好的时刻。

六

"人的道路既然遮隐，神又把他四面围困，为何有光赐给他呢？"这是老约伯（《圣经》中的人物）问上帝的话。现在已经没有这样勇敢的人了，他铭记自己是上帝的儿女、是按照上帝的模样创造出来的，敢于像老约伯那样质问上帝。现在的人们自视卑贱。他们并不怎样热爱生活，甚至不会热爱自己。然而却惧怕死亡，虽然人所共知死亡是不可避免的。不可避免的东西总是合乎规律的。须知从人在地球上出现时起，死亡的过程便已开始，是该明白这一真理的时候了。意识到此生不虚，可以消除对死亡的恐惧；忠诚走过的生活道路，会给人一个安宁的结尾。滴—嗒……人死后只有他的事业留存下来，他的时刻同他的愿望一起中断了，而另一种时刻，对他的生活作出评价的严峻时刻将接踵而至。

七

滴—嗒 滴—嗒！

其实，在这矛盾错综、充斥着谎言和仇恨的世界上，一切都是非常简单的。如果人们能互相洞察内心和各有知己，那么一切就会变得更加简单。

独自一人总是渺小的，除非他是一位伟人。我们应当互相了解：因为我们思想要比我们说话明智、清晰得多。人要想在别人面前敞开心房，却痛感言辞贫乏，生活中很多伟大、重要的智慧都湮灭了，完全归咎于不能及时找到所需的表达形式。诞生了一种思想，极欲把它体现在语言之中，清晰有力的语言之中……然而竟找不到恰当的言辞。

更加关心思想吧！帮助它诞生吧！你们的这种劳动会得到酬报的。在一切事物中都包含着思想——甚至在石头缝中也会发现它，只要你有这种愿望。只要人们想获得一切，就能获得一切；只要他们想成为生活的主宰，就可以成为主宰，而不是像现在这样，做生活的奴隶。只要有生活的愿望，骄傲地意识到自己的力量，整个生活便会成为充分表现精神力量的时刻，创造令人惊叹的神圣的丰功伟绩的时刻——美妙的时刻，伟大的时刻。

八

滴—嗒 滴—嗒！

精神坚强的、勇敢的人们，——献身于真理、正义和美的人们万岁！我们不认识他们，因为他们是高傲的，不求奖赏；我们看不到他们是如何欢乐地燃烧着自己的心。他们用耀眼的光辉照亮生活，使盲人看见了天日。应该让更多的盲人能看到天日，应该让所有的人都能看到他们的生活是多么荒谬、不公正、不合理，对这种生活觉得可怕和厌恶。能主宰自己愿望的人万岁！全世界——都在他的心中，全世界的痛苦，全人类的苦难——都在他的心灵里。生活的罪恶和污浊，生活的谎言和残忍——是他的敌人；他把自己全部的时刻慷慨地献给斗争；他的生活充满着狂烈的欢乐，美妙的愤怒，高傲的不屈不挠精神……不吝惜自己——这是世界上最骄傲、最美的智慧。不吝惜自己的人万岁！只有两种生活方式：腐烂和燃烧。胆小鬼和贪婪之徒选择前者，勇敢和慷慨无私的人选择后者；每个热爱美的人都清楚，伟大寓于何处。

我们生活的时钟是空虚、乏味的时钟；不要吝惜自己，让我们用美丽的功勋来充实它吧，唯有如此我们才能感受到充满欢乐悸动、洋溢炽热豪情的美妙时刻！不吝惜自己的人万岁！

奥林匹克精神

◎顾拜旦

联邦主席先生、女士们、先生们：

5 年前，来自世界各国的代表聚会在巴黎——1894 年宣布恢复奥林匹克运动会的地方——同我们一起庆祝恢复奥林匹克运动会 20 周年。在过去的这 5 年内，世界崩溃了。虽然奥林匹克精神经历了这 5 年内所发生的一切，但是，她没有恐惧，没有斥责，也没有成为这场劫难的牺牲品。豁然开阔的前景证明一个崭新的重要角色正等待着她。

奥林匹克精神为逐渐变得镇静和自信的青年所崇尚。随着昔日古代文明力量的逐渐衰退，镇静和自信成为古代文明更宝贵的支撑；它们也将成为即将在暴风雨中诞生的未来新生文明必不可少的支柱。现在，镇静和自信却不是我们的天然伙伴。人自幼就开始担惊受怕，恐惧终身伴随着他，并在他走近坟墓时猛烈地将他击倒。面对如此擅长扰乱他工作和休息的天敌，人学会了反对的勇气这一曾为我们的祖先所崇尚的品德。你能想象当代人让勇气之花在他们手中凋谢吗？我们知道今后该如何去思考这个问题。

但是，勇气仅是造就时势英雄的尚武德行。正如我以前在一篇教学论文中所说的，根除恐惧的真正良药是自信而不是勇气。自信总是与它的姐妹镇静相辅相成。因此，我们再回头来看刚才提到的奥林匹克精神的实质以及把奥林匹克精神同纯粹的竞技精神区别开来的特性。奥林匹克精神包括但又超越了竞技精神。

我想对这一不同之处作出详细阐述。运动员欣赏自己作出的努力。他喜欢施加于自己肌肉和神经上的那种紧张感，而且因为这种紧张感，即使他不能获胜，也会给人以胜利在望的感觉。但这种乐趣保留在运动员内心深处，在某种程度上只是自得其乐。那么设想一下当这种内心的快乐向外突发与大自然的乐趣和艺术的奔放融合在一起，当这种快乐为阳光所萦绕，为音乐所振奋，为带圆柱形门廊的体育馆所珍藏时，该是何等情景呢？这就是很久以前诞生在阿尔弗斯（Alpheus）河岸边的古代奥林匹克精神绚丽的梦想。在过去几千年里，正是这一迷人的梦想使古代世界凝聚在一起。

现在，我们正处于历史的转折关头。人类渴望进步，但又常常因某个正确思想被夸大而被引入歧途。青少年往往为陈旧、复杂的教学方法，愚蠢的放纵和鲁莽的严厉相交替的说教，以及拙劣肤浅的哲学所束缚而失去平衡。我想这就是为何要敲响重开奥林匹克时代的钟声的原因。人们早就希望能够复兴对强健肌肉的献祭。我们把盎格鲁-撒克逊人的运动功利主义同古希腊留传下来的高尚、强烈的观念结合起来，开辟奥林匹克新时代。在对纽约和伦敦举办奥运会的现实可能性作出评估后，我为这一意外的合成物向不朽的希腊祈求一剂理想主义的良药。先生们，这就是 15 年的成就于今天凝成的杰作——刚才你们还向她表达了敬意。

如果你们的赞美之词是向为之工作的人说的，我将感到羞愧。这个人没有意识到他应受这样的赞扬，因为他仅仅是凭一种比其意识还强大的直觉在行事。但他愉快地接受对奥林匹克理想的赞美之辞，他是这一理想的第一个信徒。

我刚才回忆起 1914 年 6 月的庆典。当时，我们似乎是在为恢复奥林匹克的理想变成现实而庆祝。今天，我觉得又一次目睹她含苞怒放，因为从现在起，如果只有少数人关心她的话，我们的事业将一事无成。在那时，有这些人也许就够了，但今天则不然，需要触动怀有共同兴趣的大众。事实是，凭什么该把大众排除在奥林匹克精神之外呢？凭什么样的贵族法令将一个青年男子的形体美和强健的肌肉、坚持锻炼的毅力和获胜的意志同他祖先的名册或他的钱包联系起来呢？这样的矛盾虽然没有法律依据，但的确要比产生这些矛盾的社会更具生命力。也许该有一个由凶暴的军国主义支持的专制法令给它们予以致命的打击。

面对一个需要根据迄今仍被认为是乌托邦式的，但现在已成熟即可被使用的原则进行整顿的全新世界，人类必须吸收古代留传下来的全部力量来构筑未来。奥林匹克精神是这种力量之一，因为事实是仅有奥林匹克精神不足以确保社会和平，不能更加均衡地为人类分配生产和消费物质必需品的权利，甚至也不能够为青少年提供免费接受智力培训的机会，使他们能够保持自己的天赋，而不是停留在其父母生活的那种境况。但是，奥林匹克精神将依然为人类追求强健的肌肉所需要。强健的肌肉是欢乐、活力、镇静和纯洁的源泉。奥林匹克精神必将以现代产业发展所赋予的各种形式为地位最低下的公民所享受。这就是完整、民主的奥林匹克精神。今天我们正在为她奠定基础。

这次庆祝仪式是在极为祥和欢乐的气氛中举行的。古老的赫尔维希亚（Helvetian）联邦最高委员会及其尊敬的主席、被上帝和人类所爱的沃州（Vaudois）地区的资深代表、这个最慷慨和热情好客的城市的领导人士、享誉世界的歌星以及一支精心挑选的朝气蓬勃的体育队伍聚集在这里，为这次盛会树立了历史性、公民精神、自然性、青春和艺术性五重声誉。

愿喜爱勇敢者的幸运之神厚待比利时人民。不久前，比利时在申办明年的第七届奥运会这一殊荣时作出了高贵的姿态。

目前的时势依然很严峻。即将破晓的黎明是暴风雨过后的那种黎明，但待到日近中天时，阳光会普照大地。黄褐色的玉米又将沉甸甸地压在收获者的双臂。

每一天的决战

◎池田大作

人生如梦，而永恒的是生命。尽管生命转瞬即逝，却比所有的财宝都珍贵。那么，将如此宝贵短促的生命无所事事地虚度是可耻的。对整个人类来说，为使命而活着的人是最为可贵的，而不知为何而生存的人是最为空虚的。彷徨的人只不过在别人眼中是自由的，对不得不彷徨于路的人来说，他没有了生存的根基，生活只是在打发着一个个充满不安和内心空虚的苦恼日子。人生没有使命感则不免陷入彷徨。

即使在今世看来比较理想的人生观，若站在上一级宇宙的高度来考察，就会产生疑问：这个人生观是正确的吗？显然，这个问题是极其艰深的。必有一个宇宙至高的，或者说代表生命本源的法则，所谓命运，不就是人们从法则那儿得到的报应吗？

人类生命中有一个像最大公约数一样的共同基础，那是生命的支柱，只有在这个基础之上，人们的才能、天分才会得到发挥。倘若一个人最本质的基础失去了，即使再杰出的才能也会枯竭，甚至连生存的力量都会耗尽，从而不得不走向衰亡。人类生命中这种必备因素是与生俱来的，熟知人的本质基础之后，才能去寻找可充分发挥个性的合适场所。

"既然成为人，竭尽全力生存是唯一的选择。"把这一条当作焦点来观察一个人，就会发现，外表的不同都是枝节。去掉这些枝节，只会剩下人类生命的赤裸裸的胴体。要判断他的人生价值，这是唯一的标准。

人生犹如建设，一旦停止建设，人生就会烟消雾散。

对自己眼下能做的事情不付出全力的人，是没有资格谈未来的。一个人必须点燃起自己对眼前工作的热情。因为人首先得稳稳地站住脚跟，才能进行下一次大飞跃。

想一想，一天只有二十四小时，即使利用交通工具跑得再快，这一点也是不能改变的。因此，不管在哪里，不管怎样做，只有自己的"存在"才是确实的。怎样充实这个自我呢？这就看你怎样充实每一天。甚至是否能使自己的人生丰富多彩，是否能在社会上拥有主动权，都取决于你对每一天的充实。有利的环境本身是单调的，如果你设法利用这些有利因素，使自己的人生变得充实起来，这种脑力劳动本身就是丰富多彩的。

人们每一天都在决战，昨天的成功，并不能保证今天的胜利，昨天的挫折不一定就导致今天的失败。关键是看你能否把每时每刻都把握住。所有的努力加在一起，它的本质就是你的机会和才能，这才是你一生的总决战。

论时光

◎纪伯伦

于是一个天文家说：时光怎样讲呢？

他回答说：

你要测量那不可量、不能量的时间。

你要按照时辰与季候来调节你的举止，引导你的精神。

你要把时光当作一条溪水，你要坐在岸旁，看他流逝。

但那在你里面的无时间性的"我"，却觉悟到生命的无穷。

也知道昨日只是今日的回忆，而明日只是今日的梦想。

那在你里面歌唱着、默想着的，仍住在那第一刻在太空散布群星的圈子里。

你们中间谁不觉得他的爱的能力是无穷的呢？

又有谁不觉得那爱，虽是无穷，却是在他本身的中心绕行，不是从这爱的思念移到那爱的思念，也不从这爱的行为移到那爱的行为么？而且时光岂不也像爱，是不可分析，没有罅隙的么？

但若在你的臆想里，你定要把时光分成季候，那就让每一季候围绕住其他的季候。

也让今日用回忆拥抱着过去，用希望拥抱着将来。

不同的追求

◎ 纪伯伦

你的思想把追逐名誉和出风头放在首位。

我的思想却要求我远离这些世俗的东西，像对待撒在天国海滩上的一粒粒沙子一样。

你的思想把傲慢和优越感灌输给你。

我的思想却让我对和平充满热爱，对独立充满渴求。

你的思想尽做美梦，梦见缀满珠宝的檀香木家具和丝线织成的床。

我的思想却一再告诉我：“即使你的头没地方靠，也要保持身体和精神的洁净。”

你的思想把祈求官阶和地位放在首位。

我的思想却要求我谦卑地为他人服务。

你有你的思想，我有我的思想。

你的思想是社会的科学，是一部宗教和政治词典。

我的思想却是一条简单的公理。

你的思想使你把漂亮的女人、丑陋的女人、善良的女人、卖身的女人、有文化的女人和愚蠢的女人挂在嘴边。

我的思想使我把天下所有女人都当作是男人的母亲、姐妹或女儿。你的思想里的臣民全部由小偷、罪犯和谋杀者充当。

我的思想断言小偷是垄断的产物，罪犯是暴君的后代，谋杀者和杀人者皆属同类。

你的思想把法律、法庭、审判和惩罚作为描述对象。

我的思想则解释人们在制定法律的时候，既不想违犯它也不想遵守它。若有一条基本的法律，那么，我们在它面前必须得到同样的对待。

你的思想把有技巧的人、知识分子、艺术家、哲学家和牧师当作关心对象。

我的思想却对爱情、挚爱、诚实、真诚、坦率、仁慈和牺牲作大幅宣传。

你的思想拥护犹太教、婆罗门教、佛教、基督教和伊斯兰教。

我的思想里却把一个普通的宗教奉为法典，它的各种不同的途径只不过是上帝仁慈的手指。

在你的思想里有富人、穷人和乞丐。

我的思想里却只有生活，而无财富，我们全是乞丐，没有慈善者存在，只有生活本身存在。

你有你的思想，我有我的思想。

第四部分

最终的目标

永久的憧憬和追求

◎萧 红

1911 年，在一个小县城里边，我生在一个小地主的家里。那县城差不多就是中国的最东最北部——黑龙江省——所以一年之中，倒有四个月飘着白雪。

父亲常常为着贪婪而失掉了人性。他对待仆人，对待自己的儿女，以及对待我的祖父都是同样的吝啬而疏远，甚至于无情。

有一次，为着房客租金的事情，父亲把房客的全套的马车赶了过来。房客的家属们哭着诉说着，向我的祖父跪了下来，于是祖父把两匹棕色的马从车上解下来还了回去。

为着两匹马，父亲向祖父起着终夜的争吵。"两匹马，咱们是算不了什么的，穷人，这两匹马就是命根。"祖父这样说着，而父亲还是争吵。

九岁时，母亲死去。父亲也就更变了样，偶然打碎了一只杯子，他就要骂到使人发抖的程度。后来就连父亲的眼睛也转了弯，每从他的身边经过，我就像自己的身上生了针刺一样；他斜视着你，他那高傲的眼光从鼻梁经过嘴角而后往下流着。

所以每每在大雪中的黄昏里，围着暖炉；围着祖父，听着祖父读着诗篇，看着祖父读着诗篇时微红的嘴唇。

父亲打了我的时候，我就在祖父的房里，一直向着窗子，从黄昏到深夜——窗外的白雪，好像白棉一样飘着；而暖炉上水壶的盖子，则像伴奏的乐器似的振动着。

祖父时时把多纹的两手放在我的肩上，而后又放在我的头上，我的耳边便响着这样的声音：

"快快长吧！长大就好了。"

20 岁那年，我就逃出了父亲的家庭，直到现在还是过着流浪的生活。

"长大"是"长大"了，而没有"好"。

可是从祖父那里，知道了人生除掉了冰冷和憎恶而外，还有温暖和爱。

所以我就向这"温暖"和"爱"的方面，怀着永久的憧憬和追求。

不能骄傲

◎茅　盾

骄傲！这是个坏名词，没有一个人肯受；却没有几个人能够真真不犯着。我且费些工夫，一件一件讲出来。

有人承受了父祖的家当，鲜衣美食，吃不完，用不尽，看着那些苦人吃了朝饭没夜饭，挨过了夏天挨不过冬，狗还不如，他却要什么有什么，满足极了，便骄傲起来。诸位！这等人该骄傲么？他的好吃好著哪里来，是自己挣来的么？他不过偶然生在富家罢了，也是和贫人一样的一个人呀！贫人虽贫，自食其力，不敬重他却看轻他，应该么？富家的儿子一面承受了家当，好吃好用；一面却也承受了一副娇嫩的身子，好吃懒做的脾气，一旦父母亡故，家产荡尽，那时……欲求苦苦活着也不能够！想到这里，我欲问天下的富家儿，能再骄傲么？

再看有一白手创家当的人，小时吃了千万辛苦，难得一旦时来运济，大丈夫有伸头的日子，钱有了，气派便也不同了，不但贫贱时的朋友不认得，亲戚也不认识了，这等人的骄傲，应该么？他的钱是自己挣的，那是不差的，不过你晓得他的钱是哪里来的呢？有许多是刮了苦人身上来的，有许多是卑颜屈膝求了来的，有许多是欺诈恐吓抢了来的，这都是正大光明来的吗？也配来骄傲么？

有些人钱是来得正路了，本事也有些，但是他仍是不该骄傲，为什么？因为你有一万的固然可以骄傲一个大钱也没有的，但是他有十万百万千万的便可以骄傲你，倘然人家骄傲你时你不愿意，你也不要来骄傲人家罢！况且人生目的，是不是掳了几个钱就算数，是不是还有更大的事情等着"人"去做？

以上这几种人，他们脑子里是被肉欲金钱装满了的，他的人生目的只是如此——衣求其美，食求其精，居求其高大，肉欲求其泄罢了！一旦觉得我有人家没有，自然欲骄傲，我记得庄子有段寓言道，鸱鸟得了个腐鼠，当他宝货，鹈鹕从天上飞过，鸥鸟见了，便骄他道"嚇"；又如小孩子得了一个饼，见大人看着便举起饼来夸耀，大人几曾希罕这个饼来，小孩子却不知道！鸥鸟和小孩子这种行为，我们看了可笑不可笑？然则以富贵骄人的可怜人，在心地清白的人看来，简直也和鸥鸟小孩子一样的可笑罢！

这班人正如尼采所说，"粪窖里的粪蛆虫，这个爬到那个身上，自以为得意极了！"我们唇清口白，不犯着多说来污嘴！我们且看高一等的读书人如何。

还有些读书人，自以为有学问有知识，便看不起别人，对于同道更甚，"文人相轻"，是最坏的一种习气，他们这种骄傲，自损自的人格，原不必我们来多说，不过世间有了什么"党"什么"派"，好好的事情，弄成"意气相持"，胡闹散场，都是发源于这小小骄傲，这罪恶也就够大了！更有些存心向善的无知识人，因为被他们这种难看的神气刺戟，便爽性愈趋下，变为小人；这种例子也多到不可胜举，我们中国穿长衫人和穿短衫人每每不能融洽，便也受了这害处！

我们更进一步讲，学问是看不见底的；在此时此地，也许某甲是第一个有学问的人，过了几时，换了个地方，也许就算不上了。况且天地间的事，我们人类不知所以然的多着呢！自古至今，我们人类所得的知识，究竟占了天地间全部知识的几分几，没有一个人敢说定；可知人在自伙里虽然觉得你高我低，若和天地间无尽藏的真理一比，还不是五十步与百步之差么？

我有个比喻，天地间知识的全部算他一丈，人类最高的得他二分。二分看一分，自然觉得多了不少，但是同一丈一比，简直不见什么差异啊！如此说来，骄傲二字非但不可，简直是不应该。

明白人，决不骄傲；骄傲的决不是真明白人。列位倘然想做真明白人，奉劝把一切的骄傲思想都放弃了罢。否则，在你是得意，在别人看来，觉得你受这恶性的支配，做恶性的奴隶，正是怪可怜的啊！

新中国的奇迹与诺贝尔奖

◎杨振宁

崔琦获得 1998 年诺贝尔奖的消息，虽然不出乎物理学界的意料，仍然给我带来了极大的欢欣。我相信这是所有华裔人士的共同感受。

1982 年崔琦和两名合作者发现了 FQHE，这是近年来量子物理学中完全出乎意料的重大发现，将电流在磁场中的量子现象引入了新的领域。因此对物理学界来说，崔琦会得诺贝尔奖早已是意料中事。

崔琦是香港培正中学毕业的。培正在 20 世纪五六十年代培养了极多人才。为什么一所中学在那样困苦的经济环境中能那样成功，是值得我们深思的。

这里面原因很多，但是我想一个重要原因是当时英国殖民政策有形无形地压迫港人，激起家长们的愤恨，纷纷将子女送入华文学校，所以最好的几所华文中学拥有当时最好的香港中学生。

这两年朱棣文与崔琦在美国连获诺贝尔奖，引起报章杂志上许多讨论：为什么还没有获奖的科学家在中国人的土地上出现？这是很值得讨论的问题，是一个重要的问题。可是讨论时不能意气用事，不能扯进其他问题，要就事论事，要从长远历史观点来讨论：

一、科学研究要有传统，要有实验，要有经济基础。在中国人的土地上，这些条件在 20 世纪 50 年代以前都没有。这是近 500 年来历史所遗留下来的史实。

二、中国的科技发展，一般人常以为是不成功的，其实这是十分错误的结论：20 世纪初，中国可以说完全没有近代科技知识，真正"从零开始"。到了 20 世纪 60 年代竟造出"两弹一星"，这个发展速度是真正的奇迹。历史上只有日本自 1868 年明治维新开始的高速现代化可以媲美。

三、讲到基础科学，1958 年到 1964 年间中国科学家成功合成胰岛素，领先世界，是完全可以得到诺贝尔奖的成就。可是因为当时中国与世界隔绝，所以此成就未获奖。事实上此成就不只在学术上领先世界，从学术发展历史上看也是一个真正的奇迹；他们开始时万分困难，连气基酸都要进口，所以他们的成功确实是"从零开始"，是科学史上罕见的快速突破。

四、近年来许多人曾讨论的另一个问题是：为什么在生物学与医学界至今仍然没有华裔获奖者？我的看法是这只是时间问题。相信10年内会有华裔科学家获生物医学奖。

近代生物学与医学是十分广泛的学问，发展方向极多，一时不容易打进去。20世纪50年代在数学、物理学与工程方面华裔的贡献已经很多了，很受到国际的注意，而在生物学与医学的西方杂志中，华人的名字出现得还不太多。可是七八十年代以来，情形已经完全不同了，华人已经打入世界生物学与医学界的前沿；简悦盛、徐立之、何大一和好几位其他生物学与医学研究者，我想已经被提名到诺贝尔奖金委员会多次了。华裔科学家获生物医学诺贝尔奖，应该是不久以后会再度引起我们极大欢欣的新闻。

五、回到刚才所提到的一个问题：为什么还没有获奖的科学家在中国人的土地上出现？我的看法是：这也只是时间的问题。基础科学前沿发展极快，要赶上去，而且要超越世界级的研究中心，不是容易的事。可是纵观20世纪近代科学在中国人的土地上发展的历史，就会认识到这个发展非常快速，以此速度赶超，在中国人的土地上发展出可获得诺贝尔奖的科学家我想应该是20年之内的事。希望我能看到这一天。

论超脱

◎雷　达

常常见到有人宣称"我很超脱"，却又发现他因为没有在主席台就座而面露愠色；又见有人劝谕别人"你要超脱"，自己却忽然因在人生竞技场上的失利而抑郁成疾。于是我想，世间只有相对的超脱者，难有绝对的、纯粹的超脱者，这大约是世界的物质性所决定的。

超脱之难难在：口头上超脱易，行为上超脱难；理智上超脱易，潜意识超脱难；暂时超脱易，长久超脱难；独处时超脱易，攀比时超脱难；无直接利害超脱易，关乎切身利益超脱难；希望渺茫时超脱易，临近成功边缘时超脱难；在公平原则面前超脱易，在公平的幌子下暗藏不公平时超脱难；在有所补偿时超脱易，在毫无回报时超脱难；健忘、浑噩者超脱易，精明、内向者超脱难；心直口快的"不超脱者"超脱易，常以"超脱相"示人者超脱难；在一时一事上超脱易，在基本生存需要上超脱难。

例如，遇到职务、职称、分房、调资之类的关隘，便是考验超脱与否的重要契机，有时候，不管多么善于克制，欲望还是透过意识的或潜意识的、口头言语的或身体语言的多种途径，顽强地浮现出来。即以职称而言，除了利益成分，还包含着脸面、荣辱、灵魂的安顿，社会的评价，它激起的心理波澜就尤为剧烈。明白事理和灵魂能否开释并非一回事，看重长远价值者，未必能忍受几分钟的屈辱，因而超脱常常是离开规定情景以后的反思。

超脱有真超脱与伪超脱之分：真超脱者眼睛盯着天空的繁星，脚下难免不踩进泥坑；假超脱者眼睛盯着地上的名位利禄，却做出飘飘欲仙的样子。

超脱又有消极超脱与积极超脱之分：消极超脱借"超脱"之名压制正当的个人欲望，用吃亏是福、忍字为上之类的麻药使人昏沉，好让旧秩序和强盗们大摇大摆地通过；积极的超脱把人民的或人类的祸福置于眼前，把永恒的价值放在额顶，或拼死力争，或心系一念，自然忘怀了个人的得失。积极的超脱唯有少数大智慧大境界者方能靠近，古人有之，今人也有之，可以是政治家、军事家，也可以是宗教家、艺术家、隐逸者。

　　超脱不只存在于玄想中，它更是一种实践过程。林则徐云：观度量，在喜怒时；观操守，在利害时；观存养，在纷华时。诚为欲超脱者遍历沉浮之彻悟语。

目的要纯正

◎罗　兰

我们无论做什么事，都要以这件事本身的目的为目的，才有成功的可能性。如果不以这件事本身的目的为目的，而把其他附带的目的当作重点，那么这件事就会走入歧途。不但这件事的本身无法得到预期的成功，就连你那附带的目的也会因你当初所持态度的不纯正而遭到失败。

以结婚选对象为例，按理说，这件事所应考虑的条件应该是双方的健康情形，人品好坏，工作能力，知识程度，身家是否清白，二人性情是否相投等等。如果这些条件能够通过，才可能是美满的婚姻。如果你在选择对象的时候，抱了其他附带的目的，如贪图对方的财势，希望由对方的社会关系得到什么好处，或为了某种虚荣；那么，你的目的就不纯正。目的不纯正，决定的时候就有偏差。该考虑的未曾考虑，不该重视的倒重视了。结果，最能影响婚姻幸福的条件被附带的目的所蒙蔽而忽略了，未予考虑。婚后才发现两人合不来，对方性格中有大缺点，或健康上有大问题。那么，不但这婚姻是注定失败；而且当初那附带的目的也必定由于这婚姻本身的失败而一同垮台。这是一个很明显的例子，也是最常见的例子，证明如果我们对事情所抱的目的不是这件事本身所应有的目的，它就难免会失败。

其他的事情也是一样。

譬如说，一位艺术家，他所从事的是艺术。那么，无论他的环境如何，他对艺术所抱的目的应该始终如一。他要表现最真挚的情感，要锤炼最圆熟的技巧，要忠于他的工作，决不为外在的名或利所诱惑。他的目的就是要完成他所做的每一件艺术品。这时他才能集中全力，心无二用，目的才能纯正，作品才有灵魂。如果一旦他抱了用艺术来换钱、来成名的目的，他的心力就分散了。他可能会分心去应酬，去奔走钻营，去追求时髦的流派，或故意作怪以求惊世骇俗，而忘了从自己真诚的内在去寻求、去体现。由于分心名利，路线必有偏差，路线一有偏差，成功的目的就离他远了。

　　此外还有许多实例可以为我们证明这一点，以升学来说，升学的目的是为了求知，以使自己具备更多的力量去达成自己的理想，或服务社会大众。这是升学的纯正目的。当选择学校、填写志愿的时候，按照这个目的所应考虑的是：自己的兴趣如何，各学校中自己所要就读的科系的设备如何，师资如何等等。而不是考虑"某某学校名气大，考取其中任何科系都可傲视乡里"，也不是考虑"我的女朋友希望我考取某校"或"将来出国是否容易申请奖学金"，更不是考虑某科系是热门或冷门。因为这些考虑的目的不纯正。目的不纯正，所做的选择就很难是自己真正的志愿；更很难是自己真正的爱好与专长。即使考取，读来也会痛苦。将来在这方面也必定跟不上那些真正想学和真正有兴趣去从事这方面工作的人们。结果将会一生都跟在别人后面做个"小悲哀"，而没有出头之日。

　　人的一生之中，几乎随时都有些事情需要做决定。当我们做决定的时候，所考虑的是否是这件事本身的意义，不但足以影响这件事当时的成败；也会影响我们一生的苦乐。

我们的富足

◎弗洛姆

20世纪中叶以后，许多有真知灼见的年轻人提出了这样的看法：我们的社会是不合格的。可能有很多人对此不以为然，说我们已经取得了举世瞩目的伟大成就，我们科学技术已经取得空前的进步。不错，但这只是事情的一个方面。另一方面是，这个社会已经证明它无力防止两次巨大的战争和许多局部战争，人与人相互残杀的野蛮行径，以及化学武器对地球的毒害，不仅纵容了而且实际上促进了导致人类走向自灭的进程。在人类的历史上，我们从来没有面临如此巨大的破坏潜力。这一事实指出了任何技术成就或尖端科学都无法阻止毁灭人类的进程，相反还有滋长的趋势。

在一个社会里，当科学发达得足以为你提供去月球访问，却不能正视并减小自身整个毁灭的危险时，那么——不管你是否乐意——这种社会就应被贴上无能的标签。不仅如此，它在威胁到地球生物的环境退化面前也是无能的。饥饿、瘟疫时刻威胁着印度、非洲，以及所有非工业化国家。但是，我们的反应仅是几次同情的演讲和一些空洞的姿态。之后我们继续过着穷奢极侈的生活，好像我们对这种生活后果缺少预见的智能。这种能力缺乏的具体表现已经动摇了年轻一代对我们的信任。因此，我认为，尽管我们这个极度成功的社会有众多长处，但这种对处理迫切问题的无能已经严重破坏了社会在民众中的形象。

通过对这种危机的观察，我想在此指出，即使在西方世界，我们也不是一个十分富足的社会。在美国，几乎有40%的人口生活在贫困线以下。那里分为两个阶层：一个阶层即上层社会的人们，生活在富足之中，而另一个阶层，它的贫困程度令无数人震惊。在林肯时代，巨大的社会区别显而易见地存在于自由人和奴隶之间，今天虽然不存在自由人与奴隶的区别，但其贫富差别是有过之而无不及的。

以上这些话，主要是针对富裕层面，对贫困者并不适用。他们还可能被这样的想法所迷惑：那些奢侈挥霍的人正过着天堂般的生活，穷人只是供富人们消遣和奴役的杂耍演员。这对少数民族来说同样如此，在美国对非白人来说尤其如此。超出这个范围，对于整个世界来说也不适用。对整个人类的2/3 也不适用，他们还没有从家长制的权威主义中解放出来。如果我们要为权威主义和非权威主义人口之间的关系画一个准确的图画，那就是，虽然现在富足的社会继续支配着今天的世界，但它必将面临不同的传统的冲击和一些新的能够改造现状的力量的冲击。

超越现实

◎亨利·梭罗

那在制度之外的，在最远一颗星后面的，在亚当之前的，或在末代以后的真理尤被人们尊崇。自然，在永恒中是有着真理和崇高的。可是，所有这些时代，这些地方和这些场合，都是此时此地的啊！上帝的伟大之处就在它存在于现实之中，尽管，时光已经逝去，也不会增添丝毫神圣。只有永远渗透现实，发掘围绕我们的现实，我们才能明白什么是崇高。宇宙经常顺从我们的观念，不论我们走得快或慢，路轨已为我们铺好。就让我们倾注所有精力去亲和了解它们吧。诗人和艺术家从未得到这样美丽而崇高的设计，但他们知道自己的一些继承者是能完成它的。

让我们放下，轻身自然地生活一天吧，不要因硬壳果或掉在轨道上的一只蚊虫的翅膀而出了轨。让我们黎明即起，不用或用早餐，平静而又无不安之感，由它去来，随钟去鸣，孩子去哭，——下个决心，好好地过一天。为什么我们要投降，甚至于随波逐流呢！好吧，就让我们与子午线浅滩上的所谓午餐之类的惊险与漩涡做较量并战胜它。熬过了这种危险，你就平安了，以后是下山的路。神经不要松弛，利用那黎明似的魄力，向另一个方向航行。如果汽笛啸叫了，让它叫得沙哑吧。如果钟响了，为什么我们要奔跑呢？我们还要研究它算什么音乐？

我们要静下心来干我们的事业，并让我们的脚在那些污泥似的意见、偏见、传统、谬见与表面中间迈步，这蒙蔽全地球的淤土啊，让我们越过巴黎、伦敦、纽约、波士顿，教会与国家，诗歌，哲学与宗教，直到我们达到一个坚硬的底层。那里的基石被我们称之为现实，然后说，这就是了，不错的了，然后你可以在这之上，在洪水、冰霜和火焰下面，开始在这里构建属于自己的王国，一切随心所愿，也许能安全地立起一个灯柱，或一个测量仪器，不是尼罗河水测量器，而是测量现实的仪器。让未来的时代能知道，谎骗与虚有其表曾多次被洪水冲积，然后留下了厚厚的淤泥。

　　如果你直立在事实对面，你就会看到太阳闪耀在它的两面，它好像一柄东方的短弯刀，你能感到它的甘美的锋镝正剖开你的心和骨髓，你也心满意足地愿意结束你的人间事业了。生也罢，死也罢，我们仅仅追求现实。如果我们真要死了，让我们听到我们喉咙中的咯咯声，感到四肢上的寒冷吧，如果我们活着，让我们干我们的事情好了。

生命之战

◎ 亨利·梭罗

在我们的整个生命中，善恶之间时刻都在进行着无休止的、惊人的精神性之战。善，是唯一的授予，永不失败。在全世界为之振奋的竖琴音乐中，善的主题给我们以欣喜。这竖琴好比宇宙保险公司的旅行推销员，宣传它的条例，我们的小小善行则是我们付的保险费。虽然年轻人最后总要冷淡下去，宇宙的规律却永远也不会冷淡，而且永远与敏感的人站在一起。这种谴责之辞随着西风四处传播，听不到的人是不幸的。我们每弹拨一根弦，每移动一个音栓的时候，都在向我们的心灵透着可爱的寓意。许多讨厌的声音听来却像音乐，而且传得很远。对于我们卑贱的生活，这真是一个傲然的可爱的讽刺。

我们知道，有一只野兽生存在我们的身体里，而且每个人都有。当我们的更高的天性沉沉欲睡时，它就醒过来了。这只野兽是很难整个驱除掉的。也像一些虫子，甚至在我们生活着并且活得很健康的时候，它们寄生在我们的体内。我们也许能躲开它，却永远改变不了它的天性。恐怕它自身也有一定的健壮。我们可以很健康，却永远不能是纯净的。有一天，我捡到了一块野猪的下腭骨，有雪白的完整的牙齿，它带有一种动物性的健康和精力。但是，这却是用其他方法得到的，而非节欲和纯洁。

"人之所以异于禽兽者几希，"孟子说，"庶民去之，君子存之。"如果我们谨守着纯洁，谁知道将会得到什么样的生命？如果我知道有这样一个聪明人，他能教给我洁身自好的方法，无论多么艰辛，我都会找到他。"按照吠陀经典的说法，能够控制情欲和身体的外在能，并做好事的话，是从心灵上接近神的不可缺少的条件。"然而，精神能够在瞬间渗透并控制身体上的每一个官能和每一个部分，而把外表上最粗俗的淫荡转化为内心的纯洁与虔诚。

如果我们放纵生殖的精力，我们将因此荒淫而不洁；如果我们克制它，将使我们精力洋溢而得到鼓舞。贞洁是人类的花朵，创造力、英雄主义、神圣等等只不过是它的各种果实。除非保证纯洁的海峡畅通，否则人决不会立刻奔流到上帝那里。

在我们的生命之中，一会儿纯洁鼓舞前进，一会儿因不洁而沮丧。自知身体之内的兽性在一天天地消失，而神性在一天天成长的人是有福的；一旦人与劣等的兽性结合在一起，接踵而来的羞辱将会无穷无尽。最令我担心的是，我们只是农牧之神和森林之神那样的神或半神与兽结合所产生的妖怪——饕餮好色的动物。

我担心，在一定程度上，我们的一生就是我们的耻辱。

真实的高贵

◎海明威

在波澜不惊的海平面上，你、我，甚至任何一个人都可以驾驭船只远航。但是，如果只有阳光而没有阴影，只有快乐而没有苦难，那就全然不是人生。即使以最幸福的人的境况来说，那也是一团缠结的纱线。

经历了失去亲人的痛苦又迎来幸运之事，让我们一阵悲哀，一阵愉快。甚至死亡本身会使人生更为可爱。在人生中的清醒时刻，在悲哀及丧失的暗影之下，人们最接近他们的真我。

我们必须承认，所有事物或事业中，智慧所发生的作用，不如品格；头脑不如心情；天才不如由判断力所节制的自制、耐心和规律。

我始终认为，如果一个人越追求内心深处的生活，他外在的生活就越简单，越朴素。在奢侈浪费的时代，我愿向世人表明，人类真正需求的东西应该是极少的。

懊悔自己的错失而不至于重犯，才是真实的悔悟。比别人强，并不算真正的高贵。比以前的自己强，才是货真价实的高贵。

我的梦中城市

◎德莱塞

我的梦中城市，它是沉默的，清冷的，静穆的。这也许是由于我实际上对于群众、贫穷及像灰砂一般刮过人生路途的那些缺憾的风波风暴都一无所知的缘故。这是一个可惊可愕的城市，这么的大气魄，这么的美丽，这么的死寂。这里有跨过高空的铁轨，有像狭谷的街道，有大规模升上壮伟城市的楼梯，有下通深处的通道，而那里所有的东西却奇怪得很，那就是下界的沉默。又有公园、花卉、河流。而过了二十年之后，它竟然在这里了，和我的梦差不多一般可惊可愕，只不过当我醒来时它是罩在生活的骚动底下的。它具有追逐、梦想、热情、欢乐、恐怖、失望等等的情感。通过它的道路、峡谷、广场、地道，是奔跑着、沸腾着、闪烁着、聚拢着的一大堆的存在，这都是我的梦中城市从来不知道的。

关于纽约——其实也可以说关于任何大城市，不过说纽约更加确切，因为它曾经是而且仍旧是非常与众不同的——在从前也如在现在，那使我感到有兴趣的东西就是它显示于迟钝和乖巧、强壮和薄弱、富有和贫穷、聪明和愚昧之间的那种十分鲜明而同时又无限广泛的对照。这之中大概数量和机会上的理由比任何别的理由都占得多些，因为别处地方的人类当然也并无两样。不过在这里，能够从中挑选的人类是这么的多，因而强壮的或那种根本支配着人的，是无比的强壮，而薄弱的也是那么的薄弱。

我有一次看见一个可怜的缝衣妇。她那失了神的眼睛没有半点光彩，粗糙的脸上叠着很多皱纹。她住在冷街上一所分租房子厅堂角落的夹板房里，用一个放在柜子上的火酒炉子在做饭。那间房子的空间，大概只够一个人迈上三步。

"我宁可住在纽约这种夹板房里，也不情愿住乡下那种十五间房的屋子。"她有一次发过这样的议论，说这话时，她那无神的眼睛放射出无限的光彩，这是我在她身上从来不曾看见过，也从来不再见到的。她有一种方法贴补她的缝纫的收入，就是替那些和她一样的下等人在纸牌、茶叶、咖啡渣之类里面望运气，告诉许多人说要有恋爱和财气了，其实这两项东西都是他们永远不会得到的。原来，这个城市的色彩、声音和光耀，哪怕只叫她见识见识，也就足够赔补她一切的不幸了。

其实我自己不是也曾感觉到过那种炫耀吗？现在不是仍然能感觉到吗？百老汇路，当四十二条街口，在这些始终如一的夜晚，城市被西部来的如云的游览闲人所拥挤。所有的店门都开着，差不多所有酒店的窗户都开得大大的，让那些无所事事的过路人可以观望。这里就是这个大城市，而它是醉态的、梦态的。一个五月或是六月的月亮将要像擦亮的银盘一样高高挂在高楼间。一百乃至一千面电灯招牌将街面照得如同白昼。穿着夏衣戴着漂亮帽子的市民和游人的潮水；载着大包小包的货品担负着无足轻重的使命的街车；像嵌宝石的苍蝇一般飞来飞去的出租汽车和私人汽车。还有那轧士林也贡献了一种特异的香气。生活在发泡，在闪耀；漂亮的言谈，散漫的材料。百老汇路就是这样的。

还有那五马路，那条歌中所唱的水晶的街，在一个有市集的下午，无论春夏秋冬，总是一般热闹。正当二三月间，春来欢迎你的时候，那条街的窗口都拥塞着精美无遮的薄绸以及各色各样的缥缈玲珑的饰品，还有什么能这样分明地报告你春的到来呢？十一月一开头，它便歌唱起洛杉矶、新开港以及热带和暖海的大大小小的快乐。直到十二月，这条马路上又将皮货、地毯，舞会和宴会，陈列得那么傲慢，对你大喊着风雪快要来了，其实你那时从山上或海边度假回来还不到十天哩。你看见这么一幅图画，看见那些划开了上层的住宅，总以为全世界都是非常的繁荣，无限地快乐的了。然而，你倘若知道那个俗艳的社会的矮丛，那个介于成功的高树之间的徒然生长的乱莽和丛簇，你就觉得这些无边的巨厦里面并没有一件事情是完美而崇高的了！

我常常想到那数量巨大的下层人，那些除开自己的青春和志向之外再没有东西推荐他们的男孩子和女孩子，时时刻刻将他们的面孔朝着纽约，侦察着那个城市能够给他们怎样的财富或名誉，不然就是未来的位置和舒适，再不然就是他们将可收获的无论什么。啊，他们的青春的眼睛是沉醉在它的无穷的希望里了！于是，我又想到全世界一切有力的和半有力的男男女女们，在纽约以外的什么地方勤劳从事着这样或那样的工作——一间店铺，一个矿场，一家银行，一种职业——唯一的志向就是要去达到一个地位，然后靠他们的财富进入并居留纽约，然后过着支配大众的奢侈生活。

　　你就想想这里面的幻觉吧，真是深刻而动人的催眠术哩！强者和弱者、聪明人和愚蠢人、心的贪馋者和眼的贪馋者，都怎样的向那庞大的东西寻求忘忧草，寻求迷魂汤。我每次看见人们似乎愿意拿出任何的代价——拿出那样的代价——去祈求品尝这口毒酒，总觉得十分惊奇。他们是展示着怎样一种令人心痛的热心。美愿意出卖它的花，德性出卖它的最后的残片，力量出卖它所能支配范围里面一个几乎是高利贷的部分，名誉和权力出卖它们的尊严和存在，老年出卖它的疲乏的时间，以求得这一切中一小部分东西，以求触摸这个城市的真实存在和它构成的图画。难道你还没有听见他们正唱着它的赞美歌吗？

重视自己的价值

◎ 奥格·曼狄诺

我们应该重视自己的价值。

桑叶在聪明人的手中变成了丝绸。

粘土在聪明人的手中变成了堡垒。

柏树在聪明人的手中变成了殿堂。

羊毛在聪明人的手中变成了袈裟。

假若桑叶、粘土、柏树、羊毛通过人的处理，可以成百上千倍地提高自身的价值，那么我们更有理由使自己身价百倍。

我们应该重视自己的价值。

其实，人的命运犹如一颗刚刚成熟的麦粒，有着三种截然不同的道路。一颗麦粒可能被装进麻袋，堆在家里，等着喂猪；也可能被磨成面粉，做成面包；还可能撒在地里，到又一个收获的季节结出成百上千颗麦粒。

人比麦粒优越的是：麦粒无法选择是变得腐烂还是做成面包，或是种植生长。而人却有选择的自由，我相信谁也不愿让生命腐烂，更不会让它在失败、绝望的岩石下徘徊。

我们应该重视自己的价值。

如果想让麦粒结实地生长，必须把它种植在黑暗的泥土中，人的失败、失望、无知、无能便是那黑暗的泥土，须深深地扎在泥土中，等待成熟。麦粒在阳光雨露的哺育下，终于发芽、开花、结果。同样，人也要健全自己的身体和心灵，以实现自己的梦想。麦粒须等待大自然的契机方能成熟，而人却无须等待，因为人有能力选择自己的命运。

我们应该重视自己的价值。

如何做到呢？首先，你要为每一天、每个星期、每个月、每一年，甚至一生确立目标。正像种子需要雨水的滋润才能破土发芽，人的生命也须有目的方能结出硕果。在制定目标的时候，不妨参考过去最好的成绩，使其发扬光大。这必须成为你未来生活的目标。永远不要担心目标过高，因为高标准可能取得中等的成绩，而低标准更可能取得下等的成绩。虽然在达到目标以前可能屡受挫折。摔倒了，再爬起来，不要灰心，因为每个人在抵达目标之前都会受到挫折。只有小爬虫才担心摔倒。人不是小爬虫，不是洋葱，不是绵羊。让别人做他们的粘土茅草屋吧，你应该造的是一座城堡。

我们应该重视自己的价值。

太阳照耀大地，麦粒吐穗结实。刻苦的实践，将使你梦想成真。今天我要超越昨天的成就，竭尽全力攀登今天的高峰，明天则要更上一层楼。超越别人并不重要，重要的是超越自己。

麦穗在春风的吹拂下，成熟了。我的声音也被吹向远方。我要宣告我的目标。君子一言，驷马难追。我要成为自己的预言家，虽然大家可能嘲笑我的言辞，但会倾听我的计划，了解我的梦想。因为无可逃遁，除非兑现诺言。

我们应该重视自己的价值。

不能放低目标。

勇敢地做失败者不屑一顾的事。

不满足于现状。

不窃喜已有的荣誉。

目标达到后再定一个更高的目标。

努力使下一刻比此刻更好。常常向世人宣告我的目标。

当然也决不要自满。让世人来赞美吧，但愿我能明智而谦恭地接受它们。

我们应该重视自己的价值。

一颗麦粒植入土壤以后，可以变成千株麦苗，再把这些麦苗增加数倍，如此数十次，它们可以供养世上所有的城市。难道一个人的能力还不如一颗麦粒吗？

假若我们像麦粒一样再接再厉，当实现自己的目标时，世上谁不会惊叹你的伟大呢？

生命中的最后一天

◎奥格·曼狄诺

假如今天是我生命中的最后一天。

我要如何利用这最后、最宝贵的一天呢？首先，我要把一天的时间珍藏好，不让一分一秒的时间无端浪费。我不为昨日的不幸叹息，过去的已够不幸，不要再赔上今日的运道。

时光会倒流吗？太阳会西升东落吗？我可以纠正昨天的错误吗？我能抚平昨日的创伤吗？我能比昨天年轻吗？一句出口的恶言，一记挥出的拳头，一切造成的伤痛，能收回吗？

不能！过去的永远过去了，我不再去想它。

假如今天是我生命中的最后一天。我该怎么办？忘记昨天，也不要痴想明天。想着明天的种种，今天的时光也将白白流逝了。明天是一个未知数，为什么要把今天的精力浪费在未知的事情上？

企盼今早的太阳再次升起，太阳已经落山。走在今天的路上，能做明天的事吗？我能把明天的金币放进今天的钱袋里吗？

明日瓜熟，今日能蒂落吗？明天的死亡能将今天的欢乐蒙上阴影吗？我何必担心未知的东西呢？明天和昨天一样被我埋葬。我不再想它，今天是我生命中的最后一天。

这是我仅有的一天，是现实的永恒。我像被赦免死刑的囚犯，用喜悦的泪水拥抱新生的太阳。我举起双手，感谢这无与伦比的一天。

当我想到昨天和我一起迎接日出的朋友，今天已不复存在时，我为自己今天的幸存而感激上苍。我是无比幸运的人，今天的时光是额外的奖赏。

许多强者都先我而去，为什么我得到这额外的一天？是不是因为他们已大功告成，而我尚在途中跋涉？如果这样，这是不是成就我的一次机会，让我功德圆满？造物主的安排是否别具匠心？今天是不是我超越他人的时机？

今天是我生命中的最后一天。

　　生命只有一次，而人生也不过是时间的累积。我若让今天的时光白白流逝，就等于毁掉人生最后一页。因此，我珍惜今天的一分一秒，因为它们将一去不复返。我无法把今天的时间存入银行，明天再来取用。时间像风一样不可捕捉。每一分一秒，我要用双手捧住，用爱心抚摸，因为它们如此宝贵。垂死的人用毕生的钱财都无法换得一口生气。时间无法计算价值，它们是无价之宝！

　　今天是我生命中的最后一天。我憎恨那些浪费时间的行为。我要摧毁拖延的坏习惯。我要以真诚埋葬怀疑，用信心驱赶恐惧。我不听闲话、不游手好闲，不与不务正业的人来往。我终于醒悟到，若是懒惰，无异于从我所爱之人手中窃取食物和衣裳。我不是贼，我有爱心，今天是我最后的机会，我要证明我的爱心和伟大。

　　今天是我生命中的最后一天。

　　今日事今日毕。今天我要趁孩子还小的时候，多加爱护，明天他们将离我而去，我也会离开。今天我要深情地拥抱我的妻子，给她甜蜜的热吻，明天她会离去，我也是。今天我要帮助落难的朋友，明天他不再求援，我也听不到他的哀求。我要乐于奉献，因为明天我无法给予，也没有人来领受了。

　　今天是我生命中的最后一天。

　　如果这是我的末日，那么它就是不朽的纪念日，我把它当成最美好的日子。我要把每分每秒都化为甘露，一口一口，细细品尝，而且满怀感激。我要每一分钟都有价值。我要加倍努力，直到精疲力竭。即使这样，我还要继续努力。我要拜访更多的顾客，销售更多的货物，赚取更多的财富。今天的每一分钟都胜过昨天的每一小时，最后的也是最好的。

　　假如今天是我生命中的最后一天。

　　如果不是的话，我要跪倒在造物主面前，深深致谢。

不必完美

◎戴维·波恩斯

每个追求者都向往成功。在成功的牵引下，人能够被激励、鞭策，奋发向上，向美好的目标挺进。然而，如果成功的设定脱离客观现实，为自己设置的目标可望而不可及，那么，结果往往是使自己压抑、忧愁和失望。

在现实生活中，与那些非完美主义者相比，完美主义者将承受更大的精神压力，他们的生活会充满担心失败的焦虑和忧愁，不敢冒险，患得患失。结果，他们所期望的成功很难如期而至。

"完美主义者"是指哪些人呢？它并不包括那些为美好的理想执著追求的人们。没有客观的目标与科学的态度，成功是难以实现的。这里所指的完美主义者是这样一些人，他们为自己设置不可能达到的目标，强迫自己去实现，并用他们的成就去衡量自身的价值。结果，他们总是在惴惴不安中失败。

曾经有一位终日消沉的历史学家说："如果我没有我的完美主义，那我只是一个平平庸庸的人。谁愿空活百岁而碌碌无为呢？"在他看来，完美主义是自己为取得成功必须付出的代价。他相信实现完美是他达到理想高度的唯一途径。可是实际情况怎样呢？他对失败的恐惧使他如履薄冰，工作效率远不如他的同事。

完美主义者也可能会获得一些成功，但成功的到来并不是因为有了这些完美的标准。很显然，大部分完美主义者都对这个结论感到惊讶。研究表明，强迫性的完美主义不利于人的心理健康，而且会导致自我挫败，损害工作效率、人际关系、自尊心等。

为什么完美主义者情绪紊乱、工作效率低呢？原因之一是他们以歪曲的、非逻辑的思想方法看待生活。

"要么全有，要么全无"。这也许是完美主义者中最普遍的思想方法。

相信消极的事情会重复出现，是另一种畸形的思想方法。这些人总以为："我恐怕永远也做不好这件事。"他们不是从失败中获得经验，而是被动地吸取反面教训。"我本不该做这事。""我决不再做了！"从而使他们产生挫败心理和负罪感而不能自拔。例如减肥，他为自己制定了严格控制饮食的要求，只要他实行计划，就自鸣得意，这是所谓"圣人阶段"。一旦偶尔贪嘴，稍微破例，就进入"罪人阶段"。一位完美主义者吃了一匙冰淇淋，就为"失败"搅得坐立不安，最后竟大开吃戒，结果将一盒子的冰淇淋吃了个精光。

另外，许多完美主义者在人际关系方面是很弱的。他们害怕自己的意见不被采纳，从而使自己的完美形象受到影响。因此他们为自己的言行辩解，对别人却指指点点，评头论足。这样一来，常常伤害别人，影响同事、朋友之间的关系，最终他们不可避免地陷入了最担心的孤独境地。

在人的一生中，取得最佳成就可能只有一次。所以，把它作为实现每一个成功的标准，结局是可想而知的。相反，如果你的目标客观而又现实，你会常常感到轻松愉快，自然而然地感觉到自己富有创造性，工作效率卓著，因而充满自信。当然，这里的轻松并不是提倡松懈、懒散。当你为自己远大的目标切实地奋斗的时候，你就会发现，你干得多么出色！

如果你是个强迫性的完美主义者，你就会老是看到自己各方面的缺点、毛病。有一个简单的方法可能会帮助你扭转这个局面：把每天自己所做过的事列举出来。这个做法也许有点可笑，但只要坚持两个星期，你就会发现效果非常好：你开始把注意力集中到生活的积极因素上去了，为此你会感到振奋不已。

抛弃那种"要么全有，要么全无"的思想方法，也是一个较有效的方法。看看你身边的人和事，问问自己，世界上有多少事情可以列入这个思维范畴之中。洁白无瑕的墙壁真的毫无瑕疵吗？你最崇拜的电影明星的外貌真是那么无可挑剔吗？你认识的某个人一生都充满自信吗？通过这一系列问答，你会发现，世界上没有一件事是尽善尽美的。每一个人，每一种思想，每一件艺术品，每一种理论，都是如此。"要么全有，要么全无"的绝对化思想方法，完全没有一丝积极作用，有的只是自我挫伤，自我损害。

切记，完美主义者总是背着恐惧上路。奉行完美主义，可能使你一时获得某些小成就，或使你免受大的挫折或失败。但是，它限制你的前进，剥夺你勇于进取、甜美生活的权利和机会。让自己获得作为一个正常人应有的生活权力，你就会成为一个更幸福的人，更有用的人！

坚持就是胜利

◎奥里森·马登

在敌人的紧紧追赶之下，帖木儿皇帝慌不择路躲进了一间几乎马上要倒塌的破屋里。心灰意冷的帖木儿皇帝悲从心生，不禁黯然神伤起来。忽然他被一只蚂蚁吸引住了。这只蚂蚁背着一个比它大好几倍的米粒正在爬越一个小山包。但每到最高处总是连着玉米粒摔下来，蚂蚁不甘心，一次次冲锋，终于在第 70 次时成功了。帖木儿皇帝不禁被蚂蚁的这种精神所感动，重新振作了精神，对前途又充满了信心。

失败对意志的考验有两种结果：一种意志薄弱，被失败击得粉碎；一种意志顽强，失败被击得粉碎。

富兰克林·皮尔斯是个有韧性的人，如若不然他也不可能成功问鼎总统宝座。当他在律师界里崭露头角之际，遭受到了致命打击。虽然他也苦恼不已，但他却依然没有心灰意冷。他说如果 999 次尝试都失败了，他仍然要满怀信心进行第 1000 次冲击。有这样一种坚韧精神的人，世上几乎没有什么事可以难住他，这种强大意志力可以摧毁一切。

"虽然说连瑞普雷、巴达维亚等老实人都认为西斯·格兰特是个极为普通的孩子，但实际情况却并非如此。"哈姆林·加兰说，"无论如何，一个年仅 13 岁的孩子独自驾着马车成功穿过无人烟的地带都算个奇迹。他依靠自己在机械方面的超前领悟能力把人力无法挪动的木头装进马车；他尝试着解决遇到的所有数学问题，他不会为了少干点活而投机取巧或大发脾气；他依靠自己的聪明才智训练出了一匹让自己随心所欲使唤的马；他还做到了正直、友善、忠诚而远离欺骗。像这样的孩子表面上看来虽很平凡普通，甚至有些愚笨，但是他真正的价值是一般人难以看到的，他具备了必备的优秀品质、天生的聪明才智，以及好学上进的生活态度，再加上坚韧的意志力，这些注定了他生命中将铸造辉煌。"

格兰特在 16 岁时就意识到了退缩所造成的后果是非常严重的，而且是不可挽回的。因此他在着手制订计划或准备行动之前，都告诉自己，向前，向前，再向前。格兰特有一颗无畏无惧的心和一股勇往直前的锐气。他意志坚定，面对挫折谈笑自如。他从不空许诺言，从来都是说什么是什么。如果他告诉你："我能做那件事"，那就意味着他对完成那件事有十足的把握。

艺术家弗兰克·卡本特在白宫创作《〈独立宣言〉的签署》时受到了格兰特的有益影响。原来，那段时期弗兰克非常焦躁，他突然想起了格兰特，就问一名工作人员："你了解格兰特将军吗？他最大的特征是什么？"那个工作人员想了想，回答道："格兰特将军有着不达目的不罢休的决心和强大意志力，一旦确定了目标，就会集中全部力量勇往直前，直至达到目标。"

林肯在年轻的时候就立志做一个有大众影响的人，为此，他积极汲取知识。为了练习演讲，他每天要徒步走上七、八里路去一个辩论俱乐部，林肯戏称这种训练为"实践辩论术"。

为了学习英语语法，林肯向校长蒙特·格雷厄姆征求意见。

格雷厄姆校长说："要想学习语法，只有去一个学习班，可这个学习班距离这儿至少有 6 英里。"

林肯顾不得再听格雷厄姆校长说些什么，马上辞别了校长，径直朝那个学习班赶去。很快他借来了几本科克汉姆语法书。从此林肯专心致志投入到学习语法中，他把所有的休息时间都用上了。他还叫上格瑞尼帮他"学习"，格瑞尼拿着书，林肯照章背诵。在遇到理解不了的地方，林肯就会找格雷厄姆校长解释。

林肯高度的学习热情感动了很多人，格瑞尼无偿借书，格雷厄姆校长义务帮忙，就连村里的木匠也时常给林肯一些刨花，每天晚上，林肯就用木匠师傅送的刨花点火照明学习，很快林肯就掌握了全部语法，并能熟练应用。

林肯就是以这种态度学习他认为该掌握的"科学的东西"，在学习的过程中，林肯还认识到只要做到全力以赴，没有完成不了的事。

小时候的丹尼尔·韦伯斯特同别的孩子一样平凡普通，人们也并未多关注他。在进入新汉普郡的埃克塞特学院学习没几天，丹尼尔就哭着回来了。一个邻居问他为什么哭，丹尼尔说他对未来失去了信心，在他向全班申述了自己的伟大梦想后，遭到了全班同学的耻笑："一个成绩最差的劣等生的白日梦。"韦伯斯特伤心极了，他决定弃学回家。这个邻居听后说："韦伯斯特，做人不能没有意志力，更不要随意放弃，如果你现在放弃了学业，我敢保证你要后悔一辈子。听我的话，丹尼尔，回到学校去，努力学习。"韦伯斯特想了想，重新回到了学校。

不久以后，丹尼尔的成绩开始直线上升，很快名列前茅，并且一直保持了下去。生活中许许多多的人之所以经常遭受着失败的打击，其中主要原因在于他们走得不够远，也就是说他们还没有完全掌握应该掌握的东西，就急于尝试，所以遭受失败是完全正常的事。

美国国家专利局里经常堆满了一些马上要成功的发明产品，只需要发明者再稍稍努一下力，情形就会大为改革，结果也会截然不同，但差就差在那一点点上。

论灵魂不朽

◎帕斯尔

　　无论从哪一方面来讲，灵魂不朽对我们的作用都是重要深远的，因此若是对于了解它究竟是怎么回事竟然漠不关心的话，那就必定是冥顽不灵了。我们全部的行为和思想都要随究竟有没有永恒的福祉可希望这件事为转移而采取如此之不同的途径，我们的行为及观念也要通过成为我们最终目标的观点来调节，否则我们就不可能具有意义和判断而向前迈进。

　　因此，阐明我们的行为所依据的主题就要通过我们的兴趣和义务来完成。而这就正是何以我要在那些没有被说服的人们中间划出一种极大的区别的原因，我要将那些竭尽全力在努力求知的人和那些不学无术、思想麻痹而生活下去的人区别开来。

　　对于那些怀疑这一观点而为之叹息的人，我对他们的行为感到惋惜，他们把它视为最终的不幸，并且不惜一切以求摆脱它；他们把这场寻求当作是他们最主要的而又最严肃的事业。

　　然而思想麻痹、不思人生的人，他们仅仅由于不能在他们自己身上发现那种可以说服他们的光明，便不肯再到别的地方去寻求，他们不肯从根本上去考察这种意见是不是人们出于单纯的轻信而加以接受的一种意见，抑或是尽管它们本身幽晦难明，然而却具有非常之坚固的、不可动摇的基础的一种意见。对于他们，我的态度完全不同，思考方式也有所改变。

　　对于涉及他们的各方面的事情，采取这种粗疏无知的态度，这使我恼怒更甚于使我怜悯。它使我惊异，在我看来它就是恶魔。我这样说的目的并不是出于信仰上的虔诚。反之，我是说我们应该出于一种人世利益的原则与一种自爱的利益而具有这种感情。关于这一点，我们只消看一看最糊涂的人都能看到的东西。

　　要理解这种观点不需要有特别高明的灵魂。这里根本就不会有什么真正而牢靠的心满意足，我们全部的欢乐都不过是虚幻，我们的苦难是无穷无尽的，而且最后还有那无时无刻不在威胁着我们的死亡，它会准确地、毫不犹豫地将我们置于那种不是永远消灭就是永远不幸的可怕境地。

没有什么比这更真实而又比这更恐怖的事情了。纵使我们能做到像我们所想象的那样英勇，然而在等待着世上最美妙的生命的归宿却是如此。在充分地思考整件事后，我们要说：在这个生命中除了希望着另一个生命而外就再没有任何别的美好，我们只是随着我们之接近于幸福才幸福，而且正如对于那些对永生有着完全保证的人就不会再有不幸一样，对于那些对永生没有任何知识的人也就绝不会有幸福可言，这些不都是勿庸置疑的吗？

我们得到的结论是：持怀疑观点是错误的，可是当我们处于这种怀疑状态的时候，至少进行寻求却是一桩不可缺少的义务，所以那种既有怀疑而又不去寻求的人，就十足地既是非常不幸而且又是非常不义的了。假如他对他的观点确信无疑，公然以此自命，并且甚至引以为荣，假如成为他的快乐和他的虚荣的主题的就是这种状态本身，那么我对这种肆无忌惮的生物无话可说。

我们怎么可能怀有这种感情呢？除了无从解脱的悲惨而外就不能期待别的，这里面又能有什么快乐可言呢？眼看自己处于无法钻透的蒙昧之中，又有什么虚荣可言呢？如下的这种推理是怎么可能发生在一个有理智的人的身上的呢？

"我不知道是谁把我安置到世界上来的，也不知道世界是什么，我自己又是什么？我对一切事物都几乎一无所知。我不知道我的身体是什么，我的感官是什么，我的灵魂是什么，以及甚至于我自己的那一部分是什么——那一部分在思想着我所说的话，它对一切、也对它自身进行思考，而它对自身之不了解几乎等同于对其他事物。我看到整个宇宙的恐怖的空间包围了我，我发现自己被附着在那个广漠无垠的领域的一角，而我又不知道我被安置在这一地点的理由，也不知道何以使我得以生存的这一小点时间要把我固定在这一点上，而不是在先我而往的全部永恒与继我而来的全部永恒中的另一点上。我看见的只是各个方面的无穷，它把我包围得像个原子，又像昙花一现那样稍纵即逝。我所明了的全部，就是我很快就会死亡，然而我所谓最无知的又正是这种我所无法逃避的死亡本身。"

"正像我不知道我从何而来，我同样也不知道我该去向何处，我仅仅知道在离开这个世界时，我就要永远地归于乌有，或是落到一位愤怒的上帝的手里，我并不知道这两种状况哪一种应该是我永恒的成分。这就是我的情形，脆弱和不确定的状态。由这一切，我得出结论：我应该不再梦想去探求将会降临我头上的事情而度过我一生全部的日子。也许我会在我的怀疑中找到迷失的方向，但是我不肯费那种气力，也不肯迈出一步去寻求它，然后，在满怀鄙视地看待那些究心于此的人们的同时，我愿意既不要预见也没有恐惧地去碰碰这样一件大事，并让自己在对自己未来情况的永恒性无从确定的情形之下，愤慨地被引向死亡。"

谁愿与这样讲话的人接近呢？谁会从人群中间挑出他来，好向他倾谈自己的事情呢？谁会在自己的苦痛之中求助于他呢？而且最后，我们又能指望他的一生有什么用处呢？

自由与财富的使命

◎奥里森·马登

　　不管在什么地方，你都能从富人的嘴里听到他由贫变富的感慨：他最得意和最快乐的日子，就是在他凭借智慧掘得第一桶金的时候；是在他的财富积少成多的过程中；第一次受到激励的时候。此时此刻他知道，贫乏再不会如影随形地伴随他。他开始设计将来的生活，他开始用挣来的钱进行自我完善、自我修养，去学习和旅游。这时，他甚至花精力和钱财使那些他所热爱的人摆脱贫穷。从此以后，他的生活质量将大大改变。他认识到他有能力使自己在生活中得到升华。他将名声远播。他的家里将会拥有名画、音乐、书籍和其他休闲品。他的孩子将会过上丰衣足食的生活。于是，他第一次感觉到，自己的强大和富有，同时感觉到，他那原本狭隘的生活圈子在不断扩大，视野在不断拓展，生活事业鹏程万里。

　　大量的事实表明，我们来到尘世，是为了完成伟大的事业、神圣的使命，是为了享受美丽富饶的生活而不是为了遭受贫穷。匮乏和贫困是不符合人类天性的。而我们的弱点在于，我们对那些早已为我们准备的美好东西缺乏自信心。我们不敢或不善于完完全全表达自己心灵的愿望，不敢为自己的生存权提出全部的要求，因此我们不得不节衣缩食，甚至饥寒交迫，而不敢使用与生俱来的权利去要求富有。我们要求得少，期望不高，我们抑制自己的欲望，限制自己的供给，不敢要求更多的欲望，我们不敢打开自己需求的大门让美好事物的巨流进入。我们的思想萎缩、保守，自我表达也受到压抑，我们甚至不敢去想象如何用正当手段攫取财富，不敢拿自己的灵魂乞求富足，我们不知道没有信仰、没有追求就没有一切。

　　上帝给我们每个人享受万物的权利是平等的，他从不厚此薄彼。问题的关键是，你是否去争取了，努力了？付出和得到历来是成正比的。

　　造物主并不因为满足我们的请求后他自己就变得贫穷，相反，由于你需求物质所付出的劳动，上帝的供给库里日益丰盛。所以，上帝不会因为我们要求得多而有所损失。太阳不会因为玫瑰需求的那一点点热量而损失丝毫，并减少普照大地的面积。只要你能吸收，蜡烛不会因为另一支蜡烛的点燃而有所损失。为友谊而善待，为生存而竞争，为爱而付出，这只会增加社会的活力。

生命繁衍的秘诀之一就是将神圣的潜能转化为我们自己的能量，并且学会有效地运用这种能量积聚财富。一旦人学会这种神圣的转换法则，他就会成百万倍地增加自己的效能及生存能力。

每一种恶行都是通往地狱之门的阶梯，也是一层不透明的面纱，它挡住我们的视线，使我们难以看见上帝与真善。每走错一步都会使我们与上帝越来越遥远，而与地狱越走越近。

当我们学会探寻富足而不是拥抱贫穷的艺术时，当我们改变思维方式，不再在局限的思维中爬行时，我们会发现：我们追求的事物也在追寻我们，我们会和它们在途中不期而遇。

不要总是抱怨命运不公平。你每次抱怨时，你想得到的东西不一定能得到，别人拥有的东西也依然是别人的。由于沉湎其中，你也不能做成别人做过的事，去不成他人去过的地方。你只是自寻烦恼，越陷越深。如果你反复讲述不幸的命运，那你的命运将永远是你不幸命运的重复。

人的伟大

◎帕斯卡

人的伟大源于思想。

人是自然界最脆弱的东西，犹如一根苇草。用不着整个宇宙都拿起武器来才能毁灭，一口气、一滴水就足以致他于死地了。但是，他是一根能思想的苇草，纵使宇宙毁灭了他，人却仍然要比致他于死命的东西高贵得多，因为他知道自己要死亡，以及宇宙对他所具有的优势，而宇宙对此却是一无所知。

所以，思想是我们全部的尊严。正是如此我们才必须提高自己，而不是因为我们所无法填充的空间和时间而要求自己提高。因此，我们要努力好好地思想，这才是道德的原则。

能思想的苇草——人绝不是求之于空间，而是求之于自己的思想的规定。换一句话来说，就是应该追求自己的尊严。我占有多少土地都不会有用；由于空间，宇宙便囊括了我并吞没了我，犹如一个质点；由于思想，宇宙却被我囊括了。

人既不是天使，又不是禽兽，但不幸就在于想表现为天使的人却表现为禽兽。

人的尊严源于思想。

因此，思想由于它的本性，就是一种可惊叹的、无与伦比的东西。它一定得具有出奇的缺点才能为人所蔑视，然而它又确实具有，所以与其他事相比，这是最荒唐可笑的了。思想由于它的本性是何等的伟大啊！思想又由于它的缺点是何等的卑贱啊！

然而，这种思想又是什么呢？它是何等的愚蠢啊！

人能够认识自己的可悲，所以人是伟大的。一棵树并不认识自己的可悲，所以它不能与人比。

因此，认识自己的可悲乃是可悲的，然而，认识我们之所以为可悲却是伟大的。

这一切的可悲的本身，就证明了人的伟大。它是一位伟大君主的可悲，是一个失了地位的国王的可悲。

没有感觉，我们就不会可悲，一栋破房子就不会可悲，只有人才会可悲。

人的伟大——我们对于人的灵魂具有一种如此伟大的观念，以致我们不能忍受它受人蔑视，或不受别的灵魂尊敬，而这种尊敬，恰好给予人以全部的幸福。

很显然，人的伟大是那样地显而易见，甚至于从他的可悲里也可以得出这一点来。因为在动物身上是天性的东西，我们人则称之为可悲，由此我们便可以认识到，人的天性既然有类似于动物的天性，那么人就是从一种为他自己一度所固有的更美好的天性里面堕落下来的。

若不是一个被废黜的国王的可悲，有谁会由于自己不是国王就觉得自己不幸呢？人们会觉得保罗·哀米利乌斯不再任执政官就不幸了吗？正相反，所有的人都觉得他已经担任过了执政官乃是幸福的，因为他的情况就是不得永远担任执政官。然而，因为柏修斯的情况是永远要做国王的，所以人们觉得柏修斯不再做国王却是如此之不幸，以至于人们对他居然能活下去感到惊异。谁会由于自己只有一张嘴而觉得自己不幸呢？谁又会由于自己只有一只眼睛而不觉得自己不幸呢？谁又会由于自己没有三只眼睛而感到难过的呢？我们也许都不曾听说过，可是，若连一只眼睛都没有，那就怎么也无法慰藉了。

在已经证明了人的卑贱和伟大之后，现在就让人尊重自己的价值吧。让他热爱自己吧，因为在他身上有一种足以美好的天性；可是让他不要因此也爱自己身上的卑贱吧。让他鄙视自己吧，因为这种能力是空虚的；可是让他不要因此也鄙视这种天赋的能力，让他恨自己吧，让他爱自己吧，他的身上有着认识真理和可以幸福的能力；然而无论是永恒的真理，还是满意的真理，他却根本就没有获得过。

因此，我要引导人渴望寻找真理，并且只要他能发现真理，就准备摆脱感情而追随真理，既然他知道自己的知识是彻底地为感情所蒙蔽，我要让他恨自身中的欲念，因为欲念本身就限定了他。这样一来，欲念就不至于使他盲目作出自己的选择，并且在他作出选择之后不至于妨碍他。

正义至上

◎艾德勒

　　由于某些错误的存在，便酿成了自由与平均主义者的极端行为。不纠正这些错误，持不同意见的极端主义者之间，并非自由与平等之间的矛盾就不能解决。而要扭转这些错误，就必须承认自由与平等都不是第一位的，两者都是好事，但不是无限制的。同时还要认识到，只有在正义的支配下，两者才能相对地扩展到最大限度。

　　一个人应不应该享有绝对的行动自由或工作的自由？或者说，是否应在不伤害他人、不剥夺他人自由、不使他人因不平等而产生严重的被剥夺感的情况下，享有他为所能达的最大限度的自由呢？总之，一个人是否应该拥有比他所能够公正行使的更多的自由？

　　回答若是否定的，会让人认识到，一个人绝不能拥有超越正义所允许的最大限度的自由。

　　一个制度健全的社会应不应该尽可能达到一种人人都有，但程度上又有不同的条件平等？这个社会应否无限制地扩大这种条件平等，即使那样会造成对个人自由的严重剥夺？是否可以忽略人不论在天赋上还是在才能上都是既平等又不平等的？应不应该不计较他们对社区福利的贡献不同的事实？

　　用"不应该"对这些问题作出回答会让人认识到，一个社会应在正义所要求的限度内达到最大的平等。这个限度不能超越，超越了就是不正当的。正如不能超越正义所允许的自由那样，超越了，就是扭曲地行使被允许的自由。

　　正义与自由和平等的意义不等同。

　　对自由而言，如果自由的行使是正当的而不是不正当的，那么，正义对它所允许的个人自由就是有限量的。

　　对平等而言，如果社区能公正地对待其所有成员，那么，正义就会对其所要求的平等与不平等的类别和程度有所限制。

如此，当自由与平等受正义支配、制约时，就能在限定的范围内和谐地扩展到最大限度。自由主义者和平均主义者中那些错误的、极端主义的、无法解决的冲突就会消失，其原因就在于正义至上纠正了这些错误，缓解了它们之间的矛盾。

我的荣誉

◎爱因斯坦

想要得到赞许和表扬，本来是一种健康的动机。但要求别人承认自己比同伴更优秀、更强，或者更有才智，那就容易在心里产生唯我独尊的念头，这无论对个人对社会都是有害的。应该让每一个人都是作为个人而受到尊重，而不让任何人成为被崇拜的偶像。

我自己受到了人们过分的赞扬和尊敬，这并非我所愿，也不是由于我自己的功劳，而实在是一种命运的嘲弄。虚荣心可以有许多不同的表现形式。人家常说我没有虚荣，但这也是一种虚荣，一种特殊的虚荣！你看，我不是感到一种特殊的自负吗！真似小孩子一样幼稚呢！

荣誉使我变得越来越愚蠢。当然，这种现象是经常出现的，就是一个人的实际情况往往与别人心目中的很不相称。比如我，每每小声咕噜一下也变成了喇叭的独奏。

当代人把我看成一个邪教徒而同时又是一个反动派，活得太长了，而真正的爱因斯坦早已死了。所有这些都只是偏见而已，但是确实有一种不满足的心情发自我自己，这种心情是很自然的，只要一个人是诚实的，是有批判精神的。幽默感和谦虚经常使我们保持一种平衡，即使受到外界的影响也是如此。

一个人应当这样安慰自己——时间是一架筛子，大多数一时耸人听闻的东西都已通过筛子，落进了默默无闻的海洋，即使是筛剩下来的，也不值得一提。

你的第一个责任

◎费尔巴哈

道德是生活的基础。如果由于饥饿，由于贫穷，你腹内空空，那么不论在你的头脑中、在你的心中或在你的感觉中，都不会有道德的基础和资料。

于是，你的第一个责任便是使自己幸福。只有你自己幸福，你才能使别人幸福；幸福的人，都希望在自己的周围能看到幸福的人。

在野蛮时代不被认为是不道德的事情，在文明时代就会被认为是不道德的。

我的良心的呼声不是独立的呼声，它不是由蔚蓝的天空响彻下来的呼声或以某种自然发生的神奇方式由自身发生出来的呼声；它只是受我损害者的苦痛叫喊的回声，也是一个由于侮辱了别人而同时侮辱了自己的人的有罪判决的回声。

正如受到外部因素约束性的、强迫性的限制的权利，使我的追求幸福的愿望同你的以及别人的追求幸福的愿望取得协调那样，受到内心亲切的、诚恳的和自愿的限制的道德，也使我追求幸福的愿望同你的以及别人的追求幸福的愿望取得一致。我的权利就是法律所承认的我的追求幸福的愿望；我的义务就是我必须承认别人追求幸福的愿望。

称　赞

◎培　根

　　称赞常常被当作标尺用来衡量人的才华和品德，其实这正如镜子里的幻象。由于这种称誉来自凡夫俗子，因而常常很虚伪，未必反映真价值。因为凡夫俗子是难以理解真正伟大崇高的美德的。

　　最底层的品德最易被发现，并得到称赞。

　　稍高一点的德行则引来惊叹。

　　但对于那种最上乘的美德，他们却是最缺乏识别力的。

　　所以，人们成了最大的受害者，把称赞拱手奉予伪善。因此名誉犹如江河，它所漂起的常是轻浮之物，而不是确有真分量的实体。真正的称赞其实在真知灼见之士那里。这种称赞正如《圣经》所说："名誉强如美好的膏油，死后超过生前。"只有它才能荡漾四方并且流芳百世，怀疑称赞并非罪人，因为以虚誉钓人的事实在太多了。

　　假如称颂你的人只是一个平庸的献谄者，那么他们对你说的就不过是他常可对任何人说的俗套之语。

　　但如果这是一个高超的献谄者，那么他必定会针对你常自以为是的地方施展谄术。

　　而更高超的献谄术则为公然称颂你内心中深以为耻的弱点，把你的最大弱点说成是最大的优点，最大的愚笨说成是最高的智慧，以"麻木你的知觉"。

　　还有一种是"鼓励性的称赞"。它常被许多贤臣用于他们的君主身上。当称颂某人是怎样时，其实他们是在暗中指点他应当怎样。

　　有些称赞最最防不胜防，这就是那种煽动别人嫉恨你的称赞。此即所谓"最狠的敌人就是正在称颂你的敌人"。正如希腊古人说："谨防鼻上有疮却被恭维为美。"犹如我们俗语所说的"舌上生疮，谨防说谎"一样。

　　称赞也要尊重事实，适可而止。所罗门曾说："每日早晨，大夸你的朋友，还不如诅咒他。"要知道对好事的称颂过于夸大，就反会招来嫉妒和谩骂。

当然，除了少数几个人外，自吹自擂、自称自赞的大多数人都会适得其反。人唯一可以自我夸耀的只有职责。因承担重大的职责是有权引以自豪的。罗马的哲学家和大主教们，非常看不起从事实际事务的军人和政治家，称他们为"世俗之辈"。其实这些"世俗之辈"所承担的职责比他们于世有用得多。所以圣保罗在自夸时常先说一句"我说句大话"，而在谈到他的使命时却自豪地说："那是我光荣而骄傲的职责！"

完美的呼唤

◎ *汤姆·琼斯*

完美是需要倾注一生去追求，去实现的，为此，我们发出了声声呼唤。

首先呼唤你，天才——

你是精灵之子，没有你的扶助，我们将逆流而行，苦苦挣扎，徒劳无获。你耕耘智慧种粒，引万能之泉将其培育，使之完美成长。天才啊，请以你的善良携起我的手，领我穿越自然界千折百转的迷宫，让我洞穿超凡脱俗所有的奥秘。给我以训导吧，天才，让我借你的智慧之光清晰地认识人类。人们的思想常常被迷雾所遮掩，对骗人的伎俩表示崇拜，而对欺诈又表示鄙弃，事实上，骗子就是人们自己，应当接受嘲笑。揭开这迷惑人眼的沙帘吧，自欺伪装成智慧，贪婪假扮为富有，野心冒充为光荣。剥掉它们浅薄的伪装吧！你曾经引导过阿里斯托芬，引导过塞万提斯、莎士比亚，也请你将智慧之光赐予我吧！使我双眼明亮，知道所谓善良便是只讪笑愚蠢，所谓惭愧便是为自己的无知而生悲。

其次是呼唤你，人道——

你与天才是世交好友，形影不离。把你全部仁慈之心赐给我吧。你是永不枯竭的源泉，浇灌着高贵纯真的友谊、甜美瑰丽的爱情、宽宏大量的气度、真诚热烈的感激、温暖细致的同情、坦率无私的忠告。你赋予善良以热烈的力量，能使人热泪盈眶或羞惭赧颜，或者使人们心中泛起哀伤、欢乐与慈悲的波澜。

然后是呼唤你，知识——

因为有你的滋养，天才之树才得以茂盛参天。知识啊，请你降临到我的笔端吧！从少不更事的幼年，我便早已久仰你的英明。我欲以我的虔诚之心，向你表达我执著的追求。来吧，从你那无边无际、丰饶富足、逐年堆积起来的宝库中，倾泻出你灿烂辉煌的财富吧！无论你宝库的大门上镌刻的是何种文字，都请你把开启的钥匙暂且先交给我吧！

最后我呼唤你，经验——

你一直是智者、仁人、学问家和绅士的同伴。不，你不仅是他们的同伴。你还和形形色色的人是老相识，从达官贵族到弱小贫民。人类要想认识自己，唯有通过你铺展的道路。而那些幽居于书斋深宅的学究们，无论有多么高的天赋、多么渊博的学识，都无法真切地感知到人类的性格。

寻找彩虹

◎劳伦斯

她的病体逐渐好转，她可以坐起来看着新世界的诞生。她坐在窗户边上，看着人们在街道边来来往往地行走着，有矿工，有女人和孩子，每个人都在旧壳中行走着，但是透过这层壳可以看到正在变大、成长的新的萌芽和轮廓。在矿工们静静地、沉默的外表中，她看到了一种不安，一种为了新的解放而痛苦的等待。她在妇女们虚假坚定的自信中也发现了同样的东西。妇女们的自信非常脆弱，很快就会破裂，然而，从那破裂处萌生的新芽却又显出强劲的生命力。

在每件事物当中，她都看到自己在摸索着，在寻找富有活力的上帝的缔造物，而不是去寻找那已经过去的、陈旧、僵硬、毫无趣味的生命形式。有时候巨大的恐惧向她袭来；有时候她失去了触觉，失去了感觉，对那个束缚了她和整个人类的外壳怀有一种深深的恐惧心理。人们全被囚禁在外壳这个监狱之中，他们都几近疯狂。

她看到了矿工们那似乎已经死去的僵硬的身体，看到了他们那没有光彩的眼神，就像是木头人一样呆滞。她看到新房子那坚硬、锋利的边缘好像在毫无感觉、洋洋自得地朝山坡延伸过去，这种得意是针对那可怕的、乱七八糟的角和直线表现出来的，是不能战胜的洋洋自得。这种绝对的污浊又硬又脆。她看到对面黑乎乎的山上笼罩的一层暗褐色的雾气，一座座黑漆漆的房屋和石绵瓦，像一堆堆杂乱无章的怪物。山顶上，旧教堂的尖塔刺目地屹立在简陋的新房屋之上，而那些乱七八糟、异常脆弱的新房子坚硬的边缘从贝尔多佛延伸出去，和从雷斯里延伸过来的污秽的新房子连接起来。而雷斯里的房子又延伸出去和海纳的房子混成一片。大地的躯干上蔓延着一片僵死、腐旧、可怕的污浊，她感到一阵深深的恶心，坐在那儿昏死过去了。随后，在飘动的云彩中，她看到有一道淡淡的彩虹，微弱的色彩照亮了昏暗的苍穹。

她被深深地感动了，她不顾一切地寻找着高高挂在天际的那一抹神奇的色彩，她看到一条彩虹正在形成。彩虹的一处正在强烈地发出光芒，她的心中满怀着希望的痛苦，彩虹的弓形逐渐在那儿形成，色彩慢慢聚拢起来，一道巨大的淡淡的彩虹突然冒了出来。弧形更弯更强，直到不能再弯，形成光线、颜色和苍穹共同构筑的伟大作品，它的柱基在低矮污浊的新房子上闪耀着光芒，而弓形的顶端则连着天堂。

　　彩虹屹立在大地上。她知道那些在硬壳中爬行、分散在这污浊世界上的肮脏不堪的人们仍旧活着，她知道彩虹在他们的血液中升腾起来，并在他们的精神中抖动着获得了生命。她知道他们会丢弃坚硬破碎的外壳，那新的、干净裸露的身体将萌发出新的生命，获得新的生长，去迎接天空中的阳光、风和雨。她在彩虹中看到了地球上那些陈旧污秽、不堪一击的房屋和工厂焕发出新的光彩，而用真理的构架建立起来的新世界犹如那天空的彩虹一般绚丽灿烂。

不朽感

◎威廉·赫兹里特

其实，一个人从一出生开始就不可避免有一死，而这种变化看来就好像是一个寓言。变化尚未开始之前，不把它看作幻想还能当成什么呢？有些事情已经过去很久了，有些地点和人物我们从前见过，如今它已经消失在模糊中，我们不知道，这些事发生时，自己的大脑是处于昏睡还是清醒。这些事宛如人生中的梦境，记忆面前的一层薄雾、一缕清烟。我们想要更清楚地回忆时，它们却似乎试图躲开我们的注意。所以，十分自然，我们要回顾的是那段寒酸的往事。

对于某些事，我们却能记忆犹新，仿佛是昨天刚发生的——它们那样生动逼真，以至于成为了我们生命中的永存。因此，无论我们的印象可以追溯多远，我们发觉其他事物仍然要古老些（青年时期，岁月是成倍增加的）。我们读过的那些环境描写，我们时代以前的那些人物，普里阿摩斯和特洛伊战争，即使在当地，已是老人的涅斯托尔仍高兴地常和别人谈起自己的青年时代，尽管他讲到的那些英雄早已不在人世，但在他的讲述中我们仿佛可以看见这么一长串相关的事物，好像它们可以起死回生。于是我们就不由自主地相信这段不确定的生存期限属于我们自己，我们为此也就不感到什么奇怪的了。彼得博罗大教堂有一座苏格兰女王玛丽的纪念碑，我以前常去观看，一边看，一边想象当时的各种事件和此后所发生的种种事情。如果说这许多感情和想象都可以集中出现在转瞬之间的话，那么人的整个一生还有什么不能被包容进去呢？

我们已经走完了过去，我们期待着未来——这就是回归自然。此外，在我们早年的印象里，有一部分经过非常精细的加工后，看来准会被长期保存下去，它们的甜美和纯洁既不能被增加，也不能被夺走——春天最初的气息。

浸满露水的风信子、黄昏时的微光、暴风雨后的彩虹——只要我们还能享受到这些，就证明我们一定还年轻。这是谁也无法改变的事实。真理、友谊、爱情、书籍能够抵御时间的侵蚀，我们活着的时候只要拥有这些就可以永不衰老。我们一门心思全用在自己所热爱的事情上，所以，我们充满了新的希望，于是，我的心神出窍，失去知觉，永远不朽了。

我们不明白内心里某些感情怎么竟会衰颓而变冷。所以，为了保持住它们青春时期最初的光辉和力量，生命的火焰就必须如往常一样燃烧，或者毋宁说，这些感情就是燃料，能够供应神圣灯火点燃"爱的摧魂之光"，让金色彩云环绕在我们头顶上！

一滴水

◎ 拉加托斯

一滴水，它有可能来自尼格拉瀑布，也或许它曾有过传奇的经历呢。

或许只是脸盆里的一个肥皂泡，但它却能洗净劳动者的满身的疲乏。

或许潜身到威士忌酒里去，为天才平添梦想不到的欢乐。

更可能是一滴圣水，用来祝福新生的婴儿的长命百岁。

也许你把它烧开，是给伯母玛丽喝的茶。茶味儿香醇可口赢得了她的喜欢。她或许把你的缺点都忘掉了，马上唤她的律师来，正式承认你做她的继承人呢！

这一滴水也可能是人面孔上的汗，其中蕴含着劳动、烦恼和痛苦。

或许是你爱人嘴唇上甜蜜的甘露。

或许只是晴空落下来的一滴雨。

也许是快乐得发狂的一滴泪，不然，就是痛苦、忧伤的一滴泪。

只不过是一滴水啊……麻雀喝了，使它得到片刻的精神安慰，可能麻雀一会儿就忘记了。再也许，它变成了夏日花丛里的一小滴露水，晶莹地站在花蕾之上，这花便给一个可爱的小姑娘采去了，做了香水，洒在身上，她立刻就有了无数的爱慕者。

你也许瞧不起它，一滴水却浓缩了整个宇宙。

宠辱不惊

◎卢　梭

很多时候，我都在生活的命运中挣扎。我这个人缺乏技巧和手段，短于城府和谨慎，坦白直爽，焦躁易怒，挣扎的结果是使我更加被动，并且不断地向我的敌人提供他们绝对不会放过的可乘之机。直至最后我才发现，我所有的努力都是徒劳的，只是在白白地折磨自己。我很愤慨，但这又有什么用呢？我决定放弃服从命运的安排，放弃对这种必然性的反抗。在这种屈从中，我找到了心灵的宁静，它补偿了我经历的一切苦难，这是既痛苦又无效的持续反抗所不能给予我的。

促成这宁静的还有一个重要的因素。在对我的刻骨仇恨中，迫害我的人反而因为他们的敌意而忽略了一计。他们错误地以为只有一下子把最厉害的迫害加到我的头上，才能给我致命的打击。如果他们狡猾地给我留点希望，那么我就会依然在他们的掌握之中，他们还可以设个圈套，使我成为他们的掌中玩物，并且随后使我的希望落空而再次折磨我，这才能达到刺痛、折磨我的目的。但是，他们提前施展了所有的计谋。他们一旦把我逼得无路可退，那他们迫害我的招法也就中止了。他们对我劈头盖脸地诽谤、贬低、嘲笑和污辱是不会有所缓和的，但也无法再有所增加。他们如此急切地要将我推向苦难的顶峰。于是，人间的全部力量在地狱的一切诡计的助威下，使我遭受的苦难达到了极致，但也到了尽头，肉体的痛苦不仅不能增加我的苦楚，反而使我得到了消遣。它们使我在高声叫喊时，把呻吟忘却。肉体的痛苦或许会暂时平息我的心碎。

既然已无力再改变这一切，那我就能泰然面对了，已不再惧怕什么？既然他们已不能再左右我的处境，他们就不能再引起我的恐慌。他们已使我永远脱离了不安和恐惧，这我得感谢他们。现实的痛苦对我的作用已不大。我轻松地忍受我感觉到的痛苦，而不必担心会有新的苦难再降临到我的头上。我受了惊吓的想象力将这样的痛苦交织起来，反复端详，推而广之，扩而大之。期待痛苦比感受痛苦使我更加惶恐不安，而且对我来说，威胁比打击更可怕。期待的痛苦一旦来临，事实就失去了笼罩在它们身上的想象成分，暴露了它们的最后面目。于是，我发现它们比我想象的要轻得多，我禁不住长吁一口气，放下心来，享受这已经到来的痛楚。在这种情况下，我超脱了所有新的恐惧和对希望的焦虑，单凭习惯的力量就足以使我能日益忍受不能变得更糟的处境，随着这一次次迫害的到来，我的感觉已渐渐变得麻木、迟钝，对此他们已无办法应对。这就是我的迫害者在毫无节制地施展他们的充满敌意的招数时给我带来的好处。现在他们的支配权已对我毫无意义，我可以傲然面对他们了。

创造的欢乐

◎罗曼·罗兰

他这么说着，因为他明明知道暴风雨快来了。

所谓打雷，他要它在什么地方什么时候发生，就在什么地方什么时候发生。但在高处更比较容易触发，有些地方、有些灵魂竟是雷雨的仓库：它们会制造雷雨，在天上把所有的雷雨吸引过来。一年之中有几个月是阵雨的季节。同样，一生之中有些年龄特别富于电力，使霹雳的爆发即使不能随心所欲，至少也能如期而至。

整个的人都很紧张。雷雨一天一天地酝酿着。白茫茫的天上布满着灼热的云，没有一丝风，凝集不动的空气在发酵，似乎沸腾了。大地寂静无声，麻痹了。云里在发烧，嗡嗡地响着；整个大地等着那愈积愈厚的力爆发，等着那重甸甸的高举着的锤子打在乌云上面。又大又热的阴影移过，一阵火辣辣的风吹过；神经像树叶般发抖……随后又是一片静寂，天空继续酝酿着雷电。

在这样的等待期间，自有一种悲怆而痛快的感觉。虽然你受着压迫，浑身难过，可是你感觉到血管里头有的是烧着整个宇宙的烈火。陶醉的灵魂在锅炉里沸腾，像埋在酒桶里的葡萄。千千万万的生与死的种子都在心中活动，结果会产生些什么来呢？……像一个孕妇似的，你的心不声不响地看着自己，焦急地听着脏腑的颤动，想道："我会生下些什么来呢？"

有时不免空等一场。聚集的乌云四处散去，没有爆发；你惊醒过来，脑袋昏昏沉沉，疲倦，失望，烦躁，说不出的懊恼。但这阵雨早晚要来的，只不过是延期而已；要不是今天，就是明天；它爆发得越迟，来势就越猛烈……

瞧，它不是来了吗？乌云从生命的各个隐蔽的部分升起。一堆堆蓝得发黑的东西，不时给狂暴的闪电撕破一下；它们从四面八方飞驰来包围心灵，那速度之快，令人眼花缭乱；尔后，它们把光明熄灭了，突然之间从窒息的天空直扑下来，那真是如醉若狂的时刻！……奋激达于极点的元素，平时被自然界的规律——维持精神的平衡而使万物得以生存的规律——幽禁在牢笼里的，这时可突围而出，在你意识消灭的时候统治一切，显得巨大无比，而且没有人能说明它的奥妙。你痛苦至极，你不再向往于生命，只等着死亡来解放了……

而突然之间，电光闪耀！

克利斯朵夫快乐得狂叫了。

欢乐，欢乐得如醉如狂，好比一颗太阳，照耀着一切现在的与未来的成就，创造的欢乐，神明的欢乐！唯有创造才是欢乐，唯有创造的生灵才是生灵，其余的尽是与生命无关而在地下飘浮的影子。

人生所有的欢乐是创造的欢乐：爱情，天才，行动——全都是靠创造这一团烈火迸射出来的。即便是那些在巨大的火焰旁边没有地位的野心家、自私的人、一事无成的浪子，也想借一点黯淡的光辉取暖。

不论是肉体方面的，或是精神方面的，创造总是脱离躯壳的樊笼，卷入生命的旋风，与神明同寿。创造是消灭死。

可怜的是不能创造的人，在世界上孤零零的，流离失所，眼巴巴地盯着枯萎、憔悴创造的肉体与内心的黑暗，却从来没有冒出一朵生命的火焰！可怜的是自知不能创造的灵魂，不像开满了春花的树一般满载着生命与爱情！对于这类人来说，他只不过是一具行尸走肉而已，社会可能也给他光荣与幸福，但那只是点缀一下罢了。

金 子

◎ 莎士比亚

化育万物的神圣的太阳啊！把地上的瘴雾吸起，让天空中弥漫着毒气吧！同生同长、同居同宿的孪生兄弟，也让他们各人去接受不同的命运，让那贫贱的人被富贵的人所轻蔑吧！重视伦常天性的人，必须遍受各种颠沛困苦的凌虐；灭伦悖义的人，才会安享荣华。让乞儿跃登高位，大臣退居贱职吧；元老必须世世代代受人蔑视，乞儿必须享受世袭的光荣。有了丰美的牧草，牛儿自然肥胖；缺少了饲料它就会疲瘠下来。谁敢秉着光明磊落的胸襟挺身而起，说："这人是一个谄媚之徒"？要是有一个人是谄媚之徒，那么谁都是谄媚之徒；因为每一个按照财产多寡区分的阶级，都要被次一阶级所奉承；博学的才人必须向多金的愚夫鞠躬致敬。在我们万恶的天性之中，一切都是歪曲偏斜的，一切都是奸邪淫恶的。所以，让我永远厌弃人类的社会吧！泰门憎恨形状像人一样的东西，他也憎恨他自己，愿毁灭吞噬整个人类！泥土，给我一些树根充饥吧！谁要是希望你给他一些更好的东西，你就用你最猛烈的毒物满足他的口味吧！咦，这是什么？金子！黄黄的、发光的、宝贵的金子！不，天神们啊，我不是一个游手好闲的信徒，我只要你们给我一些树根！这东西，只这一点点儿，就可以使黑的变成白的，丑的变成美的，错的变成对的，卑贱变成尊贵，老人变成少年，懦夫变成勇士。嘿！你们这些天神们啊，为什么要给我这东西呢？嘿，这东西会把你们的祭司和仆人从你们的身旁拉走，把壮士头颅底下的枕垫抽去；这黄色的奴隶可以使异教联盟，同宗分裂；它可以使受咒诅的人得福，使害着灰白色的麻风病的人为众人所敬爱；它可以使窃贼得到高爵显位，和元老们分庭抗礼；它可以使鸡皮黄脸的寡妇重做新娘，即使她的尊容会使身染恶疮的人见了呕吐，有了这东西也会恢复三春的娇艳。来，该死的土块，你这人尽可夫的娼妇，你惯会在乱七八糟的列国之间挑起纷争，我倒要让你去施展一下你的神通。嘿！远处是军队奏出的鼓声吗？你还是活生生的，可是我要把你埋葬了再说。不，当那看守你的人已经疯瘫了的时候，你也许要逃走，且待我留着这一些作质——拿了若干金子。

快乐的期待

◎ 塞缪尔·约翰逊

因为存在意外的火花，才使得我们有机会看到了最明亮的欢乐火焰，人生道路上不时散发出花朵的芳香，那是聪明的人偶然播下的种子而生长起来的。

若想设计一场欢乐但不是容易办到的。例如，把一些有聪明才智的人士和妙趣横生的幽默家，从遥远的地方邀请来会聚一堂。他们出现便会接受赞赏者的欢呼与喝彩。然而他们面面相觑，沉默吧，心中有愧；说话吧，又有所顾虑。人们的全身开始不适，终于愤恨起给自己施加痛苦的人了，于是决意对这种毫无价值的欢乐聚会表示冷漠态度。这时，有一种东西可以燃起仇恨——酒。它可以将阴郁变成暴躁，直到最后把大家弄得不欢而散。他们退到一个较为隐蔽的地方去发泄自己的愤慨，但谁知又在那儿被细心人们听见了，于是他们的重要性又得以恢复，性情开始变好了。终于，他们用诙谐的言行，使整个夜晚充满喜悦。

快乐总是仅在于一瞬间。最活跃的想象，有时在忧郁的冷淡影响下，也将会变得呆钝；但在某些特殊场合，又需要诱发心情突破原来的境界，驰骋放纵。这时就用不着什么非凡的巧妙言辞，只消凭借机遇就行了。因此，才智和勇气必定满意地与机遇共享荣誉。

当然，世界上还有一些快乐是不言而喻的。心境不佳的补救方法一般就是变换环境；差不多每个人都经历过旅行的快乐，改变一下自己的环境会使自己心理上得到暂时的解脱。从理论上说做到这一点，对旅行的人来说是没有什么困难的。阴影和阳光由他任意支配，他无论歇于何处，都会遇上丰盛的餐桌和快活的容颜。在出发日期到来以前，他便一直沉溺于这些向往之中。然后他雇了四轮旅行马车，开始朝着幸福的境界前进。

可行程才走到十分之一，他就得到教训，知道以前的想象太脱离现实了。路上风尘仆仆，天气十分闷热，马跑得慢，赶车的又粗暴野蛮。他只觉得胃里空空，饿得不行，想着要吃顿饱饭，睡上一觉。但旅店拥挤不堪，他的吩咐也无人理睬。他无可奈何地将令人倒胃口的饭菜狼吞虎咽地吃了下去，然后上车继续赶路，另寻快乐。到了夜晚，他终于找到一间较为宽敞的住所，可那也比他想象中的场所要糟好几倍。

　　最后他想到了故乡，于是便决意走访故旧谈心消遣，或以回忆青梅竹马的情景为乐事。他在一个朋友家门口停下来，并想要给对方一个惊喜。可惜，他要不是自报家门，主人就不认识他了。好不容易解释一番，主人才忆起他来。可怜他只能受到冷淡的接待和礼节上的宴请，于是他不得不匆匆告辞，另访一位友人。不幸的是那位朋友又因事外出，远走他方，眼见房屋空空，他只好怅然离去。这种意料不到的失望真叫人懊恼不已，原因在于未能预见到。后来他又走访了一家，那家人因不幸的事个个愁容满面，他们把他视为讨厌的不速之客，认为他不是来拜访的，而是来嘲笑他们的。

　　一切的事情都和自己的幻想有那么遥远的距离，凭借幻想和希望绘出美好画景的人将得不到什么快乐；希望做机智谈话的人，总想知道他的声誉应归功于什么私见。希望虽然常常带来失望，但却非常必要，因为，希望本身就是幸福，尽管它常遭挫折，但这种挫折毕竟没有希望破灭那样可怕。

当我去世的时候

◎屠格列夫

当我去世的时候，当我的躯体化为灰烬的时候，你啊，我挚爱的朋友，你啊，我深情、温柔地爱过的人，你也许活得比我长久，请不要到我坟墓上去……那里你将无事可做。

请别忘记我……但在日常的操劳、满足、需要之中也别想起我……我不愿妨碍你的生活，不愿打扰你平静的生活。但在独处的时刻，当那种羞怯的、莫名的忧伤袭上你心头的时候，请拿出一本我们心爱的书籍，从中找出那些篇页和字句，还记得吗，那些篇页和字句常使我们共同流出甜蜜的无言之泪。

请读完它，然后闭上眼睛，向我伸出手来……向不在身边的朋友伸出你的手。

我将不能用我的手握住它。我的手正一动不动地躺在黄土之下。但我现在快慰地想到：也许你在你的手上会感受到轻微的抚摸。

于是我的形象将出现在你的眼前，从你闭着的眼睑里将涌流出眼泪，犹如我们俩被美陶醉之后，有时和你一起流出的那些眼泪那样。你啊，我的挚爱的朋友，你啊，我无比深情、无比温柔地爱过的人！

理想与幸福

◎奥斯特洛夫斯基

　　车子、房子、票子、妻子、儿子，这些在我的理想之中所占比重较小。对我来说，最大的幸福莫过于做一名战士。个人的一切都不会永葆青春，都不能像公共事业那样万古长存。在为实现人类最大幸福的斗争中，要做一名永不掉队的战士，这就是我一直视为最崇高的目标。

　　最该死的人是自私自利者。须知，他只是为了自己才孤独寂寞地活在这个世界上。一旦抹掉了他们这个"我"字，他们也就形同枯槁，活着对他来说，再也没有任何意义了！但是，如果一个人不是为了自己而活着，而是为了整个社会呕心沥血，那他就可获得永生。因为，如要他灭亡，就首先要毁灭他周围的一切，毁灭整个国家和整个生活。我个人的死亡，只是自己生命的消失，可是我们的大军却一直向前，势不可挡。一个战士，即使他在镣铐锁身的情况下死去，但当他听到自己部队那胜利的欢呼声，他也会得到一种最终的、而且是至高无上的安慰。

　　拿我为例，活着的每一天都意味着要和巨大的苦痛作斗争。我是在说这十年来的日子。也许你们会说，怎么会天天看到我的微笑。这是发自内心的，饱含着幸福和欢乐的微笑。尽管我忍受着自己病躯的种种苦痛，但我仍然为我们国家的每一个胜利而欢欣鼓舞。因为这对于我来说，是最令我感到快乐的事，虽然活着是非常美好的，但不能单单只为了活着，我们还要斗争，还要赢得胜利！

　　现在，我觉得自己像冰雪融化那样越来越虚弱了。因此，我要比以往更加珍惜时间，趁我现在还能感到生命之火在心头燃烧，大脑神经还在闪光跳动。我虽经受了身体的巨大悲哀和不幸：双目失明，全身瘫痪，遍体疼痛。但是我仍然感到自己十分幸福。这倒不是因为政府奖赏了我。不，没有这些，我同样是快乐和幸福的！要知道，我所追求的绝不是这些加在我身上的物质的东西，我所追求的是比这高得多的幸福。

每一刹那都是新生

◎松下幸之助

人生毫无意义了，除非我们改变那种每天只是翻来覆去，没有目标地过日子的生活态度。倘若希望人生是繁荣、和平与幸福，就应该改变这种反复单调的生活。今天应该比昨天进步，明天比今天更进步，也就是每天生命要有所成长。而生命成长到底是什么？对生命又有什么意义？

所谓"生命成长"，就是日新又新，人生在每一刹那都有新的改变，每一时刻都有新的生命在跃动。也可以用另一种方式来理解，旧的东西灭亡，新的东西诞生并取而代之；一切事物没有一刻是静止的，它不断地在动、不断地在变。这是不可动摇的宇宙哲理。由此我们就可以看出，由生到死就是一种生命成长。死就是消灭，一个接一个地死去，又一个个地诞生出来。为了实现人类的繁荣、和平和幸福，对死亡必须有从容不迫的态度，即信奉所谓"生死有命"的人生观。死，其实并没有什么可怕，它只是自然向完美成长中的一种机制或法则。

明白了生命成长的真谛，我们也就不再畏惧死亡了。因为，死亡，既不可怕，也不可悲，是生命成长必经的过程之一，也是万物生生不息的象征。死亡合乎天地法则，其中包含着喜悦和耐心。

当我们不再惧怕死亡，敢于直面死亡时，自然会明白如何面对每天的现实生活，每天的生活也就会经常保持新的创意和发明。至于"十年如一日"，并不是说在十年里不要有任何进步，而是说十年中每一天的努力都要像第一天的努力那样起劲，旨在强调勤劳、努力与毅力的精神。这种十年如一日的努力，一定会产生非常新颖的创意和进步。但是，假如大家的工作十年来没有任何变化，千篇一律，那绝对是违反了生命成长的原理。

明治维新时，西乡隆盛和功臣之一的坂本龙马常长谈。西乡隆盛每次的感觉都不一样，即使是同一话题，坂本的谈话内容和观念每次都有一点改变。于是，西乡就对他说："前天，我遇到你的时候，你所讲内容和昨天、今天都稍有出入。你既然是天下驰名的志士，受到大家的尊敬，应该有不变的信念才行。所以我对你的话有些怀疑。"坂本龙马常就说："人不能有不变的信念，即使志也是这样。孔子说过'群子从时'，时间不停地流转，社会情势也天天在变化，昨天的'是'成为今天的'非'，乃是理所当然。我们从'时'，便是行君子之道。"接着又说："西乡先生，你对一个事物一旦认为是这样，就从头到尾遵守到底，将来你一定会变成时代的落伍者。"

人世万物始终在替换更新，但在转变中，唯一永远不变的就是真理，这也就是从宇宙中产生出来的力量。

因此，所谓转变及更新，便是因时因地活用这种力量。若以为真理是不变的，就不再活用变通，真理就等于死了一样。

就生意而言，店铺是愈老愈好，但如果让产品及经营方法维持老样子，即使再老的店铺也会被时代淘汰。

佛教也是一样。佛教的教义是永远不变的，但教化的方法必须随时代而改变。释迦牟尼以前常说："诸行无常。"一般人认为这话的意思是："这个世界像昙花一现，很不可靠。"如此看法好像否定了现世，使人丧失活下去的勇气，也对人类追求繁荣、和平与幸福打了很大的折扣。其实则不然，所谓"诸行"就是"万物"，"无常"就是"转变"；"诸行无常"是指万物流转、生命成长，也就是要求我们日新月异。

整个社会也一样，不论教育、经济、政治等各层面或每天的工作，人人都应该以追求更新的精神谋求改善，否则，希望无止境的繁荣、和平与幸福无异于痴人说梦。

最终的目标

◎池田大作

我曾听人如此评述当代：既是"饱食时代"和"空闲时代"，也是"颓废的时代"和"欺诈的时代"，还是"自私与不负责任的时代"。的确，空气中到处弥漫着放纵的时髦风气。

每个人的人生观各不相同，想来也未尝不可。但是，一想到要无所作为地度过这漫长人生，就使人感到无比的空虚无聊。

《涅槃经》说："人命之不息，过于山水。今日虽存而明日难知。"

意思是说，人类短暂的生命，比滔滔而下的山溪更为迅速，转眼之间就消逝了。今天虽然平安，可谁也无法保证明日的安定。

《摩耶经》中有一节谈到，人生的旅程就是"步步近死地"。一天一天、一步一步接近死亡，这就是人生的真相。

《法华经》中也有一段名言："三界无安，犹如火宅，充满众苦，甚可畏怖。"其中，所谓"三界"便是凡夫所居之现实世界。它就像失了火的房子，烦恼在里面熊熊燃烧，充满了各种苦难。正如经文所说，人生的确离不开烦恼。儿女、家庭、事业等等，细思起来，没有一件事离得开烦恼。

生活被这纷乱的烦恼所束缚，何时又怎样才能摆脱走向"永乐清新"的世界？也就是说，怎样才能从人生的悲观主义中解脱出来呢？怎样才能确立正确的法则和人生观，依靠坚韧的乐观主义生活下去呢？

这种"弃暗投明"的转变可谓是人生的头等大事。我之所以立足于悠久的生命观，走上信奉佛法的道路，理由也就在此。从无常的世界向永恒世界的转换，正是有史以来人类所孜孜研究的课题。

小林秀雄先生在《莫扎特》一书中写道：

"对强韧的精神来说，恶劣的环境也是实在的环境，既不缺什么，也不少什么。""生命力中有一种能力，可将外在的偶然看作内在的必然。这种思想均有宗教意味，但它并不是空想。"

这就是唯一能与自然界抗衡，并征服其他的人类之能；是精神的力量，能将外在的偶然性看作内在的必然性。这种无限的力量就蕴藏在自己生命之中，本人能切实感受并加以发挥，真正的人生之路就在其中。

如此恒久奋斗下去，不为任何环境所屈，总是忠实于自己，发展自己，于是便奏响了人生的凯歌。

佛法中有"梅樱桃李"这样的命题。

梅花绽放于年之初始，沐浴着春光灿烂；然后是樱花盛开的季节，它也尽显风姿；桃花、李花也都各领风骚。同样，人也应当让自己的生命开出美丽的花朵，不，催开绚丽鲜花的神力原本即存于生命内部。

那么，神力在哪儿呢？这便是对自身"使命"与"责任"的深刻觉悟。某些人以根本的"法则"为基准，始终坚持一定的生活道路，将使命和责任视为非己莫属的。这样的人就会不断开拓自己的生命，就和梅、樱一样，迟早会破蕾而绽，散发出阵阵清香。他就可以最大限度地发挥生命的作用，并为此感到自豪、幸福和美满。

人无论善恶，都是带着某种使命而生于世上的极其宝贵的人。这种使命并不体现于外部相对立的世界中，而体现在与自己搏击、胜自己、贯彻自己信念之时。人生的每时每刻无不体现生命，无不映射生命、决不偏倚。我的恩师户田先生经常教导我们说："要为自己的生命而活下去。"这句话具有深刻的内涵和千钧的分量，指出人生最终的目标之所在。

人生的意义

◎汤川秀树

同学们，你们正值青春年龄，你们有着非常长远的未来。从你们的年龄看来，你们今后平均将有六十年左右，你们的生命将跨过 20 世纪进入 21 世纪。在这个期间，世界将发生哪些变化呢？

回忆 20 世纪前半期到六十年代中期，世界上发生的那些显著变化，就可以想象未来五六十年中将会发生的巨大飞跃。

人世间演变的起因究竟在哪里？有人说是由于地震、台风、洪水等自然情况造成的。但这种自然现象的影响只是短暂的，即便是重大事件也不会产生永久性的影响。从长远发展来看，可以说主要还是由人类行为带来的世界巨大变化。

从交通的发展情况看来，现在汽车、飞机的数量在大增，速度在加快，再加上通讯事业迅速发展，电话、广播、电视也日益普及，这些都为世界带来了不少变化，像这样的变化还很多很多。

从这些变化可以看出，最大的变化因素是人类的知识和科技的进步。简而言之，即科学的进步引起了世界的变化。众所周知，科学是人类创造、思维的结晶，是人们有生之年辛勤工作的点滴积累。不光科学，人类还有许多其他活动也推动着社会的发展。关键是今后的世界还要由活着的人们不断地推动向前迅速发展。

所以，我希望同学们深刻认识到，你们就是这活着的人群中的一员。如果有人说我的力量微不足道，根本不可能改变世界，所以自己除了顺应社会趋势，随波逐流，别无所能。这种想法是极端错误的。因为尽管每个人的力量是十分微薄的，但是不能否认正是这些个人不懈努力的结果，才使社会得以发展和变化。

但变化本身也多种多样，朝什么方向演变才好呢？我们应当努力设法使世界朝着光明的道路发展，而不要走向其相反方向。要下定决心为把世界逐步引向光明道路，而贡献自己微薄的力量。我们不光要有决心，更要采取实际行动。我们应当认识到这样生活才最有意义。

为了建设这个世界，应当采取什么方法贡献自己的力量呢？那当然是因人而异了，即便定下今后努力的目标，选择出适当的道路，并已开始在这条道路上前进，也不一定能够成功，或许会以失败告终。究竟成功与否，谁也无法预测，不可能先知先觉。我相信只要努力就有成功的希望，从而竭尽全力去干，这便体现了人生在世的真正价值。

人们总是说，现在的年轻人比起前人现实多了。也就是说他们开始关心将来，想方设法使自己的晚年过得更加舒适。这种考虑也许是人之常情，未必是坏事。但是如果青年人一味考虑个人生活的安逸，那就太令人失望了。而且，如果他们以为未来和现实不会有多大差异，因而只是考虑眼前如何生活得更好，那就不仅是令人失望，而且是幼稚可笑了。

有些人认为："别人都考某某大学，所以我也要进某某大学。""要是能进某某公司工作，将来生活就有保障。为了能进某某公司，大概先进某某大学比较合适。"这类消极想法如果充斥青年人的头脑，前景会是什么样子呢？

如果日本全国都是这样的青年，那会是什么结果呢？到那时日本人在这个地球上将会变得十分渺小，从而失去影响。不仅如此，在日益激烈的国际竞争中，特别是创造文化价值的竞争中，日本将成为十足的落伍者。这样，日本人的个人生活也会在精神和物质方面双双遭到破产。

在现实或将来的社会里，每一个人的问题与社会全体的问题，推而广之和全世界的问题，是绝对不能分割的。由此可以懂得前面所说的"现实主义态度"，或者用个贬义词，叫做利已主义的生活态度，乍看起来似乎稳妥可靠，实际并非如此。青年中至少应有一部分人要立志摆脱个人打算，怀着崇高的理想向前迈进。如果连这一点也做不到，那么日本也好，世界也好，便不会朝着进步的方向发展。这种结局所带来的恶果又将会反过来影响到每一个个人，给人们带来许多不幸。

拥有崇高理想并不断前进的人，即使不能获得完全成功，那么人生也是具有重大意义的。认识到人生的意义而活在世上才是真正的有价值的现实主义生活。

生命——心灵

◎泰戈尔

一

我的窗前是一条红土路。

路上鳞鳞地走过拉货的牛车；绍塔尔族姑娘头顶着小山似的稻草去赶集，黄昏时分归来，身后甩下一大串银铃般的笑声。

而今我的思绪不在人走的路上驰骋。

我一生中，为棘手的难题犯愁的、朝着确定的目标奋进的动荡的岁月，已经埋入往昔。如今身体欠佳，心情淡泊。

大海的表面波涛汹涌；安置地球卧榻的幽深的底层，暗流把一切搅得混沌不清。当风平浪息，可见与不可见，表面与底层处于完整的和谐状态时，大海是宁静的。

同样，我拼搏的灵魂憩息时，我在灵魂深处获得的所在，是世界元初的乐土。

在做旅人的年月里，我无暇注望路边的榕树；今日离弃旅途回到窗前，对他袒露胸怀。

他打量着我的脸，仿佛急不可耐地说，"你理解吗?"

"我理解，理解你的为人。"我宽慰他，"你不必那样烦躁。"

平静了一会儿。我见他又着急起来，葱绿的叶子沙沙摇动，熠熠闪光。

我试图让他安静下来，说："是的，千真万确，我是你的游伴。亿万年来，在泥土的游戏室里，我和你一样一口一口吮吸阳光，分享大地甘美的乳汁。"

我听见他中间陡然响起了风声，他开口说："你说得对。"

在我心脏碧血的流动中回荡的语言，在光影间无声旋转的声籁，化为绿叶的沙沙声，传入我的耳鼓。这是宇宙的官方语言。

它的基调是：我在，我在，我们同在。

那是莫大的欢乐，其间物质世界的原子、分子瑟瑟战栗。

今日，我和榕树操同样的语言，表达喜悦之情。

他问我："你真的归来了？"

"哦，挚友，我真的来了。"我即刻回答。

于是，我们高喊着"我在，我在"，有节奏地击掌。

二

我和榕村倾心交谈的春天，他的叶子是嫩绿的。高天射来的阳光，通过大小不一的叶缝，与地上的阴影偷偷拥抱。

六月阴雨绵绵，他的叶子像阴云那样沉郁。如今，他的簇叶浓密得像老人缜密的思考，阳光再也找不到渗透的通道。他一度像穷苦的少女，此时则似富贵的少妇，一副心满意足的神态。

今天上午，榕树颈子上绕着二十圈绿宝石项链对我说："你为什么头顶着砖石？像我一样立在充实的空间里吧。"

"人必须维持内外两部分。"我说。

榕树晃动着身子："我不明白。"

我进一步解释："我们有两个世界——内在世界和外在世界。"

榕树惊叫一声："天呐，内在世界在哪儿？"

"在我的模具之中。"

"在里面做什么？"

"创造。"

"模具中有创造，这话太玄奥了。"

"好比江河被两岸夹持，"我耐心地阐述，"创造受模具的制约。一样东西落入不同的模具，或成为金刚石，或成为榕树。"

榕树把话题拉到我身上："你的模具是什么样子，说给我听听。"

"我的模具是心灵，落入其中的变成丰繁的创造。"

"你那封闭着的创造在太阳月亮之下能展露几许吗？"榕树来了兴致。

"太阳月亮不是衡量创造的尺度，"我用不容置疑的口吻说，"太阳月亮是外在物。"

"那么，用什么测量呢?"

"用快乐，尤其是用痛苦。"

榕树说："东风在我耳畔微语，能在我心里激起共鸣。而你这番高论，我实在无法理解。"

"怎么让你明白呢……"我沉吟片刻，说："我擒获你那东风，系在弦索上，它就从一种创造演变为另一种创造。这创造在蓝天或在哪个博大心灵的记忆的远天获得席位，不得而知，似乎有个不可测量的情感的天空。"

"请问它年寿几何?"

"它的年寿不是事件的时间，而是情感的时间。所以不能用数字计算。"

"你是两种天空两种时光的生灵，你太怪诞了! 你内在的语言，我听不懂。"

"不懂就不懂吧。"我莫可奈何。

"我外在的语言，你能正确地领会吗?"

"你外在的语言化为我内在的语言，要说领会的话，它意味着称之为歌便是歌，称之为想象便是想象。"

三

榕树对我摇摆着繁茂的枝叶："停一停，你的思绪飞得太远，你的议论太无边际了。"

这话击中要害。我内疚地说："我找你本是为求安逸，由于恶习难改，闭着嘴话仍从嘴唇间泄流出来，就和有些人梦游一样。"

我掷掉纸和笔，目不转睛地望着他，他油亮碧绿的叶子，犹如弹拨光之琴弦的名伶的纤指。

我的心灵突然发问："你见到的和我思索的，两者的纽带何在?"

"闭嘴!"我一声断喝，"不许你问这问那!"

我凝视着榕树，任时光悄然流逝。

"怎么样，你悟彻了么?"榕树末了问。

"悟彻了。"

四

一天默默地过去。

翌日，我的心灵问我："昨天，你看着榕树说悟彻了，你悟彻了什么？"

"我躯壳里的生命，在纷乱的愁思中混浊了。"我说，"要观瞻生命的纯洁面目，必须面对芳草，面对榕树。"

"你看见了什么？"

"我看见榕树的生命包孕着纯朴的快乐。他非常仔细地剔除了他的绿叶、花朵和果实里的糟粕，奉献丰富的色彩、芳香和甘浆。我望着榕树感慨地默默地说：'哦，树王，地球上诞生的第一个生命发出的欢呼，至今在你的枝条间荡漾。元古时代淳朴的笑容，在你的叶片上放射光辉。'在我的躯壳里，往日囚禁在忧戚的牢笼里的元初的生命，此刻相当活跃。你召唤他，'来呀，走进阳光，走进和风，像我似地携来形象的彩笔，颜料的钵盂，甜汁的金觞。'"

心灵沉默片刻，不无伤感地说："你谈论那生命，口若悬河，可为什么不条理分明地阐述我搜集的材料呢？"

"何用我阐述！它们以自己的喧嚣、吼叫震惊寰宇。它们的负荷、错综复杂和垃圾，压痛地球的胸脯。我沉思良久，不知何时是它们的极终，它们要累积多少层，要打多少个死结。答案写在榕树的叶片上。"

"噢！告诉我答案是什么。"

"榕树说：'没有生命之前，一切物质是负担，是一堆废物。由于生命的触摩，元素浑然交融，呈现为完整的美。'你瞧，那美在树林里漫步，在榕树的凉荫里吹笛。"

五

渺远的一个清晓。

生命离弃昏眠之榻，上路奔向未知，进入无感知世界的德邦塔尔平原。

那时，他全身没有疲倦，脑子里没有忧虑；他王子般的服装未沾染尘土，没有腐蚀的斑点。

细雨霏霏的上午，我在榕树中间窥见不倦的、坦荡的、健旺的生命。他摇舞着枝条对我说："向你致敬！"

我恳求道："王子啊，介绍一下与沙漠这恶魔搏斗的悲壮的场面吧。"

"战斗非常顺利，请你巡视战场！"

我举目四望。北边的旷野里芳草萋萋，东边的农田生长着翠绿的稻秧，南边堤坝两侧是一行行挺拔的棕榈树，西边的红松、椰子树、穆胡亚树、芒果树、黑浆果树、枣树，纵横交错，郁郁葱葱，遮蔽了地平线。

"王子啊，你功德无量。"我赞叹道，"你是稚嫩的少年，可那恶魔老奸巨猾，心狠手毒。你身薄力小，你精致的箭囊里装的是短小的箭矢，可那恶魔是庞然大物，他的盾牌坚韧，棒棍粗硬。但我看见处处飘扬着你的旌旗。你脚踏着恶魔的脊背，岩石对你臣服，风沙在投降书上签字。"

榕树显露诧异之色："你在哪儿见到如此动人的景象？"

我解释道："我看见你的激战以安静的形式出现，你的繁忙身著清闲的服装，你的胜利是一副温文尔雅的姿态，所以求索者坐在你的凉影里学习轻易获胜的咒语，研究轻易达成权力分配的协议的方法。你在树林里创办了传授生命如何发挥作用的学校。因而劳累的人在你的绿荫里歇脚，沮丧的人来寻求你的鼓励。"

听着我颂赞，榕树内的生命欣喜地说："我出来与沙漠这恶魔作战，同我的胞弟失去了联系，不知他在何处进行怎样的战斗。刚才你好像提到过他。"

"是的，我管他叫心灵。"

"他比我更活跃。他不满意任何事情。你可以告诉我我那不安分的胞弟的近况吗？"

"他的情形我略知一二。"我说，"你为生存而战，他为获取而战，远处进行着一场为舍弃的战斗。你与僵硬作战，他与贫乏作战，远处战斗的对象是敛聚。战斗日趋复杂，闯入战阵的寻不到出阵之路。胜败难卜，在这迷惘彷徨之际，你的绿旗呐喊着'胜利属于生命'，给斗士以鼓舞。歌声越来越高亢，在乐曲的危机中，你朴实的琴弦弹出鼓励："莫害怕，莫害怕！这是我捕捉到的基调——太初生命的乐音。一切疯狂曲调受其影响，融汇在欢快的歌声里。所有的获取和赋予，因而如花儿怒放，似果实成熟。"

欢乐·陶醉·光明

◎泰戈尔

你已经使我永生，这使你欢乐无比。这脆薄的杯儿，你不断地把它倒空，又不断地以新生命来充满。

这小小的苇笛，你携带着它穿山越谷，从笛管里吹出清新的音乐。

在你双手不朽的安抚下，我的小小的心，消融在无边快乐之中，发出不可言说的词调。

你无穷的赐予只倾入我小小的手里。时代过去了，你还在倾注，而我的手里还有余量待充满。

当你命令我歌唱的时候，我的心似乎要因骄傲而炸裂；我仰望着你的脸，眼泪涌上我的眼眶。

我生命中一切的凝涩与矛盾融化成一片甜柔的谐音——我的赞颂像一只欢乐的鸟，振翼飞越海洋。

我知道你喜欢我的歌唱。我知道只因为我是一个歌者，才能走到你的面前。

我用我的歌曲远伸的翅梢，亲吻你的双脚，那是我以前从来不敢想的事。

在歌唱中陶醉，我忘了自己；你本是我的主人，我却称你为朋友。

光明，我的光明，充满世界的光明，眩目耀眼的光明，甜沁心腑的光明！

啊，我的宝贝，光明在我生命的一角跳舞；我的宝贝，光明在勾拨我爱的心弦；天开了，大风狂奔，笑声响彻大地。

蝴蝶在光明海上翩翩起舞。百合与茉莉在光波的浪花上翻涌起伏。

我的宝贝，光明在每朵云彩上散映成金，它洒下无数的珠宝。

我的宝贝，快乐在树叶间伸展，欢喜无边。欢乐的洪水淹没了天河的堤岸，人间大地霎时变成欢乐的海洋。

版权声明

　　本书部分作品无法与权利人取得联系，为了尊重作者的著作权，特委托北京版权代理有限责任公司向权利人转付稿酬。请您与北京版权代理有限责任公司联系并领取稿酬。联系方式如下：

北京版权代理有限责任公司

北京海淀区知春路 23 号量子银座 1403 室

邮编：100191

电话：（010）82357058 / 57 / 56　　　传真：（010）82357055

E-mail：bookpodcn@gmail.com

Website：www.bookpod.cn